渝 史

莫能芳 主编

西苑出版社
XIYUAN PUBLISHING HOUSE
·北京·

图书在版编目（CIP）数据

渝见美 / 莫能芳主编 . -- 北京 ： 西苑出版社有限公司，2025. 5. -- ISBN 978-7-5151-1053-0

Ⅰ . I267

中国国家版本馆 CIP 数据核字第 2025Q8L750 号

渝见美

YU JIAN MEI

作　　者	莫能芳
责任编辑	张礼文
责任校对	李凯丽
责任印制	李仕杰
开　　本	710 毫米 ×1000 毫米　1/16
印　　张	17.5
字　　数	296 千字
版　　次	2025 年 5 月第 1 版
印　　次	2025 年 5 月第 1 次印刷
印　　刷	重庆德鲁巴广告有限公司
书　　号	ISBN 978-7-5151-1053-0
定　　价	66.00 元

出版发行	**西苑出版社有限公司**
	北京市朝阳区利泽东二路 3 号　　邮编：100102
发 行 部	(010)84254364
编 辑 部	(010)64210080
总 编 室	(010)88636419
电子邮箱	xiyuanpub@163.com
法律顾问	北京植德律师事务所　17600603461

《渝见美》

普通高中语文“家乡文化生活”美育课程资源开发与共享路径研究

编委会

主　编： 莫能芳

副主编： 刘会兰　王大可　王巧灵
田波英　刘春荣

参　编： 蔡兴红　龚　梅　张　尉
方雯娟　兰焰雄

本书系重庆市教育学会第十一届（2024—2026年）基础教育科研重点课题《普通高中语文“家乡文化生活”课程美育资源开发与共享路径研究》（课题批准号：XH2024A035）成果。

序

有“万里长江第一大佛”美名的石门大佛寺，有“缩小版江南水乡”美称的丁家坳，有“武陵奇峰万仞，突兀镇黔江”美誉的小武陵山。石宝寨在侗族舞蹈、土家族歌谣的交会里走来；涞滩古镇从“三面悬崖抱涞滩，万夫莫开瓮城关”的雄浑壮阔里走来；濯水古镇从“沧浪之水清兮，可以濯我缨；沧浪之水浊兮，可以濯我足”的悠悠古韵里走来……

这是重庆市莫能芳高中语文特级教师工作室的老师们引领学生体验到的家乡风光美。

老师们引导学生从山川地貌、生物资源、自然风光、文物古迹、现代建筑等方面进行实地调查研究，不仅提升了学生的审美能力，还增加了学生对家乡的了解。

除了陆贽、巴蔓子、范长生、何其芳、戴明盟、李雪芮、王红旭等名人，竹编人夏于华、赴西藏昌都支教的何普惠、把莲花牡丹百合绣进鞋垫的奶奶、几十年来唢呐离口不离手的唢呐康、“酿酒数十载，只为舌尖一缕香”的烤酒师王河川、用双手在悬崖峭壁上凿出6208级“爱情天梯”的刘国江等普通百姓的形象更是熠熠生辉。

这是重庆市莫能芳高中语文特级教师工作室的老师们引领学生发现的家乡人物美。

老师们引导学生从历史英雄、普通人物的生平、事迹、影响等方面进行访谈或研究，不仅提高了学生沟通交流的能力，也加强了学生内心的建设。

母城重庆的象征、巴渝文化的传承，不仅在黔江鸡杂、万州烤鱼、香山蜜饼等美食里口口相传；在古牌坊、璧山文庙、天福碗厂、何氏百岁坊等建筑里代代镌刻；在南溪号子、忠州纯针刀、渝中周氏烙画、“张九章书”摩崖石刻等“非遗”里辈辈延续；在金鳌寺、冯仙祠、青堰“双生泉”、“呦呦鹿鸣，食野之苹”的鹿鸣乡、武则天钦敕山僧建放生池的龙多山等胜境里时时谱写。

更是在家训、戴氏族训、天湖邻里公约、白土村村规民约、江畔吴家大院公约、黔江濯水濯河坝道德公约、忠州老街文化建设优化升级建议书等新时代家风民约的建设中不断创新。

这是重庆市莫能芳高中语文特级教师工作室的老师们引领学生传承并创造的家乡文化美。

老师们引导学生从衣、食、住、行等物质文化，从文化遗产保护传承、群众性业余文化生活、图书馆藏书借阅、商家招牌、文化人际关系、民风民俗等精神文化的历史变革、现实现状、未来走势等方面的研究，不仅提升了学生的研究能力，还丰富了学生的精神生活。

重庆市莫能芳高中语文特级教师工作室成员，主要来自重庆市渝中区、璧山区、合川区、铜梁区、江津区、万州区、黔江区、大渡口区、忠县、垫江县。他们以“家乡文化生活”为研究内容，以引领学生为途径，在体验美、发现美、创造美等审美活动过程中展现家乡风光、家乡人物、家乡文化美育资源，形成了本书《渝见美》。

“家乡文化生活”单元旨在引导学生关注和参与当代文化生活，学习剖析、评价文化现象，积极参与中国特色社会主义先进文化的传播和交流，增强文化自信。

重庆市莫能芳高中语文特级教师工作室的老师们引领学生在美育资源的开发中提高“审美鉴赏与创造”能力，拓宽了美育资源的开发范围，为学生“当代文化参与”提供了可行性方案。

钱金涛

2024 年 9 月 10 日

目录

第一章 家乡风光

目录

目录

第二章 家乡人物

目录

目录

第三章 家乡文化

目录

第一章
家乡风光

{领读}

对无数人来说，家乡是遮风避雨的港湾，是精神栖息的家园，是漂泊者在异乡的寄托。因此，当同乡出现的时候，即使是漂泊异乡的王维也忍不住情深意切地询问：“君自故乡来，应知故乡事。来日绮窗前，寒梅著花未？”

曾经，在属于农耕文明的巴渝大地上，无数人的家乡，就是那一棵树，那一湾水，那一座山，那一带房舍，那一片乡村……

而今，对于新一代的巴渝人来说，家乡已经变成了门庭若市、车水马龙、霓虹闪烁；已经变成了解放碑、大剧院、山城步道。

嘉陵江的浪花朵朵，长江之滨的白鹭翔集，鳞次栉比的高楼大厦，熙熙攘攘的俊男靓女，这一幅一幅、一卷一卷的水墨丹青，早已晕染开去，熨帖地铺展在了心底，成为全新的旖旎的家乡风光。

属于家乡的风光是如此秀美，如此迷人。可是，在喧嚣的尘世中，在明亮的午夜里，又有多少人为自己的家乡风光驻足流连过呢？

费尔南多·佩索阿说：“乡村就是我们不在的地方。在那里，只有在那里，才存在着真正的黑夜，真正的树林。”

也许，只有当我们收拾好行李踏向远方的时候，只有我们在清冷的秋夜翘首眺望的时候，只有我们不在生养我们的那一片乡村的时候，我们才能真正读懂家乡，才愿意挤一点时间欣赏那一片风光。

巴山绵延，渝水婉流，钟灵毓秀，人杰地灵。华夏辉煌五千载，巴渝灿烂三千年。先人开埠兴商，后世造城建市；历千秋，经百代，城镇日臻繁华，四方才俊云聚。百业俱兴，渐成江上重镇；城中有山，山中有城，谓之山城江都。重是重逢，庆乃庆幸，此乃幸福重庆。

瑰丽的山水风光、艰苦的抗战岁月、复合的巴渝文化、独特的城市风貌，给众多名家提供了丰富的写作素材。茅盾、朱自清、冰心、老舍、艾青、张恨水、梁实秋、丰子恺、艾青等众多名家为重庆留下了宝贵的墨宝。

诗人席慕蓉写故乡时说：“故乡的歌，是一支清远的笛，总在有月亮的晚上响起。”

让我们从喧嚣嘈杂里出走，凝心谛听那一阵笛声，走进家乡，走进那一块熟悉而又陌生的土地。

让我们从灯红酒绿里出走，在月光洒满大地的夜晚，为我们的家乡风光驻足流连吧。

| 第一节 璧山区 |

主持 / 王巧灵老师

<< 美文荐读

重庆一瞥

◎ 朱自清

重庆的大，我这两年才知道。从前只知重庆是一个岛，而岛似乎总大不到哪儿去的。两年前听得一个朋友谈起，才知道不然。他一向也没有把重庆放在心上。但抗战前二年走进夔门一看，重庆简直跟上海差不多；那时他确实吃了一惊。我去年七月到重庆时，这一惊倒是幸而免了。却是，住了一礼拜，跑的地方不算少，并且带了地图在手里，而离开的时候，重庆在我心上还是一座丈八金身，摸不着头脑。重庆到底好大，我现在还是说不出。

从前许多人，连一些四川人在内，都说重庆热闹，俗气，我一向信为定论。然而不尽然。热闹，不错，这两年更其是的；俗气，可并不然。我在南岸一座山头上住了几天。朋友家有一个小廊子，和重庆市面对面儿。清早江上雾蒙蒙的，雾中隐约着重庆市的影子。重庆市南北够狭的，东西却够长的，展开来像一幅扇面上淡墨轻描的山水画。雾渐渐消了，轮廓渐渐显了，扇上面着了颜色，但也只淡淡儿的，而且阴天晴天差不了多少似的。一般所说的俗陋的洋房，隔了一衣带水却出落得这般素雅，谁知道！再说在市内，傍晚的时候我跟朋友在枣子岚垭，观音岩一带散步，电灯亮了，上上下下，一片一片的是星的海，光是海。一盏灯一个眼睛，传递着密语，像旁边没有一个人。没有人，还哪儿来的俗气？

从昆明来，一路上想，重庆经过那么多回轰炸，景象该很惨罢。报上虽不说起，可是想得到的。可是，想不到的！我坐轿子，坐洋车，坐公共汽车，看了不少的街，炸痕是有的，瓦砾场是有的，可是，我不得不吃惊了，整个的重庆市还是堂皇伟丽的！街上还是川流不息的车子和步行人，挤着挨着，一个垂头丧气的也没有。有一早上坐在黄家垭口那家宽敞的豆乳店里，街上开过几辆炮车。店里的人都起身看，沿街也聚着不少的人。这些人的眼里都充满了安慰和希望。只要有安慰和希望，怎么轰炸重庆市的景象也不会惨的。我恍然大悟了。——只看去年秋天那回大轰炸以后，曾几何时，我们的陪都不是又建设起来了吗！

（原载 1941 年 11 月 10 日《抗战文艺》）

导 读

1941 年和 1944 年，朱自清先后在《抗战文艺》《中央日报·星期增刊》发表了《重庆一瞥》和《重庆行记》两篇散文，记录了自己对于重庆的印象。朱自清的《重庆一瞥》让我们穿越时空，去见那年那月的重庆之景；也可比较鉴赏，对比阅读，来了解文人的笔下世界。

重庆之美，美在自然风光。

朱自清笔下的重庆美在雾都淡墨轻描的意境，还有对比上海显出的重庆之大，特写夜晚灯光营造的安静平和，以及热闹与不俗。

山水烟云，万家灯火，重庆的自然之美，如今依旧。

重庆之美，美在人文精神。

朱自清从昆明来到重庆，看到了敌机的炸痕、瓦砾，但没有看到行人垂头丧气的神色，看到的是重庆人面对轰炸的淡定和不屈，感悟到的是他们眼里充满的乐观和希望。

坚忍顽强，遇困境就迎难而上；耿直豪爽，逢艰险便握手成拳。重庆精神代代相传。

重庆之美，美在真情疗愈。

《荷塘月色》里那个淡淡哀愁挥之不去的朱自清不见了，《背影》里那个沉沉负罪压在心间的朱自清不见了。透过文本，我们看到重庆的风光背后，站的是一个包容、理智、善良、温暖的朱自清。

是作家的艺术匠心，让我们看到了真实丰富而饱满厚重的重庆；是热情刚毅的重庆，让作家疗愈了真实复杂而彼此相同的心情。

这些文字点亮着来时的路，让我们感到了重庆的人文魅力；而大美重庆，也以乐观精神塑造着新的未来。

☆经典推荐

《缙云先生文集》

（冯时行 著）

冯时行（1100—1163），字当可，号缙云，著有《缙云集》43 卷、《易伦》2 卷。

据嘉庆《四川通志·进士》记载：“冯时行，璧山人。”宋徽宗宣和六年恩科状元，历官奉节县尉、江原县丞、左奉礼郎等，后因力主抗金被贬，于重庆结庐授课，“坐废”十七年后方重新起用，官至成都府路提刑，逝世于四川雅安。

《缙云集》43卷（《宋史·艺文志》），已散佚。明嘉靖中李玺刊为《缙云先生文集》4卷，卷一至三为诗。冯时行诗，以影印文渊阁《四库全书·缙云文集》为底本，校以清赵氏小山堂抄本（简称小山堂本，藏北京图书馆）。另从《永乐大典》等书辑得之集外诗，编为卷四。

《四库全书·缙云文集·提要》云其诗：“忠义之气隐然可见。”

<< 学生习作与点评

隐士之德，璧玉琼山

◎ 璧山中学校初2024届11班 罗梓心

金庸武侠小说中有这样几位隐士一样的人物，他们不是主角，戏份少之又少，但他们身怀绝技，战绩辉煌至极，甚至让主角黯然失色。当我要提笔为我的家乡重庆璧山找一个合适的描述时，这句话忽然出现在我的脑海里。对于华夏大地上争奇斗艳的“江湖”而言，璧山不正像一位隐士吗？

隐士潜心雕琢着一方璞玉之土，凝神造就了一座似璧之山，又把阳光揉碎撒入了悠悠碧水中。水中摆动的红掌，应知晓了冷暖。

我在秀湖公园举起尘封已久的相机：湖里还有春阳残存，它慢慢散开，将绿潭染成橙黄色，一直延到天边。我坐在长椅上，和煦的风儿送来了一路旖旎，湖边的鸟雀在湖边彳亍着。哦，这是来自春的圆舞曲。

隐士轻抚肥沃的土壤，抚出了一片格桑花海。花海是粉红的，时有几只胖胖的蜜蜂附在格桑花上。格桑花俨然变成了一张舒适而又宽敞的床。我大抵也是应这“乱花渐欲”迷了眼，竟一时突感隐士的格桑花是有“初带夜月，半含朝雨”之意。

隐士把湖中的碧绿涂抹在柳枝上、草坪上。在一路繁花似锦后，我的眼中映了满眼的绿意。柳树从容怡然，柳枝的末端微微地翘着，像是一个小姑娘的麻花辫，要不然怎么会说“春风似剪刀”呢！

我望着天上的风筝，走到广阔无垠的草坪，闻到了草的味道，是清新的也是甜的。此时，我在春风中，也仿佛是草坪上一株嫩绿的小草，那么盎然。

隐士将春天的温柔抹在百年的老树上。老树坚实的臂膀承载了成百上千个童年。那一碰就掉的树皮，是我小时候想碰、现在却又不舍得碰的执念。我依稀记得小时候常在树下与朋友打闹。几个小孩子明朗的笑声助力徐徐的春风，将树叶吹得抬起了头。

“夜月一帘幽梦，春风十里柔情”。我最喜的是隐士家中春天的夜晚。窗帘虚掩着，窗外的清辉洒入屋里。光，照在了脸上，花被映成了安静乖巧的精灵。窗外边灯火辉煌，把广场舞的声音传到了千家万户。风又吹了进来，是凉的，也是甜的。

春天的晚上总会下雨。我喜欢将手伸出窗外。在细腻的春雨中，不知道在何时，我又陷入了深深的梦境。梦也是香甜的。

这位隐士叫璧山，我的家乡。

“山出白石，温润如玉”，这是隐士名字的由来。它同它的名字一样儒雅、温暖，极吸引人。

“来了，就是璧山人”是它的热情。它欢迎着许许多多的人融入这座田园都市。

璧山种下的每一个春天啊，都是我用一座秋山的落叶的热爱与怀想种出的。

离开后又回到璧山时的每一刻，我的心都为其会跳动、雀跃。

只因为它是璧山。

* 教师点评

本篇文章运用象征手法，让我们领略到了“隐士”璧山的自然之美：春阳染天边、鸟雀彳亍舞、格桑花迷眼、绿柳从容怡然、老树粗糙有力……万物动人的点点滴滴，都是源于“隐士”的潜心雕琢，从而造就了“来了就是璧山人”的家乡归属感。

绿叶的情意

◎ 璧山中学校高 2023 届 B01 班 石瑄宇

璧山，一个平凡的地方，没有大城市的繁华，不如蓬莱仙境般梦幻，更没有金银岛那样富裕，但她就像兰波笔下的“香蕉园”、李娟笔下的“阿勒泰”一样，让我魂牵梦绕。

璧山，我的家乡，我的心之所向！她是参天大树，而我是小小的一片绿叶。

璧山，唐至德二年建制，因境内“山出白石，明润如璧”而得名，素有“巴渝名邑”的美誉。她位于重庆西部，在祖国的心腹之中，也在我的心腹之中。

她曾有过低谷。

爷爷年轻时，璧山正值穷苦时期。这里的孩子大都没有上学。饥荒时，人们只能吃树皮、泥土。这是现在的我难以想象的。尽管这样，爷爷也爱这里。他说人是一片绿叶，就算离世，也要融入家乡的土里。

父亲年轻时，这里留不住人。工业完全没有，农业也发展得不好。无数年轻人为了讨生活不得不离开。父亲也一样。他离开时的心情我不能得知，但我想一定是难受的——绿叶离开了树又能鲜绿多久呢？

父亲常对我说，走出去了，一定要记得回来，为家乡做点贡献。我从父亲的表情里读出他对家乡的爱。落叶总要归根，人不能忘本。

2005 年，我与璧山第一次相见。在我最初的记忆里，她是一条长长的老街，有树隙中洒下的跳跃的金色阳光。

2010 年，大学城隧道通车，这里交通更加便利。我上小学时，路又被翻修了几次，更加整洁干净。虽看不到清洁工人工作，但整洁的街道却处处是他们留下的痕迹。早上叫醒人们的，或许是婴儿的啼哭，或许是汽车的鸣笛。

再后来，璧山注重可持续发展，修建了很多公园。人们慕名来到这里，逛公园、品璧山兔。璧山越来越美，天空的蓝空灵灵的，大地的绿沉静静的。

2021 年，地铁一号线开通璧山站，为璧山注入了更多活力。在云巴开通仪式上，当看到四百架无人机腾空而起时，我心里无比震撼。同时，我也明白，璧山如一颗新星正在冉冉升起。

“四百多年里，它一面剥蚀了古殿檐头浮夸的琉璃……”这是史铁生笔下的家乡。“两岸的豆麦和河底的水草所发散出来的清香，夹杂在水汽中扑面地吹来……”这是鲁迅笔下的家乡。

我的家乡，如今高楼林立。薄雾中，人们忙碌着；朝阳中，人们奋斗着；学校的角落里，读书声琅琅。社会和谐美好，自然与科技完美融合。

我的家乡——璧山，是不一样的田园都市。现在，她迎来了自己的辉煌。

我很幸运，生长在璧山。我也更加坚定，要把这里建设得更好，因为她支撑着我的呼吸与心跳。这是我一出生就有的牵连，像母亲与孩子一样，有一根隐形的脐带把我们联结。

如今的绿叶再对家乡树枝倾吐情意："家乡璧山啊，清澈的爱只为您！"

＊教师点评

石瑄宇同学在文中表达了三代"绿叶"对家乡璧山的深情。多用修辞，句式灵活，语言很有魅力。

樱桃叶底红，幸福谷中来

◎ 璧山中学校高 2023 届 B14 班 吴梦婷

又是人间四月，太阳从厚厚的雨云中探了个头又缩回去。浴着微风，我一步步踏上樱桃谷观景台的阶梯。

千级阶梯上人们三五成群：有人到了山顶，举相机记录红绿相间的美景；有人在半道，擦着汗水前行；还有的人半道拐进山谷，笑着采摘樱桃。

我爬到山顶，将樱桃谷尽收眼底。红色玛瑙点缀着漫山遍野的翠绿；到处是采摘或行走的游客；山脚下的大坝上摆满了各式各样的小摊，水果、玩具、小吃应有尽有。望着欣欣向荣的景象，我不禁回忆起儿时的樱桃谷。

那时樱桃谷还没名字，只是一个普通山坳，住着普通山民。其离乡镇有三小时路程，虽不太远，但山路崎岖。因此，谷中樱桃无人问津，大多供山民自家人食用。

那时我在镇上读小学，曾一度因道路难走而不愿回家。

后来，崎岖的山路变成了平坦的公路，交通便利了。自此，我的家乡发生了翻天覆地的变化。公路沿着村边的小河，已延伸到樱桃谷山脚。云雾山的樱桃也终于走入人们的视野。

精准扶贫政策实施后，镇政府通过实地考察，决定把樱桃作为实现脱贫的特色农产品。山民扩大了樱桃种植面积，还发起"樱桃"系列活动。

此后每年三月，樱桃谷在阳光下绽满粉色樱桃花，美不胜收，似人间仙境。到了四月樱桃采摘的季节，在外务工的人都要回乡参与采摘。有的人还开办了农家乐。乡亲们说收入增加了，都是沾了樱桃的光。

随着樱桃谷美名远扬，来游玩的人逐年增多。2023 年，随着"云雾山采摘节"的设立，我回到老家，看到老家换了大模样：河边的杂草变成了观赏植物，郁郁青青，黄粉相间，风移影动，珊珊可爱；逆流而上的泥土河堤已变成水泥大坝，四周还挂着宣传“乡村音乐会”“抓泥鳅”等活动的招牌，异趣横生。

这无不展现出樱桃谷前所未有的活力。

在此之前，我从未想过沈从文先生笔下端午抓鸭子的趣事也会被我看到。

2024 年，我因学业错过了樱桃节，但从妈妈的描述里却能想象得出节日的火热：“之前自驾来游玩的人太多，村政府特地扩宽了道路，没料到还是堵车呢。现在还专门修建了更多有意思的活动场所。美景美食，真是度假好去处啊！”

我的思绪被后面采摘樱桃游客的欢声笑语拉回现实。我打开手机，把樱桃谷的美景记录下来。我的家乡少了荒草丛生的野气，多了妙趣横生的现代元素。她再不似以前那般独立世外，而是向世人展示她的美。

最美的是，这里淳朴的民风可不曾改变，要是你来做客，定会受到热情招待的。

雨后破晓的天，雾气围绕的山，新长出的竹笋芳草，从云层中透过的阳光，山风裹挟着的樱桃特有的芳香，以及耳畔回响的欢笑，组成了家乡“樱桃谷”的新画像。

想到家乡日新月异的变化，居然有一种我和家乡一同成长之感。

这就是我最亲爱的家乡，樱桃叶底红，幸福谷中来。

* 教师点评

吴梦婷同学写了家乡樱桃谷的“前世今生”，细描了樱桃谷的新画像。语言精练，寥寥几笔，就为热闹的樱桃谷勾勒出一幅简笔画。此外，情真意切，对家乡的热爱之情自笔端溢满纸面。

我与丁家坳

◎ 壁山中学校高 2023 届 A05 班 **曾越**

丁家，又名丁家坳。坳，即山坳，山间平地。丁家坳，顾名思义，是一个周围皆山，底部很平的小镇。而我的家乡就在丁家坳的石坝村。

这里虽小，却是我的根，是我儿时生活的地方。一枝一叶都承载着我生命中最柔软的地方。

这里宁静、祥和，如“缩小版江南水乡”。水碧天蓝、瓦绿砖红，枇杷、青苔、山坡、田地……

这里虽无江水环绕，但有一条小溪自南向北而流。不管春秋冬夏，她总是淙淙地流淌。不知她的上游是哪，也不知她的下游在哪，只知她年年如此，永不停歇。从山脚下行约两里，小溪上横跨一方木墩。村民们常年在这里洗衣，赤着脚打水花、谈天、说笑……这条小溪记录了多少人的故事呢！

记忆里，儿时的屋子的房梁是用偌大的木头做成的。房顶是三角锥形，上面盖着灰色的瓦片，外灰内白。下雨天屋子会漏雨，那时，小孩子最喜欢的游戏便是各抱一个桶，比赛谁接的水多，跑来跑去忙忙碌碌……大人们也没闲着，从衣柜里翻出破衣服，缝缝补补……

屋前有棵枇杷树，是外公种的。夏夜，大人小孩都在枇杷树下乘凉。小孩围着枇杷树绕啊绕，似乎有耗不尽的精力；大人说着家长里短，似乎总有说不完的故事。

小孩听不懂大人的话，大人也不解小孩的快乐……

渴的时候，我会随手摘下一个枇杷：“外公种的枇杷真好吃！”

外公乐着：“喜欢吃就多吃呗！”

石坝村最有名的，还属村口的鱼塘。

听说这是当初村委会带领村民成功脱贫后，村委会筹资为村民建的。鱼塘大约两块田大小，为了提高经济效益，人们在夏天还会在鱼塘里面种莲藕，等到莲花开放后，一片“莲叶何田田，鱼戏莲叶间”的盛景。

随着脱贫攻坚工作进程加快，小镇变成小城，老屋改造为电梯房。医院、商场、便利店、公交站……各种基础设施完善合理，便利极了。一座座摩天大楼拔地而起，金碧辉煌。

每个小区都配备了车库、电梯以及保洁人员。这里景色宜人，蝉鸣鸟叫，藤萝、黄桷春秋代序，一片热闹之景。虽不比了北上广大城市的灯火通明，但也算光芒四射了。小溪依旧流淌，哗啦啦的水声昼夜不息。

枇杷树呢？有了村委会的扶植，外公早已把老屋门前的两块田地变成了枇杷林。每次回老家，大人和小孩仍会在枇杷树下乘凉，大人依旧谈论着家长里短，小孩依旧会在树下绕啊绕，说着“外公种树，我们乘凉”这种讨喜的话。外公依旧只是笑，让小孩多吃枇杷。

每年枇杷都有好收成，也都能卖个好价钱。

鱼塘呢？村委会请来技术员，将鱼塘升级为“桑（蔗）基鱼塘”，运用生态工程自生原理，将陆地种植与鱼塘养殖有机地结合起来。现在的鱼塘不只夏有荷花，而且春有甘蔗、秋有蚕被、冬有蚕蛹，一年四季都有鳙鱼、鲢鱼、草鱼、鲫鱼等出产，每年都有好收成……

丁家坳啊，无论时光如何流逝，你都是我的根。我爱我家，我爱丁家坳！

*教师点评

曾越同学描绘了他的家乡丁家坳醉人的美景。丁家坳以前就是“缩小版的江南水乡”，脱贫攻坚工作完成后，丁家坳更迷人了，景美，生活甜。文章语言清丽，句式多变，情感真挚，亲切率真，很有感染力。

|第二节 大渡口区|

主持 / 蔡兴红老师

<< 美文荐读

故都的秋

◎ 郁达夫

秋天，无论在什么地方的秋天，总是好的；可是啊，北国的秋，却特别地来得清，来得静，来得悲凉。我的不远千里，要从杭州赶上青岛，更要从青岛赶上北平来的理由，也不过想饱尝一尝这“秋”，这故都的秋味。

江南，秋当然也是有的；但草木凋得慢，空气来得润，天的颜色显得淡，并且又时常多雨而少风；一个人夹在苏州上海杭州，或厦门香港广州的市民中间，浑浑沌沌地过去，只能感到一点点清凉，秋的味，秋的色，秋的意境与姿态，总看不饱，尝不透，赏玩不到十足。秋并不是名花，也并不是美酒，那一种半开、半醉的状态，在领略秋的过程上，是不合适的。

不逢北国之秋，已将近十余年了。在南方每年到了秋天，总要想起陶然亭的芦花，钓鱼台的柳影，西山的虫唱，玉泉的夜月，潭柘寺的钟声。在北平即使不出门去罢，就是在皇城人海之中，租人家一椽破屋来住着，早晨起来，泡一碗浓茶，向院子一坐，你也能看得到很高很高的碧绿的天色，听得到青天下驯鸽的飞声。从槐树叶底，朝东细数着一丝一丝漏下来的日光，或在破壁腰中，静对着像喇叭似的牵牛花（朝荣）的蓝朵，自然而然地也能够感觉到十分的秋意。说到了牵牛花，我以为以蓝色或白色者为佳，紫黑色次之，淡红色最下。最好，还要在牵牛花底，教长着几根疏疏落落的尖细且长的秋草，使作陪衬。

北国的槐树，也是一种能使人联想起秋来的点缀。像花而又不是花的那一种落蕊，早晨起来，会铺得满地。脚踏上去，声音也没有，气味也没有，只能感出一点点极微细极柔软的触觉。扫街的在树影下一阵扫后，灰土上留下来的一条条扫帚的丝纹，看起来既觉得细腻，又觉得清闲，潜意识下并且还觉得有点儿落寞，古人所说的梧桐一叶而天下知秋的遥想，大约也就在这些深沉的地方。

秋蝉的衰弱的残声，更是北国的特产，因为北平处处全长着树，屋子又低，所以无论在什么地方，都听得见它们的啼唱。在南方是非要上郊外或山上去才听得到的。这秋蝉的嘶叫，在北方可和蟋蟀耗子一样，简直像是家家户户都养在家里的家虫。

还有秋雨哩，北方的秋雨，也似乎比南方的下得奇，下得有味，下得更像样。

在灰沉沉的天底下，忽而来一阵凉风，便息列索落地下起雨来了。一层雨过，云渐渐地卷向了西去，天又晴了，太阳又露出脸来了；着着很厚的青布单衣或夹袄的都市闲人，咬着烟管，在雨后的斜桥影里，上桥头树底下去一立，遇见熟人，便会用了缓慢悠闲的声调，微叹着互答着的说：

“唉，天可真凉了——”（这了字念得很高，拖得很长。）

“可不是么？一层秋雨一层凉啦！”

北方人念阵字，总老像是层字，平平仄仄起来，这念错的歧韵，倒来得正好。

北方的果树，到秋来，也是一种奇景。第一是枣子树；屋角，墙头，茅房边上，灶房门口，它都会一株株地长大起来。像橄榄又像鸽蛋似的这枣子颗儿，在小椭圆形的细叶中间，显出淡绿微黄的颜色的时候，正是秋的全盛时期；等枣树叶落，枣子红完，西北风就要起来了，北方便是沙尘灰土的世界，只有这枣子、柿子、葡萄，成熟到八九分的七八月之交，是北国的清秋的佳日，是一年之中最好也没有的Golden Days。

有些批评家说，中国的文人学士，尤其是诗人，都带着很浓厚的颓废色彩，所以中国的诗文里，赞颂秋的文字的特别的多。但外国的诗人，又何尝不然？我虽则外国诗文念得不多，也不想开出账来，做一篇秋的诗歌散文钞，但你若去一翻英德法意等诗人的集子，或各国的诗文的Anthology来，总能够看到许多关于秋的歌颂和悲啼。各著名的大诗人的长篇田园诗或四季诗里，也总以关于秋的部分，写得最出色而最有味。足见有感觉的动物，有情趣的人类，对于秋，总是一样的特别能引起深沉、幽远、严厉、萧索的感触来的。不单是诗人，就是被关闭在牢狱里的囚犯，到了秋天，我想也一定会感到一种不能自已的深情；秋之于人，何尝有国别，更何尝有人种阶级的区别呢？不过在中国，文字里有一个“秋士”的成语，读本里又有着很普遍的欧阳子的《秋声》与苏东坡的《赤壁赋》等，就觉得中国的文人，与秋的关系特别深了。可是这秋的深味，尤其是中国的秋的深味，非要在北方，才感受得到的。

南国之秋，当然是也有它的特异的地方的，比如廿四桥的明月，钱塘江的秋潮，普陀山的凉雾，荔枝湾的残荷等等，可是色彩不浓，回味不永。比起北国的秋来，正像是黄酒之与白干，稀饭之与馍馍，鲈鱼之与大蟹，黄犬之与骆驼。

秋天，这北国的秋天，若留得住的话，我愿把寿命的三分之二折去，换得一个三分之一的零头。

一九三四年八月，在北平

导　读

《故都的秋》是中国现代著名小说家、散文家、诗人郁达夫于1934年8月创作的一篇经典散文。这篇作品以细腻的笔触描绘了北京秋天的景象，通过“秋晨之景”“秋槐之景”“秋蝉之景”“秋雨之景”和“秋果之景”五个方面，展现了故都之秋的“清、静、悲凉”特点。文章不仅仅是对自然景色的描摹，更是郁达夫内心情感的抒发，表达了他对故都的深深眷恋和对国家命运的忧虑。

这篇作品不仅展示了郁达夫卓越的文学才华，也是中国现代文学中的一颗璀璨明珠。

☆经典推荐

《上善之地大德之城——大渡口区文化旅游掠影》画册

（大渡口区文化和旅游会发展委员会 编）

本画册从“山水之城、人文之韵、钢城之魂、活力之地”四个方面详细介绍了大渡口的地理资源。如万里长江流经大渡口形成的重庆主城区第一大江湾，以及猫儿峡、铜锣峡、明月峡等“巴渝小三峡”的壮丽景色。还介绍了大渡口的历史文化，如马王场遗址、义渡文化等。从壮丽的自然风光到深厚的历史文化底蕴，再到现代城市的活力与希望。本画册如同一幅精美的画卷，缓缓展开在读者面前。

此外，本画册不仅文字优美、内容翔实，还配以大量精美的图片。这些图片直观地展示了大渡口区的自然风光、历史遗迹和现代城市风貌，让读者在阅读的同时仿佛身临其境。

总之，要想了解大渡口、走进大渡口、爱上大渡口，可以尽情阅读本画册。可以说“一册在手，尽览大渡口”。

长征厂永存

◎ 茄子溪中学高 2024 届 1 班 陈婉婷

怀着一份对未知的好奇，我踏上了去长征厂的路途，走进了时间的罅隙里。

235 路公交车上，人群攘攘，我静静地伫立着，聆听着老婆婆讲述自己与长征厂的故事。

她说，那年她从远方背着背包，响应国家号召，跋山涉水地来到这里驻扎。她说，在厂里工作，早上喝一杯热粥，听着孩童们银铃般的笑声，是她最幸福的时刻。她说，长征厂肩负着“备战备荒为人民，好人好马上三线”的时代使命，也是她这一生的使命。

我带着她的故事，走进了长征厂。

初见长征厂，一座座矮小的平房映入眼帘。看惯了重庆的高楼大厦，这般的建筑似乎带给我不一样的视觉感受。它不同于大同小异的肤浅建筑，历史的厚重感层层包裹着它。

踏进长征厂大门，入目的是那些烙下时代印记的厂房、高大的烟囱、报废的机器……废弃铁轨上锈迹斑斑，枕木的间隙里也长满了杂草。顿时，一股无措感涌上我的心头。

突然，一抹绿色映入我眼帘。原来是长满厂房的爬山虎。它们随风肆意摇曳着，用自己的身躯占满了整面墙壁。它们用自己的热情诉说着生命的活力。我似乎明白了，长征厂并未破败，它承载着一代人的记忆，早已在工业历史上留下浓墨重彩的一笔。

“轰隆隆”的火车行进声拉回了我的思绪。我回头凝望，再一次被工业的魅力震撼，红色的火车车厢融入蓝天白云，绝美的画卷展现在我的眼前，长征厂的活力也随着火车鸣笛声复苏了。

来到员工宿舍，一群孩子跑着跳着，玩闹声、嬉笑声窜入了耳朵。这是属于新一代儿童的童年，他们或许从他们的父辈那里听过了长征厂的历史，他们将会从父辈的手中接过接力棒，踏上了新时代的新征程。

我继续向前走着，一群群朝气蓬勃的年轻人拿着相机拍着长征厂某个场景。我不禁也拿起相机，定格了他们与长征厂的印记。

长征厂不会消失，它在人们的记忆中代代相传，正如悠久的革命历史在我们的心中永存。我们永远铭记着先辈的奉献，也将带着他们的事迹，传承手中的接力棒，为我们自己，为泱泱中国，踏上新的征程。

＊ 教师点评

本文通过描绘家乡的风物——长征厂，承载了复杂的感情和人生感喟。文章其实运用了今昔对比手法，昔日长征厂是非凡的，如今长征厂房是破旧的。作者在怀旧伤逝的同时，透出达观和通透。时代在发展，生活在改变，长征厂的消失是必然的，但人民对它的记忆却不会消失。

文章构思巧妙，独具匠心，选取长征厂这一“容器”，写长征厂的衰败，写生于斯长于斯的“我”的感念之情，写岁月变迁的感慨，这样诸多复杂、深沉的情感，也有所附丽，而且使文章内容集中紧凑。

马桑溪——大渡口的起源地

◎ 茄子溪中学高 2024 届 1 班 揭羽

光阴似箭，日月如梭。我扎根于大渡口已经 10 年之久了，大渡口早已深深地印在我脑海里。尤其是大渡口的起源地——马桑溪古镇。

我和马桑溪的关系，就像史铁生和地坛、鲁迅和百草园、蒲松龄和聊斋。在我心中，马桑溪古镇，就是藏在重庆城里的小江南。

十年前，有一个小男孩坐在千年前种下的马桑树下，看着马桑溪古镇里的川流不息的行人，错落有致的房屋，满载而归的渔民，不懂得怎么形容眼前充满人间烟火气的一幅画。现在小男孩长大了，他又来到了马桑树下，站在明清时期重庆长江最大的码头思考：为什么大渡口不叫马桑溪？

忽而马桑树，哗哗而舞，他明白了。马桑溪是一位慈祥的母亲，大渡口是一个勤劳的孩子。马桑溪孕育了大渡口，大渡口也没有辜负它的母亲，让自己在重庆占有一席之地。

在我的记忆中，马桑溪的四季太模糊了，这不怪它，而是重庆的气候太模糊。一千年来，它一面剥蚀了马桑溪檐头浮夸的琉璃，淡褪了门壁上炫耀的朱红，坍圮了一段段高墙又散落了玉砌雕栏，马桑树附近也愈见苍幽。

可我对它的喜爱只增不减，马桑溪的每一个屋檐下我都去过，每一米街道上都有我的脚印。有时候我待一会儿就回家，有时候又会待到地上满是月光。

马桑溪的美说不清，譬如长江上寂静的落日余晖平铺的一刻，整个渡口都被染得金红；譬如马桑溪最为寂寞的时间段，鸟儿在马桑树上叽叽喳喳，为它添上一分生机；譬如，你忧郁的时候，它镇静地站在那儿；你欣喜的时候，它仍然镇静地站在那儿；时刻陪伴你，却又从不打扰你。

马桑溪的美不能写只能看，要身临其境才明白。它的美，甚至是难以记忆的，只有你看到它，才能触及它的全部情感和意蕴。

我常常到马桑溪去。就连岁月，也无法消磨我对马桑溪的热爱，更不能磨灭那座悠久的古镇。

* 教师点评

马桑溪古镇是大渡口文化旅游产业的一处重要的地标式景点，人文旅游古镇。从早期的沿江渡口到近代的繁忙商埠，这座承载了千年历史的古镇，在近几十年间一直深藏闺中。作者以生动细腻的语言描写了自己对马桑溪深深的爱。爱它的四季，爱它的一切。读来甚是喜欢。

渡，度

◎ 茄子溪中学高 2024 届 1 班 **杨睿翔**

渡，渡千山万水，
渡，渡时间长河；
度，度崇山峻岭，
度，度艰难岁月；
渡，度；

忆往昔炮兵渡千山万水坚守金鳌，
叹今朝人民度崇山峻岭奋战山火；
渡，渡口已渡时间长河，
度，渡口已度艰难岁月；
渡，度；

渡，轻舟已过万重山，
度，吾辈岂能等闲度？
上善若水地，美丽大德城；

重钢集团的钢铁之魂携着落后的渡口渡过千山万水，
音乐半岛的多彩艺术湾看着发展的渡口度过艰难岁月；
渡，度；

渡，在时间的长河里留下足迹，
度，在艰难的岁月里滴下汗水；
如今迈步从头渡，
吾辈更应挺膺度；
渡，度！

* 教师点评

本文结构清晰，语言凝练优美，以诗歌的形式形象地展现了大渡口人民钢铁般的意志和挺膺担当的气度。壮哉！美哉！

|第三节 垫江县|

主持/刘春荣老师

<< 美文荐读

五月的北平

◎ 张恨水

能够代表东方建筑美的城市，在世界上，除了北平，恐怕难找第二处了。描写北平的文字，由国文到外国文，由元代到今日，那是太多了，要把这些文字抄写下来，随便也可以出百万言的专书。现在要说北平，那真是一部廿四史，无从说起。若写北平的人物，就以目前而论，由文艺到科学，由最崇高的学者到雕虫小技的绝世能手，这个城圈子里，也俯拾即是，要一一介绍，也是不可能。北平这个城，特别能吸收有学问、有技巧的人才，宁可在北平为静止得到生活无告的程度，他们也不肯离开。不要名，也不要钱，就是这样穷困着下去。这实在是件怪事。你又叫我写哪一位才让圈子里的人过瘾呢？

静的不好写，动的也不好写，现在是五月（旧的历法是四月），我们还是写点五月的眼前景物吧。北平的五月，那是一年里的黄金时代。任何树木，都发生了嫩绿的叶子，处处是绿荫满地。卖芍药花的担子，天天摆在十字街头。洋槐树开着其白如雪的花，在绿叶上一球球的顶着。街，人家院落里，随处可见。柳絮飘着雪花，在冷静的胡同里飞。枣树也开花了；在人家的白粉墙头，送出兰花的香味。北平春季多风，但到五月，风季就过去了（今年春季无风）。市民开始穿起夹衣，在不暖的阳光里走。北平的公园，既多又大。只要你有工夫，花不成其为数目的票价，亦可以在锦天铺地、雕栏玉砌的地方消磨一半天。

照着上面所谈，这范围还是太广，像看《四库全书》一样。虽然只成个提要，也觉得应接不暇。让我来缩小范围，只谈一个中人之家吧。北平的房子，大概都是四合院。这个院子，就可以雄视全国建筑。洋楼带花园，这是最令人羡慕的新式住房。可是在北平人看来，那太不算一回事了。北平所谓大宅门，哪家不是七八上下十个院子？哪个院子里不是花果扶疏？这且不谈，就是中产之家，除了大院一个，总还有一两个小院相配合。这些院子里，除了石榴树、金鱼缸，到了春深，家家由屋里度过寒冬搬出来的花。而院子里的树木，如丁香、西府海棠、藤萝架、葡萄架、垂柳、洋槐、刺槐、枣树、榆树、山桃、珍珠梅、榆叶梅，也都成了人家普通的栽植物，这时，都次第地开过花了。尤其槐树，不分大街小巷，不分何种人家，到处都栽着有。在五月里，你如登景山之巅，对北平城作个鸟瞰，你就看到北平市房全参差在绿海里。这绿海就大部分是槐树造成的。

洋槐传到北平，似乎不出五十年。所以这类树，树木虽也有高到五六丈的，都是树干还不十分粗。刺槐却是北平的土产，树兜可以合抱，而树身高到十丈的，那也很是平常。洋槐是树叶子一绿就开花，正在五月，花是成球的开着，串子不长，远望有些像南方的白绣球。刺槐是七月开花，都是一串串的，有些像藤萝（南方叫紫藤），不过是白色的而已。洋槐香浓，刺槐不大香，所以五月里草绿油油的季节，洋槐开花，最是凑趣。

在一个中等人家，正院子里可能就有一两株槐树，或者是一两株枣树。尤其是城北，枣树逐家都有，这是“早子”的谐音，取一个吉利。在五月里，下过一回雨，槐叶已在院子里着上一片绿阴。白色的洋槐花在绿枝上堆着雪球，太阳照着，非常的好看。枣子花是看不见的，淡绿色，和小叶的颜色同样，而且它又极小，只比芝麻大些，所以随便看不见。可是它那种兰蕙之香，在风停日午的时候，在月明如昼的时候，把满院子都浸润在幽静淡雅的境界。假使这人家有些盆景（必然有），石榴花开着火星样的红点，夹竹桃开着粉红的桃花瓣，在上下皆绿的环境中，这几点红色，娇艳绝伦。北平人又爱随地种草本的花籽，这时大小花秧全都在院子里拔地而出，一寸到几寸长的不等，全表示了欣欣向荣的样子。北平的屋子，对院子的一方面，照例下层是土墙，高二三尺，中层是大玻璃窗，玻璃大得像百货店的货窗相等，上层才是花格活窗。桌子靠墙，总是在大玻璃窗下。主人翁若是读书伏案写字，一望玻璃窗外的绿色，映人眉宇，那实在是含有诗情画意的。而且这样的点缀，并不花费主人什么钱的。

北平这个地方，实在适宜于绿树的点缀，而绿树能亭亭如盖的，又莫过于槐树。在东西长安街，故宫的黄瓦红墙，配上那一碧千株的槐林，简直就是一幅彩画。在古老的胡同里，四五株高槐，映带着平正的土路，低矮的粉墙，行人很少，在白天就觉得其意幽深，更无论月下了。在宽平的马路上，如南、北池子，如南、北长街，两边槐树整齐划一，连续不断，有三四里之长，远远望去，简直是一条绿街。在古庙门口，红色的墙，半圆的门，几株大槐树在庙外拥立，把低矮的庙整个罩在绿阴下，那情调是肃穆典雅的。在伟大的公署门口，槐树分立在广场两边，好像排列着伟大的仪仗，又加重了几分雄壮之气。太多了，我不能一一把它介绍出来，有人说五月的北平是碧槐城市，那却是一点没有夸张。

当承平之时，北平人所谓的“好年头儿”；在这个日子，也正是故都人士最悠闲舒适的日子。在绿荫满街的当儿，卖芍药花的平头车子整车的花骨蕾推了过去。卖冷食的担子，在幽静的胡同里叮当作响，敲着冰盏儿，这很表示这里一切的安定与闲静。渤海来的海味，如黄花鱼、对虾，放在冰块上卖，已是别有风趣。又如乳油杨梅、蜜饯樱桃、藤萝饼、玫瑰糕，吃起来还带些诗意。公园里绿叶如盖，三海中水碧如油，随处都是令人享受的地方。但是这一些，我不能、也不愿往下写。现在，这里是邻近炮火边沿，南方人来说这里是第一线了。北方人吃的面粉，三百多万元一袋；南方人吃的米，卖八万多元一斤。穷人固然是朝不保夕，中产之家虽改吃糙粉度日，也不知道这糙粮允许吃多久。街上的槐树虽然还是碧净如前，但已失去了一切悠闲的点缀。人家院子里，虽是不花钱的庭树，还依然送了绿荫来，这绿荫在人家不是幽丽，乃是凄凄惨惨的象征。谁实为之？孰令致之？我们也就无从问人。《阿房宫赋》前段写得那样富丽，后面接着是一叹：“秦人不自哀！”现在的北平人，倒不是不自哀，其如他们哀亦无益何！

好一座富于东方美的大城市呀，他整个儿在战栗！好一座千年文化的结晶呀，他不断的在枯萎！呼吁于上天，上天无言，呼吁于人类，人类摇头。其奈之何！

导　读

《五月的北平》是张恨水的一篇经典散文，以细腻温婉的笔触描绘了五月时节北平的独特风韵。在这篇文章中，张恨水不仅展现了北平的自然美景，更深入挖掘了这座城市的文化底蕴和历史积淀。

五月的北平，春意盎然，花香四溢。张恨水通过生动的描写，带领读者仿佛置身于那个时代的北平，感受着那里的温暖阳光、和煦微风，以及绚烂多彩的花卉。他巧妙地运用对比和烘托手法，突出了北平与其他城市的不同之处，展现了这座城市独有的魅力和韵味。

此外，张恨水还通过对北平人文景观的描绘，表达了对这座城市深厚的文化底蕴和悠久历史的崇敬之情。他的文字流畅自然，情感真挚动人，让读者在领略北平美景的同时，也能感受到他对这座城市的深深眷恋。

☆经典推荐

《望春风》

（格非 著，译林出版社，2016 年 7 月版）

《望春风》是格非荣获茅盾文学奖后的首部长篇佳作，也是集其 30 年文学创作精华的成熟之作。对于每一个中国人来说，乡村是无可回避的精神源泉。《望春风》完成了一次几乎不可能的返乡之旅，以回到“过去”来看“当下”的观念，余韵悠长、值得咀嚼的历史片段，置于时代长河背景的“桃花源”气象，如卷轴般娓娓道来的写法，描绘乡土中国的活色生香，发现普通人的高贵品质，定格日常生活的瞬间永恒。

<< 学生习作与点评

雁字回时，予乡相忆

◎ 垫江第五中学校高 2023 届 6 班 余晓璐

“乡书不可寄，秋雁又南回。”

我的家乡坐落于县城南部，是一个有山有水有灵气的小镇——三溪。她依山傍水，亘古不变地停留在这里，日日夜夜咏唱着轻缓的歌谣。唯有轻柔的山雾，响起高昂的雄鸡啼鸣，方可使她轻轻地睁开双眸，凝望着她庇佑的子民。

“晨兴理荒秽，带月荷锄归。”

勤劳朴素的人民，用凝结的汗珠铸造了一个美丽的家园。这里春赏百花之鲜艳，夏闻蝉鸣之华章，秋看硕果之飘香，冬忆傲雪之梅秀。这里不光山清，水也秀丽。

春天，这里会有大片大片的油菜花。置身其中，扑鼻而来的是花香，扑面而来的是蜂飞蝶舞。雄鹰低旋于天空，白鹭二分水中洲，林子里面的鸟都活跃起来了。翅膀扇动的声音、纵情歌唱的声音、嫩黄抽芽的声音……盎然生机，岂不恣意？

夏天，水稻已越发茁壮。风拂过，便沙沙一曲华章。树叶的绿如有实质，上面仿佛凝结了一层晶莹露水，娇嫩欲滴。蝉鸣于绿荫之下，荷露于水天之间，此情此景，便把“荷花露香气，竹露滴清响”的美好情景体现得淋漓尽致，给人一种清凉之感。

秋天，枫叶欲燃，如火般挂在树上，漫山可见。染尽了晚霞，染尽了红袄，染上了人们的脸颊。秋高气爽，硕果累累。金橘色的秋天便向人们展露了她的新颜，人们无一不赞美她，无一不歌颂她。

冬天，风儿呼啸而过，我们看不见雪花，无法体会银装素裹的美丽冬季，但山谷中的红梅却依然挺立着，点缀了这个寂静的季节。

“各山各水各有灵。”水井，一种早已被现代社会抛弃的储水方式，在这里，却不难见到。水井用青色的瓷砖砌起来，显得古朴了些许。即使在阳光照射下，水也丝毫不减其甘甜清冽，口渴的人来一捧，便可缓解口中干涩、心中烦躁。

我生活的地方，有一口古朴的井，不知道有多少年了。我爷爷说，那是从前全村人的水源，就算是走几里路也是要挑回来的。现在却是无人问津了。

山泉水，潺潺而往下流，清甜可口。山泉从天上来，往地下去，来来往往之间哺育了一代又一代人，也见证了家乡的历史岁月。

“羁鸟恋旧林，池鱼思故渊。”

我的家乡在一个不起眼儿的小地方。她是那么普通，那么平凡，却又那么柔韧强大，那么令人眷恋。我深爱着这片哺育着我、给予我力量和安宁的土地！

* 教师点评

家乡的油菜花黄，是作者生命的颜色；家乡的鸡鸣声，是作者心中的呐喊；家乡的水井，是作者心里割不断的情结；家乡的山泉水，是作者永远跳动的心房。家乡是一片林，作者是一只鸟，她爱这片土地，因为在这里有她生命里全部的力量。

家乡民居风貌

◎ 垫江第二中学校 张华

民居建筑风貌，一般反映了当时当地的自然气候和建筑技术水平。对那些刻意复古或标新立异者，另当别论。

二十世纪上半叶，鹤游坪有许多竹篱茅舍，为穷人所居。那是一种干打垒为墙，竹竿为架，茅草或稻草代瓦的房子。有的甚至只用竹篾编制而成的围挡。这种房，勉强能够遮风挡雨，而且几乎每年都需翻盖一次才行。这种房谈不上安全、隐蔽。好在穷人不怕盗贼，只注意防火。

和竹篱茅舍对应的，是坪上不少的高墙大院（这个“院”字，部分坪人误读为“wán”，又转变为“wān”，所以把村庄叫作“湾子”。亦有所处地势山弯水弯的意思）。高墙多为条石砌成。正面开门处叫朝门。墙的延伸无定制，合围、不合围都有，视地形而定。院内房屋，在明清时期多为木结构。制式为“五柱三间”、“七柱三间”或“九柱三间”者。整体布局，有一正两横的三合院式；有上屋、下屋、两横屋组成的四合院式。院外继续扩建则采取小天井式。木结构房屋受材料限制，一般只有一楼一底的空间。

每个湾子都留出较宽的晒坝，是晒谷、晒衣、宴会及孩童嬉戏的场所。

每个湾子都在附近洼处建水塘，作为洗涤及防火的水源。

这些湾子，最初是一家人同堂而食，尚能保持原布局。后来子孙繁衍，只好析房分炊。原布局就逐渐乱了。各起炉灶，各开门户，无复初年光景。这也是历史发展的必然。

鹤游坪有不少著名湾子。如牌楼砭夏家大湾、白家场何家大湾、界枫赵家坝及舒家双桂湾、晓春沟陈家大湾等。

每个湾子都有自己的历史故事。在双桂湾和陈家大湾修建中就有两则轶闻。这两湾主人都很富有。坪上早年流传“舒家有银子，陈家有谷子”的民谚。

双桂湾当年修得很豪华，听说用的是琉璃瓦。因此，有人忌妒而密告朝廷，说它违制，敢与皇家抗衡。朝廷便派人查处。舒家人得知后很惊恐，各处求解救之策。

经高人指点，舒家人在门前挂上“舒氏宗祠”的牌匾。果然，朝廷特派员到双桂湾一看是“舒氏宗祠”而非民居，就回奏了朝廷，这件事总算过去。因为哪姓人的祖宗，都有显贵的过去。双桂湾也躲过了一劫。

双桂湾的富贵，有人忌妒，也有更多人羡慕。民国时期，有些主妇持刀宰鸡前，还对鸡说：“你到双桂湾投生去吧！”

另一则轶闻是，陈家大湾的建筑也惊动了朝廷，但不是双桂湾那样的惊恐而是庆幸。

乐善好施的陈家主人，一次去峨眉山进香归途中，得知路过的安南桥工程因为缺乏资金停滞。他一次捐了一百二十石稻谷，使安南桥得以建成。

过了几年，湖广水灾，朝廷募赈。涪州州官召集绅商大户认捐。绅商济济一堂，久无反应。又是这位陈家大湾主人，首先认捐了三百石稻米，打破了僵局。州官把他的义举上报朝廷，皇帝即令表彰。在他家门前，挂上“钦赐大夫第”匾额，并让其客厅改装“六合门”（六合是天地四方的总称。天子主六合。这里是给陈家的殊荣）。陈氏宗谱记有此事。

岁月沧桑，明清时期的建筑已逐渐消失，社会进步使较多的人的生活条件得到改善。现在的鹤游坪民居，风貌一新——现代化建筑，崛起于丘山拢亩间，俨如别墅。琉璃瓦已不稀罕，电气化非古人能见。

鹤游坪跟上时代前进的步伐，越变越美。

＊教师点评

有一种对家乡文化负责任的态度，叫实地走访和历史考究。作者用他的双脚丈量着家乡的每一寸土地；用一支笔，描绘着家乡民居的过去；用一份特殊的情感，传递着家乡变迁的喜悦。老百姓住在民居中，作者住在家乡人的心里。

荔枝古道

◎ 垫江中学校高 2024 届 21 班 王小丫

初次结识荔枝，是在杜牧的那首诗中。

荔枝古道，说法不一：一为“岭南说”，一为“涪州说”。岭南距长安数千公里，因此，要想将荔枝运至长安且保持新鲜如初，实难为之。似乎“涪州说”，更为可信。

在唐代，涪陵所产的荔枝，常为朝廷贡品。唐玄宗下令自涪州（今涪陵）设专驿道直通长安，以便及时进贡鲜荔枝。这条驿道也因此被世人称为“荔枝道”。

《成都方志》载，荔枝道起自涪陵城西的荔枝园，北渡长江，经黄旗口，取道鹤游坪、垫江、梁平、开江、达州，由小川北大道过陕西省西乡县，至宁陕县接子午峪直达长安，全长约一千公里。

垫江县境内约有荔枝道七十公里，经坪山、永平、高峰、黄沙、桂溪、新民、沙坪七镇。如今，在坪山、黄沙等地尚有驿道遗址。从此，我的家乡走进浩瀚历史典籍中。

荔枝古道自涪州妃子园起至长安，行程不过三日。这与《涪州志》记载“七日到长安”的说法有异。按照古代良马日行千里，各驿站又换马接力，两千里路程三日到达似乎可信，但从荔枝道整个路途的艰难考虑，七日比较实际。

唐玄宗宠妃杨玉环喜食新鲜荔枝。据《新唐书》载：“妃嗜荔枝，必欲生致之，乃置骑传送，走数千里味不变，已至京师。”

白居易《荔枝图序》也有“若离本枝，一日而色变，二日而香变，三日而味变，四五日外，色香味尽去矣”之说。

古人如何采取保鲜措施？古人虽没有今天的冷藏设备，但他们在实践中发明了一种保鲜的方法，那就是将鲜荔枝连细枝摘下，装入巨大的竹筒中，用蜡封口。这样可以延长荔枝保鲜期。通过荔枝道，出子午峪，到达长安宫中，七八天时间，其色香味亦如当初。

另外，徐勃在《荔枝谱》中介绍了一种办法：“乡人常选鲜红者，于竹林中择巨竹，凿开一穴，置荔节中，仍以竹箨裹泥封固其隙，藉竹生气滋润，可藏至冬春，色香不变。”

唐玄宗为了让宠妃吃上鲜荔枝，驿站传送不知累死了多少马匹和驿卒。杜甫叹曰：“忆昔南海使，奔腾献荔支（枝）。百马死山谷，到今耆旧悲。”以此来看，唐玄宗为了博得宠妃一笑，不惜劳民伤财。

这条荔枝古道，延续千年，历代王朝将它作为通蜀的主要交通要道。明清时期，荔枝古道最为兴盛，商贾多由此道入川。千年荔枝古道历经几个朝代，修了毁，毁了再修，同样代表着我们先人的勤劳智慧，可以说是与万里长城等量的古代奇观。

新建公路让荔枝古道遗迹残留无几，但它的千古风情，将在开发这条旅游线中，焕发历史风采。

这是上苍留给现代家乡人的一份厚礼。它记录着唐代久远的故事，呈现出历史的沧桑。荔枝古道作为千年风雨中的一条重要名道，见证了天翻地覆的变化和与日俱变的繁荣景象。

* 教师点评

小小的人儿，却对家乡有着大大的情怀。这种情怀让她不只“听闻”家乡，而是让自己在典籍里“找寻”家乡，在古道中“读懂”家乡，再向每一个家乡人娓娓道来。

乡间的游走“竹人”

◎垫江中学校高2024届19班 张佳欣 谭俣辰

“那时候，我们往这边一走，家家都喊我们，小娃儿最喜欢了。”这是冉德中老人对我们说的第一句话。他脸上洋溢着笑容，是自豪，也是回忆。

冉德中老人年近八旬，自小跟着父亲学习竹编技艺。他回忆道：“小时候，老汉（方言：父亲）白天在外头种地，晚上没得（有）事情做就编竹。我也不记得怎么开始的，我有记忆的时候就已经会编一些小东西了。”

在这个科技日益发达的时代，竹编渐渐退出了我们的生活，但在老一辈的生活中却是必不可少的。赶场（方言：逛集市）的时候，你是否发现老年人喜欢背着竹篓？这就是竹编在生活中最普遍的应用。

我们在路上随机采访了一位奶奶：“奶奶，你这个竹篓买多久了？”

“好多年了哦。”

“这个背硌起好痛哦，怎么不用其他的口袋什么的？”

“这个方便噻，硌不痛，我背好久了。”

奶奶的回答是大多数老一辈人的真实想法。

我们将这段采访内容告诉了冉德中老人。他笑得豪爽，说道：“是嘛！竹篓还是好，想要不硌背都是有技巧的，编的时候就要注意，选好竹子，干的竹子，不要有签签，这种一般都不会硌痛，和现在那些流水线上的东西比，还是老东西实在。”

据冉德中老人自述，在二十世纪初，竹编尤为盛行，家家户户看到他都打招呼，争着要他编竹。他编的东西也是越来越丰富。

最开始是简单的竹篓，家家都需要。生活条件好了，竹编的玩具便是小孩的最爱。往常是大人叫他编竹，后来是小孩缠着大人叫他编竹。

竹编的玩具往往是一些小动物：呼呼大睡的垂耳小猪、安静优雅的文静兔子，还有一些充满神秘色彩的小物件。

小孩一看就怕的大蟒蛇，是冉德中老人最爱给孩子编的玩具。每每孩子被吓得吱哇乱叫，冉德中老人也会情不自禁地大笑起来，嘴里也说着，“小孩就是逗着才好玩”。

我们问冉德中老人：“竹编给你带来了什么？”

他思考了一会儿：“其实最开始也是像小孩那样编着好玩嘛，打发时间而已。年纪越来越大了，编竹是我的生计，编个竹篓收块儿八角钱。再后来，就是图个开心，那小孩笑，我也跟着笑一会儿。”

我们想，也许不是所有的事情都需要有意义，图个开心快乐也不为过。

我们最后采访了一位儿时的伙伴，她向我们描述竹编在她印象中的样子：春风携我走进竹林，竹叶的声响是歌，竹筒的摇动是鼓，最后竹林里充盈着欢笑。

* 教师点评

“春风携我走进竹林，竹叶的声响是歌，竹筒的摇动是鼓”，这样的家乡美景让人沉醉。从竹编背篓到竹编玩具，从谋生计到图开心，家乡游走的“竹人”走出了家乡的别样风景。

| 第四节 合川区 |

主持 / 田波英老师

<< 美文荐读

海　燕

◎ 郑振铎

乌黑的一身羽毛，光滑漂亮，积伶积俐，加上一双剪刀似的尾巴，一对劲俊轻快的翅膀，凑成了那样可爱的活泼的一只小燕子。当春间二三月，轻飔微微地吹拂着，如毛的细雨无因的由天上洒落着，千条万条的柔柳，齐舒了它们的黄绿的眼，红的白的黄的花，绿的草，绿的树叶，皆如赶赴市集者似的奔聚而来，形成了烂漫无比的春天时，那些小燕子，那么伶俐可爱的小燕子，便也由南方飞来，加入了这个隽妙无比的春景的图画中，为春光平添了许多的生趣。小燕子带了它的双剪似的尾，在微风细雨中，或在阳光满地时，斜飞于旷亮无比的天空之上，唧的一声，已由这里稻田上，飞到了那边的高柳之下了。再几只却隽逸的在粼粼如縠纹的湖面横掠着，小燕子的剪尾或翼尖，偶沾了水面一下，那小圆晕便一圈一圈的荡漾了开去。那边还有飞倦了的几对，闲散的憩息于纤细的电线上——嫩蓝的春天，几支木杆，几痕细线连于杆与杆间，线上是停着几个粗而有致的小黑点，那便是燕子，是多么有趣的一幅图画呀！还有一个个的快乐家庭，他们还特为我们的小燕子备了一个两个小巢，放在厅梁的最高处，假如这家有了一个匾额，那匾后便是小燕子最好的安巢之所。第一年，小燕子来住了，第二年，我们的小燕子，就是去年的一对，它们还要来住。

“燕子归来寻旧垒。”

还是去年的主，还是去年的宾，他们宾主间是如何的融融泄泄呀！偶然的有几家，小燕子却不来光顾，那便很使主人忧戚，他们邀召不到那么隽逸的嘉宾，每以为自己运命的蹇劣呢。

这便是我们故乡的小燕子，可爱的活泼的小燕子，曾使几多的孩子们欢呼着，注意着，沉醉着，曾使几多的农人们市民们忧戚着，或舒怀的指点着，且曾平添了几多的春色，几多的生趣于我们的春天的小燕子！

如今，离家是几千里！离国是几千里！托身于浮宅之上，奔驰于万顷海涛之间，不料却见着我们的小燕子。

这小燕子，便是我们故乡的那一对，两对么？便是我们今春在故乡所见的那一对，两对么？

见了它们，游子们能不引起了，至少是轻烟似的，一缕两缕的乡愁么？

海水是皎洁无比的蔚蓝色，海波平稳得如春晨的西湖一样，偶有微风，只吹起了绝细绝细的千万个粼粼的小皱纹，这更使照晒于初夏之太阳光之下的、金光灿烂的水面显得温秀可喜。我没有见过那么美的海！天上也是皎洁无比的蔚蓝色，只有几片薄纱似的轻云，平贴于空中，就如一个女郎，穿了绝美的蓝色夏衣，而颈间却围绕了一段绝细绝轻的白纱巾。我没有见过那么美的天空！我们倚在青色的船栏上，默默的望着这绝美的海天；我们一点杂念也没有，我们是被沉醉了，我们是被带入晶莹的天空中了。

就在这时，我们的小燕子，二只，三只，四只，在海上出现了。它们仍是隽逸的从容的在海面上斜掠着，如在小湖面上一样；海水被它的似剪的尾与翼尖一打，也仍是连漾了好几圈圆晕。小小的燕子，浩莽的大海，飞着飞着，不会觉得倦么？不会遇着暴风疾雨么？我们真替它们担心呢！

小燕子却从容的憩着了。它们展开了双翼，身子一落，落在海面上了，双翼如浮圈似的支持着体重，活是一只乌黑的小水禽，在随波上下的浮着，又安闲，又舒适。海是它们那么安好的家，我们真是想不到。

在故乡，我们还会想象得到我们的小燕子是这样的一个海上英雄么？

海水仍是平贴无波，许多绝小绝小的海鱼，为我们的船所惊动，群向远处窜去；随了它们飞窜着，水面起了一条条的长痕，正如我们当孩子时之用瓦片打水漂在水面所划起的长痕。这小鱼是我们小燕子的粮食么？

小燕子在海面上斜掠着，浮憩着。它们果是我们故乡的小燕子么？

啊，乡愁呀，如轻烟似的乡愁呀！

导　读

作者通过细腻的笔触和生动的描写，展现了燕子在春天里的活泼与灵动，同时也寄托了作者对故乡的思念之情。文章不仅描绘了春天的美丽景象，还通过燕子的形象，传达了作者对故乡的深深眷恋。

作者在文中通过对燕子特征的细致刻画，展现了燕子的活泼与灵动。春天的景象被作者描绘得栩栩如生，细雨、微风、柔柳、花朵、草地等元素共同构成了一幅美丽的春景图。燕子在这幅图中自由飞翔，为春光增添了许多生趣。此外，还通过描写燕子与故乡的联系，表达了作者对故乡的思念之情。文章中提到燕子“归来寻旧垒”，强调了燕子与故乡之间的深厚情感，使读者能够感受到作者对故乡的深深眷恋。

阅读《海燕》，不仅可以欣赏到春天的美景和燕子的生动形象，还能深刻体会作者对故乡的思念之情。作者通过细腻的笔触和生动的描写，将读者带入一个美妙的艺术境界，充分展示了作者的艺术功底。

☆经典推荐

《跟我一起读合川》

（叶华 著，中国文史出版社有限公司，2024年1月版）

一个人对生育自己的母亲的依恋确乎是天然的，但对也是生养自己的另一个“母亲”故乡的依恋，似乎只有在一种特定环境下才会显现出来。譬如离开故乡后，总是在他乡的梦里反复梦见故乡的山水、人和事，也只有这时候才发现自己的魂牵梦绕所在。自己对这个“母亲”的牵肠挂肚，进而发现对她知之不多，如不孝之子一样惭愧。

《跟我一起读合川》是一部精心编纂的通俗读物，旨在引领读者深入探索合川这片土地的丰富底蕴。书中，合川的悠久历史如同一幅幅画卷缓缓展开，其独特的地理位置、繁荣的经济景象，以及深厚的文化底蕴跃然纸上。读者将随着作者的笔触，穿越时空，感受合川在历史长河中的沧桑巨变与辉煌成就。

此外，假如读者想实地了解合川的风土人情，本书还精心提供了合川的旅游攻略，不仅涵盖了必游的风景名胜，还介绍了地道的合川美食与独特的民俗风情。无论是想要一睹合川自然风光的游客，还是渴望深入了解合川人文历史的学者，都能在本书中找到满足自己需求的精彩内容。总之，《跟我一起读合川》是一部集知识性、趣味性、思想性于一体的优秀读物。

读起来吧，常在合川的孩子、即将离开合川的学子、在外漂泊的游子……读《跟我一起读合川》吧！

合州记忆

◎ 合川中学高2024届24班 吴若茜

千里江陵，万里蹀躞，念念回首，三江汇合处——合州。

乘着李白的轻舟，路过千重山，穿过万层雾，合州终于在眼前徐徐铺展开来。

不同于江南的柔美清丽，亦有别于西北的豪放粗犷，西南腹地的这座小县城合州，永远为我敞开她浸着黄桷兰香的怀抱。

她温柔又坚韧，用险而又险的钓鱼城，护住了这方子民，护住了南宋国祚。

古城墙上斑驳的苔痕是历史的证人，山中缭绕的云雾是先人的忠魂。“上帝折鞭处”怎会是虚名？千年风沙涤荡，非但没使她的威仪减损一分一毫，反倒为她增添深沉内敛的光华。

漫步古街，沿着蜿蜒曲折的羊肠小道爬坡上坎，顺着沁人心脾的黄桷兰香翻山越岭，巴楚文化穿过时光的霭霭烟云，历久弥新，生生不息。

“绿槐高柳咽新蝉，薰风初入弦。”红色祈福带在盈满水汽的江风中翩然起舞，青绿的黄桷树叶和着咿咿呀呀的川戏曲调轻轻哼唱。撩开文峰戏院的门帘，往门框一靠，绝佳的好位置。抬手，挥袖，迈步，圆场，落手，转身，一气呵成。还没来得及看个分明，就见得那乖乖坠在腰间的流苏倏地化作一柄威风凛凛的青色长剑，只站在角落远远一瞧，也觉得杀气凛冽。

从戏院出来，已近黄昏，浮光跃金，闪闪的鎏金织锦随着涪江缓缓铺到天边。合州的春秋都不分明，只等“满园银杏落秋风”时，才后知后觉：呀，已然深秋了！

一定要在这时候去看看东津沱渔火。

不必在钢筋森林深处奔逃，不必在车水马龙上空飞翔，东津沱畔的一艘小船足以带着你领略合州烟火。

不用停下脚步，顺着流水慢慢走，跟着锦鲤缓缓游，远处渔火，近处白塔，江心的重重光影，空中的耿耿星河，似真似幻，璀璨迷离。

下了船，夜生活才刚刚开始。

就近抄一条小巷，一路走过，红汤滚肥的鱼火锅自不必说，绿红相间的少水粉也是老熟人，更有焦黄酥脆的合川肉片、雪白柔嫩的盐井豆花、色泽金黄的阴米锅巴，正藏在某条巷口候着你一眼看万年。

记忆，在合州！

＊教师点评

这篇文章如同一首优美的散文诗，描绘了合州的美丽古城和历史韵味。作者运用丰富的想象力和优美的语言，描绘了合州的地理环境、历史文化、人文景观和美食风物，展现了一个充满魅力和无尽韵味的故乡。作者描绘出的迷蒙梦境，让读者流连忘返、沉醉不知归路，似乎也唤醒了我们对故乡的无尽牵挂和深深眷恋。

永恒的城

◎ 合川中学高 2024 届 24 班 邹妍冰

清清兮渠河，悠悠兮涪水，渺渺兮嘉陵，合三江之碧水，聚三川之灵秀，是谓合川。

这里有生生不息的江水，奔涌万载，哺育一方生灵。

“大江来从万山中，山势尽与江流东。”碧波浩渺的江水从远古走来，似乎仍可见江边浣纱的窈窕淑女沉醉于江中游鱼，江中捕鱼的蓑笠翁收获满仓的喜悦。这滋养万物的江水，在代代合川人的炊爨中流淌，淌进人们的心间。去江边古街转转吧，穿过狭窄的石街，在城灯楼影中，看“三棵树”繁密枝叶，听头顶满树蝉鸣，在叠绿飞翠间感受苦难、坚韧与幸福。或者去江边坐坐，约二三好友，泡一杯菊花茶，吹吹亲切的江风，晒晒融融的太阳。“春风临古渡，旭日耀文峰。”看塔影倒映江中，水清，塔白，风轻，闭上眼，“夕阳牛背无人卧，带得寒鸦两两归”的悠然便不期然撞入心间。江水奔腾，岁月如歌，当你登临文峰塔顶，看千帆过尽，满城灯火，便会发现，悠悠江水已然流进合川人心底。

这就是合川城，奔腾的三江水穿城而过，城在江中生，江在城中流。

这里有怀瑾握瑜的人民，代代繁衍，传承一城生气。

走过三江的人，有三江的汉子，他们脚踏山岩，手抓沙石，过险滩，越急流，喊出天地间最滚烫的号子，将生命与激情的赞歌留在巴渝大地上。走过三江的人，就是合川人，当你张开怀抱，便会拥尽一城的温柔。只有你亲身前往合川，才能感受到人间烟火气是多么地抚慰人心。行走于合川街头，沿街而坐的食客，大口嘲着小面，鼓腹含和;火锅店里，欢声笑语中，传递出合川人的豪迈与奔放。在这座梯梯坎坎的城里，大大小小的人努力生活着，无论是背着背篓赶路的行人，还是路边修鞋小摊的师傅；无论是匆匆而行的快递小哥，还是吆喝卖菜的阿婆，无不透露着对生活的热忱。

这就是合川人，一半是豪情，一半是柔情，刚柔相济。

这就是合川城，一座有生命的城，一座可以世世代代繁衍生息的城。

这是一座英雄的城，矗立千秋，守护国门，沉淀山河的秘密。

古老城墙苔痕满布，巍峨城门倚地拔天，钓鱼城就这样威风凛凛地庄严地静默在时光里。“说到当时元宋战，萧萧铁马尚嘶鸣。”当宋之孤勇对上元之骄悍，历史的印记已在合川的史册上闪亮。“卅载孤天一线，千秋共仰宋三卿。”战争虽败，壮举却成。古戍者魂立山间，英雄们睥睨河川，钓鱼城精神丰碑铸就。当日寇的炮火惊醒了这座古老的钓鱼城，合川人封藏内心千年的热血也被点燃，他们大喊着“卫我河山，浴血红颜”投身战场，将曾经刀光闪烁的凛然，甲胄相击的铿然，化作满腔爱国热情，他们用鲜血再次书写“川人从未有负国”的壮举，成就了川军“死字旗”的悲壮！“东川彼列，西山盘回。眺若旱土，将近现川。”见者必曰：“是乃倍峻乎燕然！”这就是合川城！“砥柱岿然护国门。”

这就是合川人！英雄的城，英勇的人，你们与时光共立。

三江合川，合川三江，一座城孕育三江水，三江水养育一方人。一城山水，一城传奇，城立千年，水流万载，人生代代，在时光积淀中，便有了合川，这座永恒的城！

＊教师点评

作者从“三江水”“三江人”“英雄城”三个视角将合川这座城的山水风物、人情世态娓娓道来，让人在山水中流连，在历史中徜徉，感受得天独厚的馈赠，体味坚忍执着的品质。三江汇流，绵延千古，永恒不变的是作者对故乡的深沉的爱！

涞滩的声音

◎ 合川中学高 2024 届 25 班 罗婧绮

青石板小巷的细雨、二佛寺的钟鸣、古镇的乡音，是我对涞滩挥之不去的记忆。

初见，正值雨季，从城市的喧嚣处仓皇出逃，蓦然，撞进了这青石板铺就的涞滩古镇。“三面悬崖抱涞滩，万夫莫开瓮城关。”褐色的瓮城石拱门静默地伫立在镇口，斑驳的苔痕流淌着寂寞，嵌着雕花窗户的木质阁楼，斑驳破败。屋檐上挂着水珠，一滴一滴连缀成断线的珠子，敲打在青石板上，发出清脆的响声。这声音在古镇里回荡绵延，仿佛一位长者，絮絮叨叨，讲述着过往的传奇。烟雨弥漫，我迈着细碎的脚步，拾级而上，向古镇深处慢行。

“古寺倚危崖”，绕过古树，穿过绝壁上的红墙古道，二佛寺悠长浑厚的钟声便一下又一下地敲击我的心头，不由自主地想起“万籁此都寂，但余钟磬音”一类的诗句。一道寺门，隔开了红尘熙攘，烟雾缭绕间是无尽的虔诚与肃穆。百步石阶下，一尊盘坐的巨佛，闭眼凝神，表情祥和；稀疏的香客或闭目静坐，或点一炷香，或燃一把纸，天地间，便只剩那阵阵钟鸣。

都说乡音是故土刻在身上的印记，徜徉在涞滩的长街小巷，老人们口中的古老方言，让古镇更显一分古朴与亲切。“豆腐乳、老腊肉、渠江鱼，巴适得很哟！”一位老奶奶坐在方竹凳上，一面挥着蒲扇驱赶蚊虫，一面有一搭没一搭地叫卖着。蒙蒙细雨渐渐退去，酒馆里老人的玩笑话，巷子深处妇人饭后的闲谈，街道上孩童追逐戏耍的欢笑声也更显清晰。偶尔还能遇见一只花猫，伸了伸懒腰，“嗷呜”一声蹿上房檐不见了踪影。隐匿在长街小巷中的句句乡音，总能带来浓浓烟火气。

涞滩，有的是“结庐在人境，而无车马喧”的安宁，有的是“山水如画心无杂，禅林清静意自如”的适意。她如一颗镶嵌在时光深处的明珠，又如一曲源远流长的古韵，承载着岁月的痕迹与游子的思念。涞滩的声音，穿过悠长的岁月，以永恒的旋律，向三江岸边的合州子民，讲述着车马喧嚣之外的古老传说。

* 教师点评

作者抓住声音这个独具一格的符号，将一个充满历史韵味和人间烟火气的世界缓缓铺展。无论是雨滴落在青石板路上的清脆响声，还是空灵虔诚的二佛寺钟声，又或是老人们的玩笑话、妇女的闲谈、孩童的欢笑，这些声音在作者的笔下如同乐章般交织在一起，形成了涞滩古镇独特的音韵。这种情感不仅缘于对涞滩古镇的热爱，更是对历史与文化的敬仰。穿过声音的丛林，我们看到的是作者对涞滩古镇的一次深情告白。

石碑犹存，万家安宁

◎ 合川中学高 2025 届 7 班 秦臻

钓鱼城的阶梯，如同这座城跌宕的故事那样陡峭；石阶上的苔藓，如同这座城长青的历史般苍翠。就像庙堂从来不缺朝圣者，这处连“上帝之鞭”都被折断的圣地，也从来不缺仰慕的旅人。

我踩着坑坑洼洼的石阶上行，每一步的回响都像是在为历史的赞歌和声，每一阶都是不同的音调，就像每一道石缝里都藏着不同的故事。阳光从头顶的树枝间洒下来，稀疏的光影摇摇晃晃，落在地上勾勒出往事模糊的轮廓。

那陈年的城墙在我上行的步伐中褪去了老旧的颜色：裂缝合拢，杂草凋零，砖石又重新紧密地凑在了一起。再抬头，那威风凛凛的将军正肃穆立于其上，他的周遭散落着衣衫褴褛的士兵，不算士兵，他们只是城中幸存的平民，面容枯槁却眼神凛冽。战旗猎猎，像是在高声吟咏着赞歌。

就是这样一名威武的将军，带着这群没经过任何战事历练的平民，面对着凶猛剽悍的蒙古铁骑，在这方天地苦苦坚守了三十六年。

我又往上走了一阶，那面千疮百孔的军旗孤零零地在空中飘荡，却迟迟不肯落下，就像南宋覆灭，只剩了钓鱼城还在苦苦坚守。

军旗撕裂的声响划破天际，那如雨注般的箭矢、那城墙上滚落的石块，将企图登城的蒙军挨个阻拦。蒙军的身躯从云梯上重重地坠落，发出沉闷的声响，蒙军的首领也倒在了簇拥而上的人群里。箭矢、石块戛然而止，萦绕在钓鱼城上三十六年的硝烟蓦然散去，那城墙上，屹立的是如释重负的平民。

我不停地上行，每踩一级阶梯，似乎都能看见那一场惨烈的激战：那些石块的边角沾着血，那些箭矢的尖端滴着血，那些城墙的裂缝覆着血。而那面残破不堪的军旗，已然蒙尘看不清形状，如同南宋王朝早已覆灭在江南偏安的粉黛之中不见痕迹，只剩了这一孤独的城——钓鱼城。

我的脚踏上最后一级石阶，那些无依无靠的平民在脚步落下的最后一刻化为烟云散去。游客在不远处排着长队，据说是在做游戏，看看谁能闭着眼睛走直线摸到前面那堵墙上的“忠”字，便寓意着吉祥如意。游客走得歪七扭八，人群中散发出阵阵欢笑声。那边一大队的人跟在导游身后，导游正在讲述钓鱼城英勇惨烈的三十六年。跟在后面的游客或认真聆听，或好奇环望，或伸手触摸苔痕斑驳的古城墙，仿佛那些历史的热流会顺着掌心，淌入心间。

钓鱼城如同一座丰碑，记载了血泪历史，也镌刻着万千忠魂。过往不再，石碑犹存，万家安宁。

* 教师点评

作者登览钓鱼城，在历史的记忆里追溯漫游，硝烟弥漫的战场、同仇敌忾的军民、矢志不渝的坚守，随着作者的拾级而上一一铺展开来，一字一语间，流淌的是作者对历史的瞻顾，对英雄的敬仰，正是丰碑一样的古城换来了代代万家安宁。

第五节 江津区

主持 / 龚梅老师

<< 美文荐读

想北平

◎ 老舍

设若让我写一本小说，以北平作背景，我不至于害怕，因为我可以捡着我知道的写，而躲开我所不知道的。让我单摆浮搁的讲一套北平，我没办法。北平的地方那么大，事情那么多，我知道的真觉太少了，虽然我生在那里，一直到二十七岁才离开。以名胜说，我没到过陶然亭，这多可笑！以此类推，我所知道的那点只是“我的北平”，而我的北平大概等于牛的一毛。

可是，我真爱北平。这个爱几乎是要说而说不出的。我爱我的母亲。怎样爱？我说不出。在我想作一件讨她老人家喜欢的事的时候，我独自微微笑着；在我想到她的健康而不放心的时候，我欲落泪。语言是不够表现我的心情的，只有独自微笑或落泪才足以把内心揭露在外面一些来。我之爱北平也近乎这个。夸奖这个古城的某一点是容易的，可是那就把北平看得太小了。我所爱的北平不是枝枝节节的一些什么，而是整个儿与我的心灵相粘合的一段历史，一大块地方，多少风景名胜，从雨后什刹海的蜻蜓一直到我梦里的玉泉山的塔影，都积凑到一块，每一小的事件中有个我，我的每一思念中有个北平，这只有说不出而已。

真愿成为诗人，把一切好听好看的字都浸在自己的心血里，像杜鹃似的啼出北平的俊伟。啊，我不是诗人！我将永远道不出我的爱，一种像由音乐与图画所引起的爱。这不但辜负了北平，也对不住我自己，因为我的最初的知识与印象都得自北平，它是在我的血里，我的性格与脾气里有许多地方是这古城所赐给的。我不能爱上海与天津，因为我心中有个北平。可是我说不出来！

伦敦，巴黎，罗马与堪司坦丁堡，曾被称为欧洲的四大“历史的都城”。

我知道一些伦敦的情形；巴黎与罗马只是到过而已；堪司坦丁堡根本没有去过。就伦敦，巴黎，罗马来说，巴黎更近似北平——虽然“近似”两字要拉扯得很远——不过，假使让我“家住巴黎”，我一定会和没有家一样的感到寂苦。巴黎，据我看，还太热闹。自然，那里也有空旷静寂的地方，可是又未免太旷；不像北平那样既复杂而又有个边际，使我能摸着——那长着红酸枣的老城墙！面向着积水滩，背后是城墙，坐在石上看水中的小蝌蚪或苇叶上的嫩蜻蜓，我可以快乐的坐一天，心中完全安适，无所求也无可怕，像小儿安睡在摇篮里。是的，北平也有热闹的地方，但是它和太极拳相似，动中有静。巴黎有许多地方使人疲乏，所以咖啡与酒是必要的，以便刺激；在北平，有温和的香片茶就够了。

论说巴黎的布置已比伦敦罗马匀调的多了，可是比上北平还差点事儿。北平在人为之中显出自然，几乎是什么地方既不挤得慌，又不太僻静：最小的胡同里的房子也有院子与树；最空旷的地方也离买卖街与住宅区不远。这种分配法可以算——在我的经验中——天下第一了。北平的好处不在处处设备得完全，而在它处处有空儿，可以使人自由的喘气；不在有好些美丽的建筑，而在建筑的四周都有空闲的地方，使它们成为美景。每一个城楼，每一个牌楼，都可以从老远就看见。况且在街上还可以看见北山与西山呢！

好学的，爱古物的，人们自然喜欢北平，因为这里书多古物多。我不好学，也没钱买古物。对于物质上，我却喜爱北平的花多菜多果子多。花草是种费钱的玩艺，可是此地的“草花儿”很便宜，而且家家有院子，可以花不多的钱而种一院子花，即使算不了什么，可是到底可爱呀。墙上的牵牛，墙根的靠山竹与草茉莉，是多么省钱省事而也足以招来蝴蝶呀！至于青菜，白菜，扁豆，毛豆角，黄瓜，菠菜，等等，大多数是直接由城外担来而送到家门口的。雨后，韭菜叶上还往往带着雨时溅起的泥点。青菜摊子上的红红绿绿几乎有诗似的美丽。果子有不少是由西山与北山来的，西山的沙果，海棠，北山的黑枣，柿子，进了城还带着一层白霜儿呀！哼，美国的橘子包着纸；遇到北平的带霜儿的玉李，还不愧杀！

是的，北平是个都城，而能有好多自己产生的花，菜，水果，这就使人更接近了自然。从它里面说，它没有像伦敦的那些成天冒烟的工厂；从外面说，它紧连着园林，菜圃与农村。采菊东篱下，在这里，确是可以悠然见南山的；大概把“南”字变个“西”或“北”，也没有多少了不得的吧。像我这样的一个贫寒的人，或者只有在北平能享受一点清福了。

好，不再说了吧；要落泪了，真想念北平呀！

导　读

《想北平》是老舍先生的一篇抒情散文，字里行间流露出对故乡北平的深深眷恋与无尽思念。在这篇文章中，老舍并没有过多地描绘北平的宏伟建筑或壮丽景色，而是从细微处入手，以平实而真挚的语言，勾勒出一幅幅充满生活气息的北平画卷。它以平实的语言、细腻的笔触和深沉的情感，展现了老舍对故乡北平的深深眷恋和无尽思念。通过阅读这篇文章，我们不仅能够领略到北平的独特魅力和文化底蕴，也能够感受到老舍对故乡的深深热爱和对文学的执着追求。

文章开篇，老舍便直抒胸臆，表达了对北平的深深想念。他并没有急于展现北平的繁华与热闹，而是从一些日常琐事入手，如逛菜市、吃早点、看街景等，这些看似平凡无奇的细节，却在老舍的笔下变得生动而有趣，让人仿佛能够穿越时空，亲身感受到那个时代的北平生活。

☆经典推荐

《呼兰河传》

（萧红　著，人民文学出版社，2020 年 9 月版）

《呼兰河传》是作家萧红创作的长篇小说。全书共七章，以 20 世纪 20 年代松花江和呼兰河北岸的小城呼兰为背景，以作者的童年生活为线索，描写普通人的普通生活，反映呼兰这座小城当年的社会风貌、人情百态。

《呼兰河传》不同于通常意义上的小说，它没有核心人物，也没有完整贯穿始终的故事。作者对小城的风俗描写，对于小城居民的生活场景的描述，对于特定氛围的渲染，如同一幅栩栩如生的风俗画。在本书中，作者无情地揭露和鞭挞中国几千年的封建陋习形成的毒瘤，以及毒瘤溃烂漫浸所造成的瘟疫般的灾难。

家乡之光

◎ 江津二中高 2024 届 19 班 姚谊

在这纷繁复杂的世界中，人们总会经历不同的事情，肩负着不同的使命，但不可否认的是，人们对家乡的热爱是不尽相同的。即使我身陷繁忙的学业，我对家乡的热爱依旧不减。

我的家乡位于重庆市江津区石门镇，那里或许不被人所熟知，但是那里的标志性建筑物一定是老少皆知的。

《江津县志》记载，“大佛寺，距城百里，近石门场大江边，古凿大佛手岩上，高十丈许，左有石如净瓶，右如鹦鹉，寺依岩石建筑，高达十余丈，为楼七层”。是的，没错，这就是万里长江第一大佛——石门大佛。

石门大佛寺摩崖造像刻工精湛，细腻，线条流畅，立体感和审美感极其强烈。而它也有一个神奇的传说，相传鲁班师徒寻遍千山万岭，大江南北，终于选中了这块风水宝地建佛，佛像才有了灵气。不管这个传说是否真实，石门大佛的确是刻工精湛，是造佛人的智慧体现，是重庆最独特的文物之一，也是我家乡最具特色的文物。

每当我走过石门大佛寺的时候，我的心里都会升起敬意，尽管我不信神佛，尽管我不认为拜神佛能够帮助我什么，但我还是会毕恭毕敬地朝其拜一拜。

大佛寺里的观音慈眉善目，端庄娴静，头戴宝冠，坐于莲花台之上，其神态安详，在笑容中透露出自由自在，无拘无束。尽管其是如此和蔼可亲，但我的心中依旧有敬意，或许这是对其塑造者敬仰，又或许是因为它过于神圣。不管怎样，这都要归功于它刻工精湛。每一个到大佛寺参观的人，无一例外地都去观音那里拜一拜。据说拜过之人，开始变得幸运，身体变得健康，家和万事兴。

大佛寺是如此神圣，没有任何人敢在大佛寺里大肆喧哗，做一些不敬的事情。

虽然大佛寺有完善的保护系统，但是经过漫长岁月，它仍免不了遭受各种各样的破坏，有自然的，也有人为的，但是大佛寺仍展现了石门镇人对它的爱意，展现了中国人对它的敬意。它是石门镇的象征体现，也是前人智慧的体现。它是中国文化的体现，也是历史传承的体现。

万里长江第一佛——石门大佛无愧于重庆独特象征之一，石门大佛会永存于世，会永远保佑人民幸福安康。我爱我的家乡，我爱我的家乡之光——石门大佛。

＊ 教师点评

在这片被长江温柔环抱的土地上，石门大佛寺不仅是历史的见证，更是心灵的归宿。大佛寺的一砖一瓦，都承载着石门镇人的记忆与梦想。对于远行的游子而言，大佛寺更是心中的一抹乡愁，无论走到哪里，那份对家乡的思念都如同石门大佛像般屹立不倒。作者以匠心独运的笔触，精细勾勒出家乡的这座标志性建筑，不仅详述了其源远流长的历史底蕴和摩崖造像的精湛技艺，还巧妙地融入了地方传说和私人情感体验，令文章增色不少。文章结构严谨，行文流畅，洋溢着浓厚的文学气息，充分体现了作者对家乡的深切热爱和对文化传承的崇高敬意。此外，作者还关注了石门大佛寺的保护现状，表达了对这一问题的深刻思考，呼吁全社会共同呵护和传承这份珍贵的文化遗产。作者的这一呼吁，既体现了青少年的社会责任感，也彰显了其对传统文化的高度珍视和尊重。

勒是家乡·江津

◎ 江津二中高 2024 届 5 班 余云萍

依山傍水的江津，是一座高楼大厦与青山相伴的城市，它就像一个钢筋混凝土形成的森林，被雨后的雾气笼罩着，披上了一层神秘的面纱。它与长江呼应，周而复始，奔流不息。

有人问，你的家乡有哪些优点？这句话突然问住了我。从小长大的地方，怎么用我有限的语言来诠释呢？我该怎么介绍我的家乡呢？

也许是有许多古镇吧，中山古镇、白沙古镇、吴滩古镇……

中山古镇离市区约两小时车程。中山古镇上的建筑基本上是木质结构。前几年的一场大火烧掉了半条街，现在正在维修和重建中。中山古镇也不大，沿着小河走一条街，依稀能感受到当年的繁华景象。

吴滩古镇，我最熟悉不过了。它不够繁华，甚至有点凄凉。走进老街，映入眼帘的是幽深的老街巷，具有年代感的房屋，仿佛穿越到了 20 世纪七八十年代，充满了浓浓的怀旧元素。我想那里承载着人们太多的记忆吧。

青砖伴瓦瓷，两层的阁楼建筑，典型的明清风格，古镇里大部分住着老人，路上充满了一股慵懒的气息。吴滩古镇的旁边是一所小学，虽然那里不大，但是它真的美丽，门前的两棵大榕树据说已过百年，门里面有很多棵参天的大树，非常幽深和古朴。

小时候我总是坐在台阶上，在树下看着阳光透过叶子，我觉得它是属于我的星空。

也许是有许多山吧，四面山、鼎山……

四面山景区森林面积 2.24 万公顷、森林覆盖率 95.4%，动植物 3700 多种，是一个四季型旅游胜地。鼎山公园也很好玩，可划船，有花海，门票还免费，就是路有点难走。

也许是有红色吧——聂荣臻元帅陈列馆。

聂荣臻元帅陈列馆馆藏聂荣臻元帅全宗档案 46 册，藏书 12000 余册，党和国家领导人题词及社会名家书画近 600 幅，以及大量珍贵音像、图片、文字资料和丰富的国防科技展品。

我的家乡不仅有如此多的风景，乡亲也是相当热情，你要是不高兴，在门口一坐，路过的人都要问你两句，顺便和你唠一下午嗑，看你有眼缘，说不定还要请你去吃豆花饭，去吃江津米花糖呢。

你看，勒就是我的家乡——江津。

*** 教师点评**

本文题目及结尾点题语言都极具江津特色，作者以细腻的笔触描绘了江津的多彩风貌，对古镇、山林及聂荣臻故居的描绘，充满诗意与画面感，巧妙地将江津的自然风光、历史古迹与人文景观相融合，展现出江津独特的魅力，字里行间流露出作者对家乡的热爱与自豪，对家乡美景的赞叹与对过往岁月的怀念。

龙 门 赋

◎ 江津二中高 2024 届 20 班 **廖浚杰**

巍巍鹤山鹤，悠悠长江长，
承朝霞披五彩，邻独秀缀星光，
延绵百年之古韵，恰会时代出章，
长河旁接天际，承诗情于子昂。

青衿安布四海，足下庞泽八方。
鹤坪山上，
吾心安处，桑梓路长。

＊教师点评

此文以“巍巍”“悠悠”开篇，对仗工整，气势豪迈，开篇就奠定了宏阔的基调。“承”“披”“邻”“缀”等动词的运用，使画面极具动态美。“延绵”“出章”精准地传达了古今交融之意，融合古韵与时代新章，体现了地域的独特魅力，既有对历史的传承，又有对当下的呼应。最后抒发对桑梓的深情，让人感受到作者对家乡的热爱与眷恋，富有感染力。

这边风景独好

◎ 江津二中高 2024 届 19 班 龚睿婕

“几江”环绕，群山环围，丘陵广布，“富硒”江津是我的家乡。千百年风烟过眼，洗尽铅华之后的江津，有碧树掩映高楼，繁花点缀灯火，青砖覆盖霓虹，也有时代的厚重与苍古。

我在长江边上长大，我不会因为她不够都市化，而感到她与其他城市相比稍显逊色。相反，我喜欢我的家乡，因为这里有我喜欢的人、物、景。

滨江路依山就势，沿江而建，在江津城勾勒出一道最灿烂的笔触。金科段的长江奔腾而来，轰鸣着，咆哮着，“卷起千堆雪”，一泻千里。旁边南桥头运动场里的人们也伴着涛声肆意奔跑，挥洒汗水。江水不是倾盖如故，而是万古长青，最能读懂人心，于是在人声鼎沸时，滔滔东流，“飒沓如流星”。

沿着滨江路徐徐前行，两侧的柳树舒展着枝条，略有萧瑟之意，参差不齐是柳枝的肆意。又趁行人无意，我将秋意悄悄捡起。正当我神伤时，一片苍郁的绿色撞进了我的心底。纵然秋风瑟瑟，但青松依旧傲然而立。

旁边有几位老人正在下象棋。“十横九纵列九宫，粮草未动兵先行。楚汉只在单手间，笑看士卒入帐庭。”老人们运筹帷幄，调兵遣将，鬓间虽已染上霜雪，但眼底仍闪烁着少年的光芒。

渐渐起风了，天上的云迅速地移动着，翻滚着。在维多利亚港湾前极目远眺，青山绵延，黛色如染，岸阔江深。夜缓缓而至，残照欲收，暝色昏黄，明月初升。放眼江面，船向江心驶去，江水斜斜涌出，又踉跄落下，渔船也颠簸着，时隐时现。晚风拂面，江水荡漾，渔舟唱晚，听着一来一往的号角声，撩人遐思，动人心弦。

行至鼎山脚下，望着233级“登云梯”，只得感叹一句：“噫吁嚱，危乎高哉！”震撼充斥着我的胸膛，但我并没有望而却步，而是循着石梯，拾级而上。攀上山顶，映入眼帘的便是潺潺流水，逆着溪流的方向回溯源头，只见“水帘洞”望断银练，“映月”“碧波”横卧河床。“云峰映落霜，水光跃金鳞。”这是喧嚣城市中一片难得的静谧之处，只听得见清风吟唱，秋虫低鸣，流水淙淙。

旋即来到上沿，荷花池畔，芳草萋萋，汀花含靥，水鸟喁喁。此时的芙蕖不同于浓夏的“映日荷花别样红”，有的只是“留得枯荷听雨声”，虽色泽暗淡，却有一种禅意的清欢。沿着小径上行是花海，每逢秋风来临，露水成霜，落叶纷飞，群花凋零时，唯有菊花迎风而立，傲霜怒放，颇有“我花开后百花杀”的豪气。

在周围新建的楼盘中，长风街道却显得格格不入。它没有红漆门墙，霓虹闪烁，有的只是灰墙黛瓦，阑珊灯火。它卧在津城，历经风雨，却仍能屹立不倒，它见证了时代的变迁，更目睹了江津的成长。

我喜欢独自徜徉在宁静的长风街道，于人烟稀落处，体悟它的沉郁与苍古。我感受到它有一种包容性，默默守护着一方安宁；我窥见它埋藏在深处那格外炙热的灵魂，寄托着衷心的希望。

岩溶深秀，缙云回澜，潇潇夜雨垂落了月色，滨江路烟火漫漫，长风街道斑驳着旧岁，登云鼎山流转着向往。枕着家乡氤氲的水汽，望着江津如画的山水，叹一句“这边风景独好”。

* 教师点评

从千百年的风烟洗尽，到现代都市的繁华点缀，作者巧妙地将自然美景与人文景观相结合，展现了江津的独特魅力。文章语言优美，意境深远，通过对江水、青山、柳树、青松、老人下棋等细节的描绘，再现了江津的生动画面，让读者仿佛置身于那片美丽的土地之上。本文体现了作者对家乡的深深眷恋与热爱，以及对人生、时代的深刻感悟，是一篇充满情感与哲思的佳作。

第六节 黔江区

主持／张尉老师

<< 美文荐读

故　乡

◎ 鲁迅

我冒了严寒，回到相隔二千余里，别了二十余年的故乡去。

时候既然是深冬；渐近故乡时，天气又阴晦了，冷风吹进船舱中，呜呜的响，从篷隙向外一望，苍黄的天底下，远近横着几个萧索的荒村，没有一些活气。我的心禁不住悲凉起来了。

阿！这不是我二十年来时时记得的故乡？

我所记得的故乡全不如此。我的故乡好得多了。但要我记起他的美丽，说出他的佳处来，却又没有影像，没有言辞了。仿佛也就如此。于是我自己解释说：故乡本也如此——虽然没有进步，也未必有如我所感的悲凉，这只是我自己心情的改变罢了，因为我这次回乡，本没有什么好心绪。

我这次是专为了别他而来的。我们多年聚族而居的老屋，已经公同卖给别姓了，交屋的期限，只在本年，所以必须赶在正月初一以前，永别了熟识的老屋，而且远离了熟识的故乡，搬家到我在谋食的异地去。

第二日早晨我到了我家的门口了。瓦楞上许多枯草的断茎当风抖着，正在说明这老屋难免易主的原因。几房的本家大约已经搬走了，所以很寂静。我到了自家的房外，我的母亲早已迎着出来了，接着便飞出了八岁的侄儿宏儿。

我的母亲很高兴，但也藏着许多凄凉的神情，教我坐下，歇息，喝茶，且不谈搬家的事。宏儿没有见过我，远远的对面站着只是看。

但我们终于谈到搬家的事。我说外间的寓所已经租定了，又买了几件家具，此外须将家里所有的木器卖去，再去增添。母亲也说好，而且行李也略已齐集，木器不便搬运的，也小半卖去了，只是收不起钱来。

“你休息一两天，去拜望亲戚本家一回，我们便可以走了。”母亲说。

“是的。”

“还有闰土，他每到我家来时，总问起你，很想见你一回面。我已经将你到家的大约日期通知他，他也许就要来了。”

这时候，我的脑里忽然闪出一幅神异的图画来：深蓝的天空中挂着一轮金黄的圆月，下面是海边的沙地，都种着一望无际的碧绿的西瓜，其间有一个十一二岁的少年，项戴银圈，手捏一柄钢叉，向一匹猹尽力地刺去，那猹却将身一扭，反从他的胯下逃走了。

这少年便是闰土。我认识他时，也不过十多岁，离现在将有三十年了；那时我的父亲还在世，家景也好，我正是一个少爷。那一年，我家是一件大祭祀的值年。这祭祀，说是三十多年才能轮到一回，所以很郑重；正月里供祖像，供品很多，祭器很讲究，拜的人也很多，祭器也很要防偷去。我家只有一个忙月（我们这里给人做工的分三种：整年给一定人家做工的叫长年；按日给人做工的叫短工；自己也种地，只在过年过节以及收租时候来给一定的人家做工的称忙月），忙不过来，他便对父亲说，可以叫他的儿子闰土来管祭器的。

我的父亲允许了；我也很高兴，因为我早听到闰土这名字，而且知道他和我仿佛年纪，闰月生的，五行缺土，所以他的父亲叫他闰土。他是能装弶捉小鸟雀的。

我于是日日盼望新年，新年到，闰土也就到了。好容易到了年末，有一日，母亲告诉我，闰土来了，我便飞跑的去看。他正在厨房里，紫色的圆脸，头戴一顶小毡帽，颈上套一个明晃晃的银项圈，这可见他的父亲十分爱他，怕他死去，所以在神佛面前许下愿心，用圈子将他套住了。他见人很怕羞，只是不怕我，没有旁人的时候，便和我说话，于是不到半日，我们便熟识了。

我们那时候不知道谈些什么，只记得闰土很高兴，说是上城之后，见了许多没有见过的东西。

第二日，我便要他捕鸟。他说：

“这不能。须大雪下了才好。我们沙地上，下了雪，我扫出一块空地来，用短棒支起一个大竹匾，撒下秕谷，看鸟雀来吃时，我远远地将缚在棒上的绳子只一拉，那鸟雀就罩在竹匾下了。什么都有：稻鸡，角鸡，鹁鸪，蓝背……”

我于是又很盼望下雪。

闰土又对我说：

“现在太冷，你夏天到我们这里来。我们日里到海边捡贝壳去，红的绿的都有，鬼见怕也有，观音手也有。晚上我和爹管西瓜去，你也去。”

“管贼么？”

“不是。走路的人口渴了摘一个瓜吃，我们这里是不算偷的。要管的是獾猪，刺猬，猹。月亮地下，你听，啦啦的响了，猹在咬瓜了。你便捏了胡叉，轻轻地走去……”

我那时并不知道这所谓猹的是怎么一件东西——便是现在也没有知道——只是无端的觉得状如小狗而很凶猛。

“他不咬人么？”

“有胡叉呢。走到了，看见猹了，你便刺。这畜生很伶俐，倒向你奔来，反从胯下窜了。他的皮毛是油一般的滑……”

我素不知道天下有这许多新鲜事：海边有如许五色的贝壳；西瓜有这样危险的经历，我先前单知道他在水果店里出卖罢了。

“我们沙地里，潮汛要来的时候，就有许多跳鱼儿只是跳，都有青蛙似的两个脚……”

阿！闰土的心里有无穷无尽的希奇的事，都是我往常的朋友所不知道的。他们不知道一些事，闰土在海边时，他们都和我一样只看见院子里高墙上的四角的天空。

可惜正月过去了，闰土须回家里去，我急得大哭，他也躲到厨房里，哭着不肯出门，但终于被他父亲带走了。他后来还托他的父亲带给我一包贝壳和几支很好看的鸟毛，我也曾送他一两次东西，但从此没有再见面。

现在我的母亲提起了他，我这儿时的记忆，忽而全都闪电似的苏生过来，似乎看到了我的美丽的故乡了。我应声说：

“这好极！他——怎样？”

“他……他景况也很不如意……”母亲说着，便向房外看，“这些人又来了。说是买木器，顺手也就随便拿走的，我得去看看。”

母亲站起身，出去了。门外有几个女人的声音。我便招宏儿走近面前，和他闲话：问他可会写字，可愿意出门。

“我们坐火车去么？”

“我们坐火车去。”

“船呢？”

“先坐船……”

“哈！这模样了！胡子这么长了！”一种尖利的怪声突然大叫起来。

我吃了一吓，赶忙抬起头，却见一个凸颧骨，薄嘴唇，五十岁上下的女人站在我面前，两手搭在髀间，没有系裙，张着两脚，正像一个画图仪器里细脚伶仃的圆规。

我愕然了。

“不认识了么？我还抱过你咧！”

我愈加愕然了。幸而我的母亲也就进来，从旁说：

“他多年出门，统忘却了。你该记得罢，”便向着我说，“这是斜对门的杨二嫂……开豆腐店的。”

哦，我记得了。我孩子时候，在斜对门的豆腐店里确乎终日坐着一个杨二嫂，人都叫伊“豆腐西施”。但是擦着白粉，颧骨没有这么高，嘴唇也没有这么薄，而且终日坐着，我也从没有见过这圆规式的姿势。那时人说：因为伊，这豆腐店的买卖非常好。但这大约因为年龄的关系，我却并未蒙着一毫感化，所以竟完全忘却了。然而圆规很不平，显出鄙夷的神色，仿佛嗤笑法国人不知道拿破仑，美国人不知道华盛顿似的，冷笑说：

“忘了？这真是贵人眼高……”

“哪有这事……我……”我惶恐着，站起来说。

“那么，我对你说。迅哥儿，你阔了，搬动又笨重，你还要什么这些破烂木器，让我拿去罢。我们小户人家，用得着。”

“我并没有阔哩。我须卖了这些，再去……”

“阿呀呀，你放了道台了，还说不阔？你现在有三房姨太太；出门便是八抬的大轿，还说不阔？吓，什么都瞒不过我。”

我知道无话可说了，便闭了口，默默的站着。

“阿呀阿呀，真是愈有钱，便愈是一毫不肯放松，愈是一毫不肯放松，便愈有钱……”圆规一面愤愤的回转身，一面絮絮的说，慢慢向外走，顺便将我母亲的一副手套塞在裤腰里，出去了。

此后又有近处的本家和亲戚来访问我。我一面应酬，偷空便收拾些行李，这样的过了三四天。

一日是天气很冷的午后，我吃过午饭，坐着喝茶，觉得外面有人进来了，便回头去看。我看时，不由的非常出惊，慌忙站起身，迎着走去。

这来的便是闰土。虽然我一见便知道是闰土，但又不是我这记忆上的闰土了。他身材增加了一倍；先前的紫色的圆脸，已经变作灰黄，而且加上了很深的皱纹；眼睛也像他父亲一样，周围都肿得通红，这我知道，在海边种地的人，终日吹着海风，大抵是这样的。他头上是一顶破毡帽，身上只一件极薄的棉衣，浑身瑟索着；手里提着一个纸包和一支长烟管，那手也不是我所记得的红活圆实的手，却又粗又笨而且开裂，像是松树皮了。

我这时很兴奋，但不知道怎么说才好，只是说：

“阿！闰土哥，——你来了……”

我接着便有许多话，想要连珠一般涌出：角鸡，跳鱼儿，贝壳，猹……但又总觉得被什么挡着似的，单在脑里面回旋，吐不出口外去。

他站住了，脸上现出欢喜和凄凉的神情；动着嘴唇，却没有作声。他的态度终于恭敬起来了，分明的叫道：

“老爷！……”

我似乎打了一个寒噤；我就知道，我们之间已经隔了一层可悲的厚障壁了。我也说不出话。

他回过头去说，“水生，给老爷磕头。”便拖出躲在背后的孩子来，这正是一个廿年前的闰土，只是黄瘦些，颈子上没有银圈罢了。“这是第五个孩子，没有见过世面，躲躲闪闪……”

母亲和宏儿下楼来了，他们大约也听到了声音。

“老太太。信是早收到了。我实在喜欢的了不得，知道老爷回来……”闰土说。

“阿，你怎的这样客气起来。你们先前不是哥弟称呼么？还是照旧：迅哥儿。”母亲高兴的说。

“阿呀，老太太真是……这成什么规矩。那时是孩子，不懂事……”闰土说着，又叫水生上来打拱，那孩子害羞，紧紧的只贴在他背后。

“他就是水生？第五个？都是生人，怕生也难怪的；还是宏儿和他去走走。”母亲说。

宏儿听得这话，便来招水生，水生却松松爽爽同他一路出去了。母亲叫闰土坐，他迟疑了一回，终于就了坐，将长烟管靠在桌旁，递过纸包来，说：

“冬天没有什么东西了。这一点干青豆倒是自家晒在那里的，请老爷……”

我问问他的景况。他只是摇头。

“非常难。第六个孩子也会帮忙了，却总是吃不够……又不太平……什么地方都要钱，没有定规……收成又坏。种出东西来，挑去卖，总要捐几回钱，折了本；不去卖，又只能烂掉……”

他只是摇头；脸上虽然刻着许多皱纹，却全然不动，仿佛石像一般。他大约只是觉得苦，却又形容不出，沉默了片时，便拿起烟管来默默的吸烟了。

母亲问他，知道他的家里事务忙，明天便得回去；又没有吃过午饭，便叫他自己到厨下炒饭吃去。

他出去了；母亲和我都叹息他的景况：多子，饥荒，苛税，兵，匪，官，绅，都苦得他像一个木偶人了。母亲对我说，凡是不必搬走的东西，尽可以送他，可以听他自己去拣择。

下午，他拣好了几件东西：两条长桌，四个椅子，一副香炉和烛台，一杆抬秤。他又要所有的草灰（我们这里煮饭是烧稻草的，那灰，可以做沙地的肥料），待我们启程的时候，他用船来载去。

夜间，我们又谈些闲天，都是无关紧要的话；第二天早晨，他就领了水生回去了。

又过了九日，是我们启程的日期。闰土早晨便到了，水生没有同来，却只带着一个五岁的女儿管船只。我们终日很忙碌，再没有谈天的工夫。来客也不少，有送行的，有拿东西的，有送行兼拿东西的。待到傍晚我们上船的时候，这老屋里的所有破旧大小粗细东西，已经一扫而空了。

我们的船向前走，两岸的青山在黄昏中，都装成了深黛颜色，连着退向船后梢去。

宏儿和我靠着船窗，同看外面模糊的风景，他忽然问道：

“大伯！我们什么时候回来？”

“回来？你怎么还没有走就想回来了。”

“可是，水生约我到他家玩去咧……”他睁着大的黑眼睛，痴痴的想。

我和母亲也都有些惘然，于是又提起闰土来。母亲说，那豆腐西施的杨二嫂，自从我家收拾行李以来，本是每日必到的，前天伊在灰堆里，掏出十多个碗碟来，议论之后，便定说是闰土埋着的，他可以在运灰的时候，一齐搬回家里去；杨二嫂发见了这件事，自己很以为功，便拿了那狗气杀（这是我们这里养鸡的器具，木盘上面有着栅栏，内盛食料，鸡可以伸进颈子去啄，狗却不能，只能看着气死），飞也似的跑了，亏伊装着这么高底的小脚，竟跑得这样快。

老屋离我愈远了；故乡的山水也都渐渐远离了我，但我却并不感到怎样的留恋。我只觉得我四面有看不见的高墙，将我隔成孤身，使我非常气闷；那西瓜地上的银项圈的小英雄的影像，我本来十分清楚，现在却忽地模糊了，又使我非常的悲哀。

母亲和宏儿都睡着了。

我躺着，听船底潺潺的水声，知道我在走我的路。我想：我竟与闰土隔绝到这地步了，但我们的后辈还是一气，宏儿不是正在想念水生么。我希望他们不再像我，又大家隔膜起来……然而我又不愿意他们因为要一气，都如我的辛苦展转而生活，也不愿意他们都如闰土的辛苦麻木而生活，也不愿意都如别人的辛苦恣睢而生活。他们应该有新的生活，为我们所未经生活过的。

我想到希望，忽然害怕起来了。闰土要香炉和烛台的时候，我还暗地里笑他，以为他总是崇拜偶像，什么时候都不忘却。现在我所谓希望，不也是我自己手制的偶像么？只是他的愿望切近，我的愿望茫远罢了。

我在朦胧中，眼前展开一片海边碧绿的沙地来，上面深蓝的天空中挂着一轮金黄的圆月。我想：希望是本无所谓有，无所谓无的。这正如地上的路；其实地上本没有路，走的人多了，也便成了路。

导 读

《故乡》是著名作家鲁迅于1921年1月发表的短篇小说。鲁迅通过现实中故乡与记忆中故乡的对比，展现了故乡的巨大变化，描绘了20世纪初中国农村的衰败和农民生活的贫困，表达了鲁迅思念故乡的同时，也蕴含着鲁迅对社会底层人的悲悯与同情。本小说也提出了“希望”，表达了鲁迅希望下一代人能摆脱旧社会的束缚，创造新生活。《故乡》在中国文学史上具有重要的地位，也对后世的文学创作产生了深厚的影响。

☆经典推荐

《中国峡谷城——清新黔江》

（赵晏彪、笑崇鐘 主编，中译出版社，2021年6月版）

著名作家赵晏彪与黔江本土作家笑崇鐘主编的《中国峡谷城——清新黔江》于2021年6月出版发行。这是一部展示黔江多彩文化的瑰丽作品，一幅提升黔江对外形象的恢宏画卷。该书向读者全方位展现了黔江这个多民族地区的人民勤劳勇敢创造生活、享受生活的甜蜜实况，以及这里的人民对历史的深情缅怀、对现实的无限向往、对未来的美好憧憬。

黔江区文联党组成员、黔江区作协主席钟天珑介绍，《中国峡谷城——清新黔江》一书，选自全国著名作家走进黔江进行创作交流所写的作品集，包括散文、报告文学、小说、诗歌等优秀作品。全书40万字，共9章：大美无言话黔江，城市峡谷甲天下，一江碧水向西流，千年古镇遗韵长，云上夏都三塘盖，深山明珠小南海，佛道圣地藏武陵，奇山异水生妙景，悠远文脉吐芳华。

在作家们的笔下，既有中国第一位女实业家巴寡妇清、大成丞相范长生，也有世界最高观音摩崖石刻像、中国楹联文化名桥——沧浪桥、“天理良心”道德碑等人文景观，更有国家 5A 级旅游景区濯水古镇和黔江城市大峡谷，以及小南海、土家十三寨、蒲花暗河、神龟峡等名胜。

中国文联名誉副主席、中国作协名誉副主席丹增在序言中题道：《中国峡谷城——清新黔江》是一部歌颂黔江大美的作品集，是一部接地气、聚灵气的精品力作。书中不少作品都打上了鲜明的时代烙印，蕴含着炽热的思想感情和浓郁的生活气息，既有哲理的睿智，又有浓烈的诗情；既有斑斓的色彩，又有动人的音响，接地气、聚灵气，像清纯漂亮的村姑走在秀美的光彩中，散发着沁人心脾的田野芳香，闪烁着智慧的火花和艺术的灵光，读来情真意切，令人耳目一新。

<< 学生习作与点评

登武陵仙山

◎ 黔江民族中学校高 2023 届 1 班 **谢彩霞**

“玉柱一千丈，峭拔耸青天。群峰三面环拱，开辟始何年。疑是神工鬼斧，构出飞楼峻宇，于此降群仙。跨鹤骏鸾去，高举意悠然。朝来云，午来雨，晚来烟。千奇百变相属，图画妙难传。初若长风牵幔，渐似惊涛拍岸，一白浩无边。独倚危栏立，疑似洞庭船。”伴随《水调歌头·武陵山观云海》此起彼伏的诵读声，迎合着此起彼伏的山路，我们一行五人踏上了攀登武陵仙山的旅途。

从黔江区城区出发，沿国道老 319 线西行约半小时，即至山脚香山寺。

进入寺庙，便见数十间亭台楼阁，房屋院落，大小参差，红砖灰瓦，别有一番古韵。虔诚地上过香后，我们便去看和尚练功。

见和尚们腾空而起，我的惊讶溢于言表：“这不就是少林武功‘轻功水上漂’的现场版吗？”

见多识广的成年游客们也一样啧啧称赞：青山俊秀藏名刹，暮鼓晨钟声韵雅。

出了寺庙，走近武陵仙山，一股清新扑面而来。我们沿着石阶缓缓向上，环顾四周，青树翠蔓，蒙络摇缀，美不胜收。抵达半山腰，我站在高处极目远眺。整个石会镇被淡淡的薄雾笼罩，暖黄色的阳光使它更添一丝神圣。依山傍水的村庄在无边的田野或隐或现，袅袅炊烟升起，鸡犬之声遥遥传来，空气中混合着泥土的清香和草木的芬芳，沁人心脾。

一路拾级而上，近两小时的攀登，气喘吁吁中抵达武陵山山巅，映入眼帘的是一座残存的亭台。据向导介绍，小武陵山的峰顶原有一座真武观，建于明万历四十三年（1615）。道观坐落在四个平台上，每个平台建有木质结构的楼宇，共百余间。月白风清之夜看孤峰凌霄，琼阁飞起，疑为仙境。当年这里曾是朝山问道的圣地，与贵州的梵净山齐名。

我拿出手机上网查阅，果然在《酉阳州志》中有关于昔日烟火繁盛的记载："寺僧恒数百人常住半足，向数年一启戒坛，远近淄流，奔赴不绝，香火之盛，殆甲全州。"可惜道观几经火焚，现仅存眼前所见山门一座。向之所欣，已为陈迹；睹物感叹，不禁悲从中来。

所幸慷慨的秋日暖阳，朗照着绵亘十余公里的山峰，环顾四周，我被眼前的美景震撼。一望无际的群山环绕着我，如同巍峨的守护神。那些山峰奇形怪状，姿态万千：有的顶端尖峭，犹如雨后春笋；有的坦荡如砥；有的似天上的神女，在白云的衬托下更显神秘。

同行之人眼里嘴中，那座座兀立的奇峰，或似公孙相扶，似婆媳悄语，或如背负竹篓者，或如手牵羔羊者，仿佛八仙赴会，酷似唐僧取经。因势赋形，莫不毕肖，观者如痴如醉。再听向导指点奇峰，娓娓讲述那贵人山、公母山、双石碌、八角庙、公公背媳妇诸峰的传说、掌故，令听者神魂颠倒。亲眼所见，终信小武陵山的主峰有"武陵奇峰万仞，突兀镇黔江"之说。

"世之奇伟、瑰怪，非常之观，常在于险远，而人之所罕至焉，故非有志者不能至也。"王介甫的箴言也是此行的勉励。

立峰巅，览群山，兴感怀：大自然的鬼斧神工在盛世美颜之下，凡夫俗子也能涤荡内心、参禅悟道；我辈青年，更应如这绵延逶迤、兀立挺拔的武陵仙山一样，挺起脊梁。

下山的路上，但见远处山林尽染如绿色海洋，头顶白云朵朵如梦如幻。山中湿润的雾气渐渐蒸腾上来，漫山遍野的野果野味氤氲芬芳，脚的每一步丈量，都是天人合一的回响。

山色如黛，烟火如常；仙山之旅，山高情长。

*教师点评

古人登高必赋：登高见广，能赋诗述其感受。诚如刘勰在《文心雕龙》所言，“登山则情满于山，观海则意溢于海”。登山也好，登楼也罢，或是远眺美景以舒畅心胸，或是因循胜迹而追慕古人，大抵乘兴而来，情不自胜。

随着本文作者登山望远，一路移步换景，眼中尽收美景、胸中吐纳真情，笔下融美景、人文、历史及作者的情思于一体。叙述，见游历过程之清晰；白描，勾群山茂林之轮廓；工笔，摩群山万壑之形胜；抒情，触景生情情随景迁。

岁月流逝，沧海桑田，绝美的峰峦，幻化的云雾，秀美的风光，动人的传说，怎不令人陶醉其中。

遇见阿蓬江

◎ 黔江民族中学高 2025 届 10 班 王勇

国庆节放假，我信马由缰地坐上去阿蓬江镇的公交车，开启了一场短暂的说走就走的旅程。

沿着 319 线一路向东，碧绿的阿蓬江水像一条柔美的绸带延展开去。两岸风光绮丽，像一幅展开的春日雨后图，墨绿、深绿、浅绿、鹅黄绿，零星地点缀着红、白、粉，那条柔美的绸带拂过心头，心也丝滑起来。

车里人聊着天，关于庄稼、孩子、天气、打工所走过的地方，处处透露着他们的生活哲学。公交车走走停停，手里拎着种子、农药的大叔上了车，拄着拐杖的老者颤颤巍巍地下了车，司机耐心地等着。

路边有人招手，公交车又停了下来。

“你到哪站？”司机问。

“镇上，取钱，养老金下来了嘛。”这下，公交车上的人全都打开了话匣子。沿路上车的老者都是去取钱的。“13 号就来了。”“一个月一千多。买米，买油，全够，还有剩余呦。”

一路下来，公交车里的乘客全部成了熟人、亲戚、乡邻。在笑声中公交车停了下来。阿蓬江镇到了。

“要去神龟峡的话，前面有旅游车。”有人热心地指点。

四通八达的道路显得阿蓬江镇很大，还有些许的神秘。我不知道往哪个方向走，去看看河流吧，镇子因阿蓬江而得名，而阿莲江总是让人的心灵变得澄澈。循着河流的方向走去，供销社、税务所、万寿宫这些建筑的出现证实我的选择是对的，陈旧总有故事，故事是往事的积淀。斑驳的墙面，倾斜的椽子，散落的瓦片，风烛残年但难掩年轻时的风光，静静地诉说着昔日的热闹和现在的落寞。

我返回来沿着河边走，两栋石墙瓦房矗立在角落里。炉膛里烧得红通通的，原来是在铁匠铺。

师傅正对着一件铁器敲得“叮叮当当”。

“哧哧”，炉膛上冒出了铁花，师傅夹起铁器，又是一阵叮叮当当。

总有人说大量的田地因为年轻人外出务工而荒芜，可是一到春季，田野里又是一派葱茏，油菜、玉米、应季的蔬菜，该种上的全都种上。总有人在坚守。

出得铁匠铺，一位大姐在石房子里添着磨，石磨在电机带动下一圈一圈地匀速转动着，米浆顺着石槽流进木桶里。旁边的大姐正往大铁锅里旋着米浆，她们在制作绿豆粉。传统并未远去，只是换了一种形式。

太阳出来了，阳光照过雨后的街道，显得更加干净整洁，整个人也跟着亮了起来。这里没有惊艳的美景，没有炫目的现代化，只有零星保存的小镇文化，却能让人心轻轻一颤。

*教师点评

阿蓬江，是黔江的母亲河，也是中国为数不多的自东向西的倒流河之一，风光绚丽，不愧为“百里画廊”。其中官渡峡被誉为“小三峡”，江水清澈，奔流不息，两岸山峦起伏、林木苍苍、山花烂漫，珍稀动物时常出没。这里已被列为国家湿地公园。阿蓬江是一条神奇的河流，流淌着灿烂的文化，流淌着两岸人民的欢歌与笑语，流淌着两岸人民的梦想与追求。

本文既有游记散文移步换景的传统写法，融记叙、描写、议论、抒情于一体，随着作者的行踪，跟随作者的视角，我们看到了独具特色的阿蓬江江景，看到了当地百姓的劳作工具、生活方式，看到了时代变迁之下百姓的心态、人情和精神，以及看到了作为当地人的作者对于家乡的亲近、了解与认同。

梦幻濯水

◎ 黔江民族中学校高2024届11班 **徐彬彬**

“沧浪之水清兮，可以濯我缨；沧浪之水浊兮，可以濯我足。”踏着沧浪水，我们来到梦幻的濯水古镇。

1. 览古镇老街，观历史变迁

濯水元代时初称“白鹤坝”，自古以来便是重要的驿站和商埠。作为重庆旧城老街的典型，古镇体现了与其他历史街区的差异，也承载着巴文化、土家文化与汉文化的融合、传承与创新，同时码头文化、商贾文化、场镇文化相互交织。

古镇入口处有着木牌匾，街道两边是古色古香的建筑，走到广场便可看见核心建筑群。最外围是石制门匾，从它下方走过直达广场。广场上方悬挂着各式各样的油纸伞，在元宵节期间还会挂上灯笼举行猜灯谜比赛。广场左边是有着“世界第一廊桥”美称的风雨廊桥，据说是亚洲最大的廊桥。廊桥横跨阿蓬江支流，站在廊桥上可以一览古镇风光，是个畅目赏景的好地方。广场右边则是历史文迹的集中区域。街道中段立着一块一米多高、宽约五十厘米的石碑。石碑立于清光绪十四年。石碑阴刻着“天理良心”四个大字，以警示古镇商贾，经商、为人、处世之道在于“天理良心”；余家大院——八贤堂是濯水古镇的一个重要古建筑，原为清乾隆十六年的进士宅第，是一处典型风水建筑；古镇下方的临河小道也别有一番景色。

我在这里一边观赏小桥流水，一路浏览抗战文化墙，人文的温情与文化的热烈相碰撞。

2. 游风雨廊桥，见日月星辰

与濯水的亲密接触，是要从清晨开始的，走在漫步堤的青石板上，闻着阵阵花香，听着声声鸟鸣，看濯河上的大雾慢慢爬上廊桥。廊桥被大雾吞噬，像龙藏进雾中，徒留一些龙鳞让人浮想联翩。即使是这样，也难掩它的碧瓦朱甍。我在它的面前显得如此渺小。

登上廊桥豁然开朗，颇有“不畏浮尘遮望眼，只缘身在最高层”的心境。我看见了濯河的绵延，也看见了濯水历史的悠长。

到了正午时分，太阳出来驱散了大雾，波光粼粼的濯河水从廊桥下缓缓流过，廊桥的完整风貌显现无遗。阳光照在廊桥上，廊桥亭雕刻的龙也即将跨河腾飞。风吹过，廊桥上挂的铜铃发出“叮叮”的响声，似在告诉我风到来了。

与风同来的是走过几百年历史的盐客，他们穿着土家族的传统服饰，迈着稳健的步伐，哼着独特的盐客调，担着百年的运盐史，穿越时空隧道，缓缓而来……

廊桥上的人渐渐多了起来，廊桥也变热闹，廊桥褪去了孤寂，也少了几分神秘，从不苟言笑的守护神变成了和蔼可亲的老者。它张开了怀抱，欢迎人们的到来。我的手从桥身抚过，摸到了岁月的痕迹。我从每一个榫头卯眼向外望去：或濯河泛舟，或古镇小街，或铜人小像……都是不一样的风景。

当太阳慢慢下山，月亮悄然爬上了廊桥顶，这是濯水古镇最为热闹的时候。各种节目令人眼花缭乱，廊桥不再高冷，也被晕染上了几分欣喜。五颜六色的光芒照在它的身上尤为好看，为它添上了万般风情。

3. 品土家美食，感味蕾绽放

濯水古镇特色小吃遍布街道，驴打滚、绿豆粉、米豆腐最为出名，香草粑粑，玉米饼也很诱人，不过我最喜欢的是驴打滚，它因糯叽叽而出名，圆滚滚的汤圆裹上香甜的黄豆粉，与口齿撞个满怀，给了舌尖极致的享受。

当然，在黔江这个小江湖最有地位的美食当属鸡杂，古老工艺的黔江鸡杂早已开通现代化产业链，制作包装好发往各地，让黔江味道走向世界。濯水古镇在传统节日还会举办千人鸡杂宴，古镇长桌绵延在青石板上，氤氲着濯水的滴滴乡音，浓郁着乡民们的拳拳热情。

在这里，我们还可以看后河古戏，听蓬江水音。后河古戏诞生于武陵山区的酉阳州白三乡，在渝东南这块土地上流传。它可算是半台锣鼓半台戏。锣鼓分轻重缓慢，悲欢刚柔，表演讲究唱念做打，形体动作和面部表情统一，虽分南、北、上三路唱腔，但仍属皮黄戏一类。有一套完整戏剧表演规制。舞台表演空间巨大，时间跨度不限。独特的唱腔和锣鼓及京胡曲牌之多，是一般地方剧种所不具备的，也是濯水古镇一大传统特色。在天气好时会在广场和篝火晚会一起展演。夜晚的古镇有不一样的滋味。

黔江，我生长的地方；濯水古镇，我留恋的地方。每一块青瓦石砖都有我熟悉的气息。城不大，但我很爱；镇很小，但充满故事。

* 教师点评

国家5A级旅游景区濯水古镇，已有上千年历史，是“中国历史文化名镇”“中国楹联文化古镇”；独特的民族建筑，古老的石板街，历经风雨沧桑，依旧绽放异彩。濯水古镇的多元文化相互交融，形成了以“天理良心”为魂的为人处世准则；横跨两岸“中国楹联文化名桥”沧浪桥，是世界最长的风廊桥，美轮美奂。

作者分别从古镇的整体布局、廊桥的一日风景和特色的饮食文化，为读者一一展示黔江濯水古镇的全貌。调动人的五官感觉，视听味嗅结合；综合使用艺术手法，详略工白结合；形象丰富立体，物质非遗兼顾。

愿化黔城花一朵

◎ 黔江民族中学校高 2023 届 2 班 钟宇梦

四季繁花如锦，黔江的百花园里，花儿们也不甘示弱，恣意绽放，谁是花魁，请拭目以待。

城郊跑马山的李花践行着“一白遮三丑”的审美主张，把微醉的桃花羞得脸儿涨红，铺成了满山白里透红的罗帐，惹得黔江城里的蜜蜂也乱了方向，不知去体育馆那棵最大的樱桃树上，与舞池中的人共唱一曲《樱花浪漫》，还是去河滨走廊闻闻那芬芳的丁香。

与孩童的风筝一起追求那些丁香一样的姑娘，白的、粉的、紫的，含苞的、打朵的，开放的，叫人方寸大乱。杨柳岸，垂柳换上新装，与蝴蝶一起絮叨廊上的家常。姹紫嫣红的大家闺秀和小家碧玉齐上，嫉妒得三岔河的音乐喷泉大声招摇，使劲儿地溢彩流光。

或是声响太过震颤，声波辐射到了灰千梁，满山的杜鹃啼血歌唱，映山红描摹着大好河山，阿蓬江呼应着沿路的油菜黄，将金灿灿的希望发散。

夏日黔江，清新清凉。十三寨的荷花开了，亭亭玉立的舞女轻抚霓裳，惹得四面八方的游客咔嚓嚓快闪，与土家族幺妹儿一起，用木叶情歌和铿锵的号子对唱；侯天明老家吊脚楼旁，黄瓜、四季豆、豇豆、茄子、南瓜、番茄，在时节的篇章里依次开花亮相；橘柚花开枇杷花忙，滋润着山歌传承人田桂香的咽嗓，好叫她把黔江山歌代代传唱。

濯水古镇的百年黄桷兰，调制着清新香水将古镇浸染；商铺门口迎客的三角梅，使劲儿延长着花期，展现她的热情和友善；蒲花暗河旁，农户的大棚里草莓已成盘中餐。中唐脆红李，沙坝猕猴桃，特色产业发展百花齐放，春华秋实累累硕果闪荣光。紫薇花开衬端阳，武陵大道似锦缎。

秋天的花语，自然有遍地丹桂飘香送来的富贵吉祥。黔江的秋风里，还写着满山遍野巴茅花的弱中有强，也是帕斯卡尔笔下的思想；一棵棵栾树将大红灯笼挂树上，调色布景的艺术比张艺谋导演还强；房前院后瓜果飘香，柿子甜橘子酸意味着“事事如意，人人安康”。

雨后的武陵仙山，除了虔诚的信女善男，就是树丛下的朵朵野生羊肚菌的香。而此时最骄傲的，怕是马喇湖贡米的诱人稻香，一片金黄。

冬日黔江不算严寒，城里主干道上一年常青的香樟，河堤上一排排从外地引进的棕榈，见证着黔江物候的现象，隔离带上月季如期绽放，四季里一个样；如有雪花飘扬，高海拔的灰千梁就有山舞银蛇的北国风光；峡谷里的腊梅浮动着暗香，挺着傲骨用黄色花瓣妆点雄奇的峡谷峡江，与放生池里的残荷断掌，勾勒着自然真实而丰富的模样。空谷有幽兰，山间红豆相思断肠，崖间的金银花镶嵌在莲花广场的四周与中央，仿佛观音普度众生的佛光。

愿为黔城花一朵，长在你必经的路旁，开在你的清眸或心上。

* 教师点评

一座城就是一个包罗万象的博物馆，而要对博物馆里的事物进行准确全面而又生动形象地描述，就需要写作者下足功夫。

如数家珍地介绍，必须作者平日细致的观察和深入的了解；真诚热情的讴歌更见作者对于家乡的认同和深情；传神的描摹、生动的修辞、灵动的句式、和谐的韵律、一线串珠的行文思路、以小见大、借景抒情的写作意图，均展现着作者良好的文学素养。

虽未至黔江，已知概貌；虽未生此地，已染深情。

第七节 万州区

主持 / 方雯娟老师

<< 美文荐读

冬　天

◎ 朱自清

说起冬天，忽然想到豆腐。是一“小洋锅”（铝锅）白煮豆腐，热腾腾的。水滚着，像好些鱼眼睛，一小块一小块豆腐养在里面，嫩而滑，仿佛反穿的白狐大衣。锅在“洋炉子”（煤油不打气炉）上，和炉子都熏得乌黑乌黑，越显出豆腐的白。这是晚上，屋子老了，虽点着“洋灯”，也还是阴暗。围着桌子坐的是父亲跟我们哥儿三个。“洋炉子”太高了，父亲得常常站起来，微微地仰着脸，觑着眼睛，从氤氲的热气里伸进筷子，夹起豆腐，一一地放在我们的酱油碟里。我们有时也自己动手，但炉子实在太高了，总还是坐享其成的多。这并不是吃饭，只是玩儿。父亲说晚上冷，吃了大家暖和些。我们都喜欢这种白水豆腐；一上桌就眼巴巴望着那锅，等着那热气，等着热气里从父亲筷子上掉下来的豆腐。

又是冬天，记得是阴历十一月十六晚上，跟S君P君在西湖里坐小划子。S君刚到杭州教书，事先来信说：“我们要游西湖，不管它是冬天。”那晚月色真好，现在想起来还像照在身上。本来前一晚是“月当头”；也许十一月的月亮真有些特别吧。那时九点多了，湖上似乎只有我们一只划子。有点风，月光照着软软的水波；当间那一溜儿反光，像新砑的银子。湖上的山只剩了淡淡的影子。山下偶尔有一两星灯火。S君口占两句诗道：“数星灯火认渔村，淡墨轻描远黛痕。”我们都不大说话，只有均匀的桨声。我渐渐地快睡着了。P君“喂”了一下，才抬起眼皮，看见他在微笑。船夫问要不要上净寺去；是阿弥陀佛生日，那边蛮热闹的。到了寺里，殿上灯烛辉煌，满是佛婆念佛的声音，好像醒了一场梦。这已是十多年前的事了，S君还常常通着信，P君听说转变了好几次，前年是在一个特税局里收特税了，以后便没有消息。

在台州过了一个冬天，一家四口子。台州是个山城，可以说在一个大谷里。只有一条二里长的大街。别的路上白天简直不大见人；晚上一片漆黑。偶尔人家窗户里透出一点灯光，还有走路的拿着的火把；但那是少极了。我们住在山脚下。有的是山上松林里的风声，跟天上一只两只的鸟影。夏末到那里，春初便走，却好像老在过着冬天似的；可是即便真冬天也并不冷。我们住在楼上，书房临着大路；路上有人说话，可以清清楚楚地听见。但因为走路的人太少了，间或有点说话的声音，听起来还只当远风送来的，想不到就在窗外。我们是外路人，除上学校去之外，常只在家里坐着。妻也惯了那寂寞，只和我们爷儿们守着。外边虽老是冬天，家里却老是春天。有一回我上街去，回来的时候，楼下厨房的大方窗开着，并排地挨着她们母子三个；三张脸都带着天真微笑地向着我。似乎台州空空的，只有我们四人；天地空空的，也只有我们四人。那时是民国十年，妻刚从家里出来，满自在。现在她死了快四年了，我却还老记着她那微笑的影子。

无论怎么冷，大风大雪，想到这些，我心上总是温暖的。

导　读

朱自清的《冬天》是一篇充满温情与回忆的散文。文章以冬天为背景，却未过多描绘冬日的严寒与萧瑟，而是巧妙地通过几个温馨的生活片段，展现人与人之间的温情与关爱。

在这篇文章中，朱自清以细腻的笔触，回忆了父亲、朋友，以及自己与家人之间的温馨互动。这些片段虽然平凡，却在他的笔下变得生动而感人。他通过对这些细节的描绘，表达出对亲情、友情的珍视与怀念，以及对生活的热爱与感激。

《冬天》不仅是对生活片段的回忆，更是一份情感的寄托。它让我们在寒冷的冬日里，感受到了一份来自心底的温暖与慰藉。通过阅读这篇散文，我们不仅能够领略到朱自清的文字魅力，更能够深刻体会到生活中那些看似微不足道，实则意义非凡的温情瞬间。

☆经典推荐

《文人与故乡》

（沈从文 等著，长江文艺出版社，2018 年 7 月版）

故乡是所有中国人的精神净土和文化之根，蕴含着中华民族特有的文化、人情。《文人与故乡》是一部美文精选集，收录了中国各地优秀作家描写故乡的散文，以语言构筑起了母语城邦。

《文人与故乡》这本书，就像一颗璀璨的明珠，引领我们在文学的海洋中探寻故乡的意义与价值。我对此书的推荐理由如下：

深入挖掘了故乡情结。本书以故乡为切入点，将故乡与文学紧密结合，展现了一个充满情感与智慧的世界。它不仅关注故乡的风俗、乡愁，更深入探讨了文人内心深处的情感与记忆。通过丰富的例证和深入的分析，让我们重新审视故乡在文学创作中的地位和作用。

文化视角独特，将故乡与文学相互映照，为我们展现了一个充满诗意和韵味的文化景观。本书让我们领略到作者故乡的风土人情，感受到故乡在作者创作中的永恒魅力。同时，本书也提醒我们关注现代化进程中故乡文化的变迁与发展，思考如何在传承与创新中寻找平衡。

本书所选取的作品具有广泛的代表性，能够引发读者共鸣。通过了解这些作者与故乡的故事，我们可以在自己的生活中找到与之对应的情感体验。这不仅让我们更加深入地理解故乡的意义，也启发我们在自己的文学创作中如何寻找灵感。

总的来说，《文人与故乡》这本书是一部不可多得的佳作，它让我们更加深入地理解了作者与故乡之间的复杂关系。通过丰富的文学例证和深入的分析，不仅拓展了我们对故乡的认识，还激发了我们文学创作的动力。

<< 学生习作与点评

故园华市

◎ 万州高级中学高 2026 届 20 班 **廖湘雨**

满月悬天的时节，山城被纤柔云丝缭绕，明灭可睹，似神秘幽谷。我知晓山城那一边万川毕汇，可纵我平湖游赏，于是由着一阵熏暖的南风将我吹送，去赴一场家乡美的盛宴。

旧地故园。西山钟楼古老的钟声浑厚悠远，牵引我步入西山公园的文化风韵殿堂。风停正午或月明如昼时，连入口都传出一股幽远的淡香。大门前盆栽里鲜妍的小花簇拥着“西山”二字，为公园点染春意，四季不败。

几步台阶往上，接着心静如水踏入静园。静园花芳，春面桃花，冬日山茶，娇嫩且纯白无瑕。寻着花香，汩汩溪流从身旁淌过，一尾一尾的锦鲤梭织地往来，把溪水也皴得微明清透，浅泛波光。枝柯掩映中，微拱的桥横卧在溪上，历经百余年的风雨吹打，桥身泛白灰旧，平添一股韧性新生之感。不远处亭落翘着檐角，朱漆上柱，玉笔题字，这妙意只能去中式园林之美的边缘捕捉。荷叶罗裙，芙蕖盈盈，心境与自然融为一体，我乐游忘倦。

老街古巷。如果你才听完西山的虫唱、江边的风籁，那么就从高楼并立之间的小巷走进去，你将看见老万州人记忆里最温情的原乡，蜜饧一般融进他们的心窝。虽破旧、杂乱，却被扫洒拂拭，不使有纤尘。窄巷、青石板、墙缝中费力生长出的小树、曾闯过天南海北的七十二家房客……这里没有说书先生，可却人人都是。

新城华市。在天生城遗址之下，奔腾的长江其上，是天生天城。千盏晴虹恍若漂浮在天河，与迟暮合缘，晕染着夜的风华，只一刹，廊中上灯亮了，真就像天宫星市，花市灯如昼。

漫步进街市里的人，便随着这古城风情品人间情味。听戏，台上三尺水袖哼唱人生百态，一块幕布演绎天上人间；台下热闹观闲，惊叹喝彩，抑或座中人也是戏里客，慨叹思索。击鼓，击出“击鼓其镗”而“我独南行”的气概。品尝特色烤鱼，炭火煎烤或烟熏，酥皮嫩肉，香气四溢。

回味童年，儿时文创带领父辈回到二十世纪八十年代，使我们见证曾经。这座古城承载着家乡的底蕴和活力，也是万州城的另一个缩影。

我心流波，微漾着家乡的风景年华，如何安排我的情思？让征鸿穿过故园、老街、华市，飞往万州——我的家乡。

＊ 教师点评

本文是一篇写景抒情散文，通过移步换景的手法，带领读者领略万州老街古巷幽静古朴之美。作者形象地描绘了西山钟楼的历史风韵、静园亭檐桥溪的闲适之美、老街古巷记忆中的景象……以及新城华市新旧交叠的地方风情与历史底蕴。情景交融，语言细腻，将万州城的美描摹得淋漓尽致。

诗意万州，大美河山

◎ 万州高级中学高 2026 届 15 班 骆敏

我的家乡——渝东北的“万川毕汇”之州的万州，是座富有生命力的小城。它正行走在新生的群山之巅，扬帆于滔滔长江之上。山美，水美，人更美。

人文情怀为这里铺上一层厚重的底色。二十世纪九十年代初，为响应三峡移民政策、助力国家发展，万州的131万儿女乘船远离故土。自此乡音不再，亲友分离。“君住长江头，我住长江尾，日日思君不见君，共饮长江水。”

遥想那年江边，没有杨花，尽是点点离人泪！听党指挥，舍小家，为国家，换得从此长江不再有大洪水。这是万州儿女的担当与拳拳爱国心。

莫道“巴山楚水凄凉地”，且看山清水秀、日新月异。

家乡万州最有名的山是以“白岩仙迹”著称的太白岩。可在它漫山桃花笑春风时放风筝，亦可在它山间红梅傲风霜时举家同游。纵无踏雪寻梅之雅，也可沾染一身“谪仙”诗气。

这里的长江宽阔如海，江边耸立着一座西山钟楼。钟楼内有一碑，其上题有毛主席诗作。旁边的西山公园古木参天，大有曲径通幽之意。拾级而上，听清晨的鸟鸣，闻隐隐的幽香，竟有“结庐在人境，而无车马喧”的宁静之感。若遇到绵绵细雨，不打伞，便可吟“细雨湿衣看不见，闲花落地听无声”。

巧遇几位老伯在库里申科墓前吹奏着悠扬的笛曲，人文情怀无处不在。闲适与战火的碰撞，更显得峥嵘岁月后的欣欣向荣了。每年清明，也有许多学生到烈士陵园祭拜这位在抗日战争中牺牲的国际友人，此地无疑是红色基因地。

渐渐入夜，长灯不灭。万州城在长江两岸已悄然蜕变成火树银花。华灯初上，江水映照着光影摇曳，不复白日沉静。倒也不能怪它浮躁，如此的热闹景象，便是千姿百态的长江也不能免俗。

夜晚比白天更有生命力，滨江道上尽是散步闲游的人。在长江边上，看着盈盈江水荡漾在脚下，任徐徐晚风吹过三千烦恼丝，叫人如何不恋故乡水？

若还要寻人间烟火气，不妨去天生城这一灯火辉煌处。万州美食齐聚于此，火锅烤鱼一应俱全，古色古香的商业街缀满了纸灯笼与发光的油纸伞。这里因人潮涌动更添繁华，恍若北宋灯火通明的汴京城了。

诗意汇成万州，大美家乡河山。在这里的惬意生活悠长、轻缓，如一支山歌民谣，唱响于每个万州人的心间。

* 教师点评

本篇散文从介绍万州城开始，书写万州山水人情。由三峡移民的历史背景写到万州白岩仙迹的诗意风光、平湖江上的闲适生活，以及经历过历史变迁后万州城独特辉煌的生命力。文章诗意盎然，充满韵味，如诗似画，临摹出了万州城独特的地域风光和人文情调。

万州的夜

◎ 万州高级中学高 2023 届 18 班 **陈欣悦**

李白诗中的夜是“山花如绣颊，江火似流萤”；白居易诗中的夜是“风吹古木晴天雨，月照平沙夏夜霜”。万州的夜亦如此，还多了几分烟火气。

长江横穿万州，江上搭建了几架桥梁。夜晚时桥上会亮起微亮的灯光，为回家的人们照亮前方。而江水在灯光的映衬下显得格外黑，只有泛起的涟漪反射出一点点光斑。月亮投射在江面上，波纹漾开，随即打碎了月光，散落出无数星光。江风撩起额前的碎发，抬头寻觅月亮真容，又见江上的客船从远方驶来。来江边散步的人们缓步走着，远处若隐若现的大山沉静地与月亮对视，它被月光包裹，身披盔甲，守护着一方人民。“暮云收尽溢清寒，银汉无声转玉盘”，就如苏轼所写，月亮正是如此明亮洁白，夜晚江边也有一丝清寒。

江边的夜，是静谧的，让人心旷神怡的。

小巷的两边有很多饭店，不是什么高档西餐厅，也不是什么甜品店，只有火锅、家常菜或烧烤。暖黄的灯光照亮了整个小巷，店外游人行色匆匆，店内灯火通明，不时传来客人的欢笑声、锅铲与锅相碰撞的交响乐、杯子相撞时如风铃般的声音……烧烤摊旁边摆了几张小桌子和几个小椅子，劳累了一天的人们在此大快朵颐，即使是难以容身的狭小空间，也遮掩不了他们脸上的快乐与放松。

正如汪曾祺所言：“四方食事，不过一碗人间烟火。”

小巷的夜，是温暖的，充满人间烟火的。

写字楼中灯光依旧，无论是学生还是上班族都在努力奋斗，如老舍所言：“才华是刀刃，辛苦是磨刀石，再锋利的刀刃，若日久不磨，也会生锈。”

他们为了自己的未来而努力奋斗。灯吊在他们头顶的天花板上，但他们的理想却早已与天空的明月肩并肩，与汪洋大海做伴，与雄鹰一起划破长空。忍别人所不能忍的痛，吃别人所不能吃的苦，是为了收获别人得不到的收获。

楼房的夜，是明亮的，照亮未来星光大道的。

万州的夜十分美丽，也弥漫着烟火气，其中不免还有着欲比天高的志向，它们构成了万州的夜，也成就了万州的夜，让万州有了无限可能。

* 教师点评

习作以“夜”为切入点，从“江边的夜”“小巷的夜”“楼房的夜”三个方面写出了不同视角下万州的夜景，凸显了万州的景色之美、人情之美，融情于景，细腻深刻。以李白、白居易的诗句作为开篇，开门见山的同时也蕴含了中华传统文化。

巷·乡

◎ 万州高级中学高 2026 届 18 班 **彭铭**

古有“叶落长门静，苔生永巷幽”“夜眠古巷当城月，秋直清曹入省钟”“流水带花穿巷陌，夕阳和树入帘栊”，而今，横跨旧时月，能看见的，便是老万州怀中“人间常如旧”的巷子。

春归翠陌的时节，或是拾级而上，或是“万转路不定”，你都会在积翠如云的碧苔深处，找寻到一棵兀立的老树，遒劲的枝干恰似千百年前书法家大笔挥就的绝世之作。

小心踏上茸茸的青苔，你会发现树上、巷边，已有疏桐吹绿的迹象，细小的茎秆上，是一嘟噜细小的苞芽，晴好的天气里，便有阳光细小的一朵，跳跃其上。不几日，巷里、窗台、墙沿、瓦缝，就都有春风吹开的花朵，于是巷边灰色的老屋，也有了“窗外探头常春藤”。

孩子们开始在巷中奔跑，说着不标不准奶声奶气的普通话。他们偶尔停下，或是在树丛的阴影里，或是在石头边，一本正经地谈论起他们的大事，什么昨天抓住的小虫，今天去的游乐园……遇见拐角的小卖部，大家翻来找去，凑钱将零食一扫而空。听见大人悠长的呼唤，做坏事般手忙脚乱，擦去“犯罪痕迹”，撒丫子奔去，只留锦上花正浓。

巷子深处的春，只此青绿，是染了层层柔绿的生机，好似一川烟草，满城风絮。

行至“芳莲坠粉”，巷子中，坐了三五成群的老太，摇着蒲扇，捏着一腔明亮的四川话，唠着闲嗑，偶尔张望，看见泡沫箱里站着没精打采的芦荟，便从那口缸中舀起一瓢水泼去，又慢慢踱回竹凳旁。往前走邂逅一池年久的喷泉，池中碧苔三四点，不太澄澈的水却也映照出四周老树的葳蕤与芳香，与假山上自个儿探头的小蕨构成一幅好画。温热的空气里，你能从小巷尽头的天空上看见落日熔金，蹒跚云脚搅动了夕光，弄得天地霞光飞溅，所谓“日落夕霞格外嫣”，只听得蝉声入岩。

饭余，大人们用饭勺刮着锅壁、碗沿，清净残羹剩菜。也有不怕热的孩子溜出家门，在巷间寻找，在枯井边凝视。

巷子深处的夏，华胥梦短，是坠入凡尘的朴实，好似仲夏沃土的一片清苦。

秋，已与云平。走过晚间的巷子，金桂等花香，落入月光里眠于小巷人家窗下的水桶，波光荡漾间，开出一朵朵照晚的芬芳。巷间，石板水泥变成白玉铺就的路，千顷清秋如洗，届时立于出墙的芭蕉叶边，你便也染上一身水绿，泊在一阙清丽婉约的宋词里，此兴悠哉。

巷子深处的秋，清夜无尘，是坠粉飘香浮生凉的沉静，好似色泽纯青的宋词。

夕阳吹落梅。巷子深处，夕阳也吹散了老树的华盖，独留它的枝丫挑起一抹暖阳，勾勒尽这一年的普通和不凡。有小巷人家用新桃符早早换去褪色的旧对联。这时的小巷，最吸引人的是那氤氲的热气，许多家常饭馆隐蔽其间，甚至没有招牌，但这却是来人最多的时节。扑面而来的白雾香气，遮挡住彼此的面庞，只看见人们争相买单的朦胧身影。火锅汤锅店是一片高昂的喧嚣，家常饭馆则是一片温暖的谈笑。在巷口，是打翻的调色盘般绚烂天际的霓虹光灯；或许会有一坡大梯子通往江边，江面的光影摇曳成一把把碎金，盖住了天际的星辉。对岸的万家灯火，此处的小巷幽静，让你恍然站在世纪之交，历尽流年宛转。

巷子深处的冬，盛世繁华，是新老万州交织的活力，好似某个深夜白雪之下的围炉夜话。

小巷的深处，撩起时光的帷幕，是细尘与阳光在共舞，是那时节老万州纵横交织的筋骨，是新时代与旧时光的双向奔赴。

此，吾巷，吾乡。

* 教师点评

习作以“巷”为切入点，通过富有历史、人情沉淀的小巷串联起古今和人与人之间的温情，用从这样一种新颖独特的视角，将读者拉到作者身边，与其共赏老万州城的风光与人文；巷与乡同音，这样一个巧妙的点亦是作者的浪漫，唤起了中国人的思乡之情。文中大量引用了中华古典文学经典名句，凸显了作者深厚的传统文化功底。

| 第八节 渝中区 |

主持 / 刘会兰老师

<< 美文荐读

祖父的园子（节选）

◎ 萧红

呼兰河这小城里住着我的祖父。

我出生的时候，祖父已经六十多岁了，我长到四五岁，祖父就快七十了。

我家有一个大园子，这园子里蜂子、蝴蝶、蜻蜓、蚂蚱，样样都有。蝴蝶有白蝴蝶、黄蝴蝶。这种蝴蝶极小，不太好看。好看的是大红蝴蝶，满身带着金粉。

蜻蜓是金的，蚂蚱是绿的。蜂子则嗡嗡地飞着，满身绒毛，落到一朵花上，胖圆圆的就跟一个小毛球似的不动了。

祖父一天都在后园里边，我也跟着祖父在里面转。祖父戴一顶大草帽，我戴一顶小草帽。祖父栽花，我就栽花；祖父拔草，我就拔草。祖父种小白菜的时候，我就在后边，用脚把那下了种的土窝一个个地溜平。哪里会溜得准，不过是东一脚西一脚地瞎闹。有时不单没有盖上菜种，反而把它踢飞了。

祖父铲地，我也铲地。因为我太小，拿不动锄头杆，祖父就把锄头杆拔下来，让我单拿着那个锄头的“头”来铲。其实哪里是铲，不过是趴在地上，用锄头乱钩一阵就是了。我认不得哪个是苗，哪个是草，往往把韭菜当做野草割掉，把狗尾草当做谷穗留着。

当祖父发现我铲的那块地还留着一片狗尾草，就问我：“这是什么？

我说：“谷子。”

祖父大笑起来，笑得够了，把草摘下来问我：“你每天吃的就是这个吗？

我说：“是的。”

我看着祖父还在笑，就说：“你不信，我到屋里拿来给你看。”我跑到屋里拿了一个谷穗，远远地抛给祖父，说：“这不是一样的吗？”

祖父把我叫过去，慢慢讲给我听，说谷子是有芒针的，狗尾草则没有，只是毛嘟嘟的，很像狗尾巴。

我并不细看，不过马马虎虎承认下来就是了。一抬头，看见一个黄瓜长大了，我跑过去摘下来，吃黄瓜了。黄瓜还没有吃完，我又看见一只大蜻蜓从旁边飞过，于是丢下黄瓜追蜻蜓了。蜻蜓飞得那么快，哪里会追得上？好在也没有存心一定要追上，跟着蜻蜓跑了几步就又去做别的了。采一朵倭瓜花，捉一个绿蚂蚱，把蚂蚱腿用线绑上，绑了一会儿，线头上只拴着一条腿，蚂蚱不见了。

玩腻了，我又跑到祖父那里乱闹一阵。祖父浇菜，我也过来浇，但不是往菜上浇，而是拿着水瓢，拼尽了力气，把水往天空里一扬，大喊着：

“下雨了！下雨了！”

太阳在园子里是特别大的，天空是特别高的。太阳光芒四射，亮得使人睁不开眼睛，亮得蚯蚓不敢钻出地面来，蝙蝠不敢从黑暗的地方飞出来。凡是在太阳底下的，都是健康的、漂亮的。拍一拍手，仿佛大树都会发出声响；叫一两声，好像对面的土墙都会回答。

花开了，就像睡醒了似的。鸟飞了，就像在天上逛似的。虫子叫了，就像虫子在说话似的。一切都活了，要做什么，就做什么，要怎么样，就怎么样，都是自由的。倭瓜愿意爬上架就爬上架，愿意爬上房就爬上房。黄瓜愿意开一个花，就开一个花，愿意结一个瓜，就结一个瓜。若都不同意，就是一个瓜也不结，一朵花也不开，也没有人问它。玉米愿意长多高就长多高，它若愿意长上天去，也没有人管。蝴蝶随意地飞，一会儿从墙头上飞来一对黄蝴蝶，一会儿又从墙头上飞走了一只白蝴蝶。它们是从谁家来的，又飞到谁家去，太阳也不知道这个。

只是天空蓝悠悠的，又高又远。云来，一大团一大团的，从祖父的头上飘过，好像要压到了祖父的草帽上。

我玩累了，就在房子底下找个阴凉的地方睡着了。不用枕头，不用席子，把草帽遮在脸上就睡着了。

本文节选自萧红的《呼兰河传》

导　读

有人说，萧红是一朵开在中国北方原野里的花，盛开在中国东北的农家院落里，从来不用浇水，任着风吹，任着太阳晒，她却能越开越红，越开越旺盛。无论她的生命中有多少逃亡与饥饿，无论她面对多少困苦与不幸，她都用她的笔描绘着家乡最美的画面，留下最温情的文字。

景美情真是萧红描写家乡的文字最鲜明的特征。在《呼兰河传》里，祖父的园子是一幅明丽、田园牧歌式、富有童话色彩的画，画里有树、有花、有菜、有庄稼、有蜻蜓、有蝴蝶、有蚂蚱、有小鸟、有风、有雨，还有太阳的光芒、云朵的影子。这里一切都是欣欣然的，充满了生命的气息。这里，花是自由的，鸟是自由的，虫子是自由的，菜是自由的，什么都是自由的，空气里弥漫着自由，童年的作者也是自由的，这自由是她童年快乐的源泉，也是孕育她文学之花的沃土。

这个园子之所以如此美，是因为这不是普通的园子，而是祖父的园子，是凝结家乡甘霖的园子。作者从儿童的视角，用诗样的语言，带我们走进了祖父的园子。让作者感到自由快乐并终生难忘的，不光是祖父的园子，还有慈爱的祖父。他给了孩子心灵的自由，他允许孩子随便玩闹，对孩子倾尽了爱心和耐心。他的爱放飞了孩子的天性。在他暖融融的爱的包围下，才有了孩子自由、快乐、幸福的童年。正是因为作者的心灵是自由的，所以在孩童时代，她眼里的一切才是自由的、快乐的，甚至是充满梦幻色彩的。从某种角度说，家乡园子的一花一草滋养了作者的一生。

☆经典推荐

《什么是重庆》

（星球研究所 著，中信出版社，2023 版）

本书是由专业地理科普传播机构“星球研究所”撰写，以独特的视角和生动的笔触，为我们展现了一个丰富多彩、充满魅力的重庆。

在书中，作者运用了细腻的描写手法，让重庆的山水、建筑仿佛就在我们眼前。无论是壮丽的三峡风光，还是错落有致的山城步道，都能让我们感受到大自然的鬼斧神工和人类智慧的完美结合。作者教我们如何用文字描绘出美丽的景色，让读者身临其境。

作者还通过讲述重庆的历史故事和文化经典，让我们了解了重庆的深厚底蕴。从古老的巴渝文化到抗战时期的英勇事迹，从独特的民俗风情到现代的发展变迁，重庆的历史犹如一幅长长的画卷在我们面前徐徐展开。这能让我们学会如何在写作中融入历史元素，使文章更具深度和内涵。

而且，书中对于重庆人民生活的描绘十分精彩。那些街头巷尾的烟火气息，邻里之间的温暖情谊，都展现了人性的美好。这有助于我们学会观察和描写人物，展现人物的性格特点和情感世界。

总之，这本书不仅是介绍重庆的读本，更是一本指导写作的宝典。它能够帮助我们提升描写能力、学会刻画人物。让我们一起走进这本书，感受重庆的魅力，探索写作的奥秘吧！

阶 道

◎ 巴蜀中学校高 2023 届 11 班 金怡辰

一千里在别处，是明月清风，是山溪河谷，是沙漠烟云。但一千里在重庆，不过一段台阶而已。适逢国庆节，熙攘的人群中那个不起眼儿的我，走上山城步道，走进了时间的罅隙里。

初入，岁月将墨绿染在瓦上、台阶上，应了那句“苔痕上阶绿”。安宁，却不静谧，孩子们来回跑着跳着，玩闹声、嬉戏声窜进了耳朵。这是童年啊，是在隐秘的角落里找到一片红叶或捉到一只蜗牛便能乐上半天的童年。想去看看孩子们，但想到林清玄“少年只宜在记忆中沉潜”，于是作罢。我亲爱的孩提时光，在这里枕着润碧湿翠的青苔入睡，足矣。

踏上一段平街，平街不长，一眼便能望到尽头。

妇女们嗑着瓜子时不时传来欢声笑语，男人们抽着烟打着麻将好不惬意。氤氲的白雾中，是赤红滚烫的火锅，街两边卖菜的、讲价的、吃小面的……正是一副市井模样，人间烟火气，最抚凡人心。

“人充满劳绩，但诗意地栖居在大地上。”倒不是说他们的生活多有诗意，而是在岁月的推搡下，他们仍担着责任，戴着镣铐起舞，这种精神倒也显得有某种诗意。

慢悠悠走过平街，天色灰暗了下来，每个屋顶都覆着一片云。雨来了，细细密密地敲打着爬山虎的叶，落在台阶上。

走着，看着，心中奇异宁静；听着，闻着，雨的味道仿佛带着前尘往事，在石阶上唱着湿漉漉的挽歌。雨水就这样淌在地上，雨停不久便消散，当真就不为自己短暂的生命痛惜？但转念一想，一滴雨经过云雾、冷风、楼顶，经历过那样的人生，落下也不留什么遗憾了。

走出步道，望着车流，行人匆匆，恍如隔世。一条街，一段步道，将人生百态娓娓道来。

我们重庆人人生的台阶，似乎总与这座城紧密相连。走过巴国的柑橘树，走过大轰炸的瓦砾堆，走过战时陪都的金粉气，走到当下……

只要我们不停止，这座城便能“行千里，致广大”。

＊教师点评

重庆被称为“山城”，以坡多坎多著称，而台阶正是山城最寻常之物，难能可贵的是，作者在寻常之物中写出了不寻常的风景。一句“我们重庆人人生的台阶，似乎总与这座城紧密相连”，既写出了台阶与重庆人的紧密联系，更写出了台阶是镌刻在重庆人心中的“家乡印象”。

本文文风朴实，但有一种浓浓的烟火气息，有一种独特慵懒之美。

话家乡

◎ 巴蜀中学校高 2023 届 5 班 **刘婧玥**

在层层叠叠的炊烟中
家乡的模样舒展开来

伴着第一声鸡鸣与吆喝
嘉陵江低声地沉吟
解放碑睁开睡眼
醒来就是八点的高峰期

乘着穿楼而过的李子坝轻轨
黄花园迎面走来
穿行在繁华的都市大厦
幸得一碗小面犒劳

匆匆出走
竞赴火锅盛宴
相约洪崖洞
探秘磁器口
山城夜景惹人醉
桥上星光媲银河

最美不过山水风光
风光不敌重庆话

＊ 教师点评

以诗歌颂扬家乡，需要作者有“诗情”，还要有“才情”。本文的作者以自己的才情写出了家乡如诗般的模样，语言富有张力和美感，短小的句式更增添了本文的节奏感，值得一读，也值得品鉴。

|第九节 忠县|

主持 / 王大可老师

<< 美文荐读

乌篷船

◎ 周作人

光荣君：

接到手书，知道你要到我的故乡去，叫我给你一点什么指导。老实说，我的故乡，真正觉得可怀恋的地方，并不是那里；但是因为在那里生长，住过十多年，究竟知道一点情形，所以写这一封信告诉你。

我所要告诉你的，并不是那里的风土人情，那是写不尽的。但是你到那里一看也就会明白的，不必罗唆地多讲。我要说的是一种很有趣的东西，这便是船。你在家乡平常总坐人力车，电车，或是汽车，但在我的故乡那里这些都没有，除了在城内或山上是用轿子以外，普通代步都是用船。船有两种，普通坐的都是“乌篷船”，白篷的大抵作航船用，坐夜航船到西陵去也有特别的风趣，但是你总不便坐，所以我也可以不说了。乌篷船大的为“四明瓦”（Symenngoa），小的为脚划船（划读如 uoa）亦称小船。但是最适用的还是在这中间的“三道”，亦即三明瓦。篷是半圆形的，用竹片编成，中夹竹箬，上涂黑油；在两扇“定篷”之间放着一扇遮阳，也是半圆的，木作格子，嵌着一片片小鱼鳞，径约一寸，颇有点透明，似玻璃而坚韧耐用，这就称为明瓦。三明瓦者，谓其中舱有两道，后舱有一道明瓦也。船尾用橹，大抵两支，船首有竹篙，用以定船。船头着眉目，状如老虎，但似在微笑，颇滑稽而不可怕，唯白篷船则无之。三道船篷之高约可以使你直立，舱宽可以放下一顶方桌。四个人坐着打马将，——这个恐怕你也已学会了罢？小船则真是一叶扁舟，你坐在船底席上，篷顶离你的头有两三寸，你的两手可以搁在左右的舷上，还把手都露出在外边。在这种船里仿佛是在水面上坐，靠近田岸去时泥土便和你的眼鼻接近，而且遇着风浪，或是坐得稍不小心，就会船底朝天，发生危险，但是也颇有趣，是水乡的一种特色。不过你总可以不必去坐，最好还是坐那三道船吧。

你如坐船出去，可是不能像坐电车的那样性急，立刻盼望走到。倘若出城，走三四十里路，（我们那里的里程是很短，一里才及英哩三分之一，）来回总要预备一天。你坐在船上，应该是游山的态度，看看四周的物色，随处可见的山，岸旁的乌桕，河边的红蓼和白苹，渔舍，各式各样的桥，困倦的时候睡在舱中拿出随笔来看，或者冲一碗清茶喝喝。偏门外的鉴湖一带，贺家池，壶觞左近，我都是喜欢的，或者往娄公埠骑驴去游兰亭，（但我劝你还是步行，骑驴或者于你不很相宜，）到得暮色苍然的时候进城上都挂着薜荔的东门来，倒是颇有趣味的事。倘若路上不平静，你往杭州去时可于下午开船，黄昏时候的景色正最好看，只可惜这一带地方的名字我都忘记了。夜间睡在船中，听水声橹声，来往船只的招呼声，以及乡间的犬吠鸡鸣，也都很有意思。雇一只船到乡下去看庙戏，可以了解中国旧戏的真趣味，而且在船上行动自如，要看就看，要睡就睡，要喝酒就喝酒，我觉得也可以算是理想的行乐法。只可惜讲维新以来这些演剧与迎会都已禁止，中产阶级的低能人别在“布业会馆”等处建起“海式”的戏场来，请大家买票看上海的猫儿戏，这些地方你千万不要去。——你到我那故乡，恐怕没有一个人认得，我又因为在教书不能陪你去玩，坐夜船，谈闲天，实在抱歉而且惆怅。川岛夫妇现在偁山下，本来可以给你介绍，但是你到那里的时候，他们恐怕已经离开故乡了。初寒，善自珍重，不尽。

十五年一月十八日夜，于北京

导 读

周作人的《乌篷船》是一篇充满江南水乡风情的佳作。文章以乌篷船为线索，引领读者走进了一个宁静、祥和的江南水乡世界。

周作人以其细腻的笔触，描绘了乌篷船的独特造型和在水乡的重要作用。他通过乌篷船这一具象，展现了江南水乡人们的生活方式和淳朴民风。在他的笔下，乌篷船不仅是交通工具，更是水乡文化的象征，承载着人们对美好生活的向往和追求。

文章语言优美，意境深远，让人仿佛置身于江南水乡的画卷之中。通过阅读《乌篷船》，我们可以感受到周作人对家乡的深深眷恋，以及对江南水乡文化的热爱和传承。

《乌篷船》不仅是一篇描绘江南水乡风情的散文，更是展现周作人对家乡文化的深情厚谊，让我们在忙碌的现代生活中，找到了一份宁静和慰藉，也让我们更加珍惜和传承这份独特的文化遗产。

☆经典推荐

《重庆传：大江东去唱渝州》

（吴景娅 等著，外文出版社／重庆出版社，2023 年 3 月版）

本书精选 38 篇纪实性散文，介绍了重庆的发展变迁中具有代表性的人物、事件、物产、人文和自然景观。第一章“神奇山水”，将三峡、南山、缙云山、歌乐山等重庆山水的神奇风貌与所承载的历史人文故事娓娓道来；第二章“魅力地标”，讲述了解放碑、磁器口、钓鱼城、大礼堂、洪崖洞等重庆地标，通过对广布重庆大地的经典不凡的建筑、独特个性区域的诠释，彰显了这座城市在中国乃至世界的影响力和特有的魅力；第三章“爽朗传奇”，大开大合，波澜壮阔，写了以“川剧女皇”沈铁梅为代表的重庆优秀儿女，写了重庆对外交往、海纳百川、耿直待人而终成移民大都市的辉煌，写了重庆作为长江经济带的扛鼎之城，作为“一带一路”对外发展实力之城的格局与气度。

<< 学生习作与点评

那寨·那山·那水

◎ 忠县中学高 2025 届 11 班 **周可**

石宝寨，乃大自然的鬼斧神工之作，人文与自然的完美交织之地。这是一座傲立于长江北岸的古老寨子，其名取“山如宝藏”之意，确有其奇妙之处。

在中国仅存的几座高层木结构建筑中，石宝寨塔楼是体积最大和层数最多的穿斗式木结构建筑，融自然景观和人文景观于一体，绝壁建楼，木石衔接，四角三方，紧扣山体。塔楼层层叠叠，飞檐展翼，逐层内收，直插云天。整个塔楼无铁钉，乃世界所罕见，被誉为“世界八大奇异建筑之一”，也是南方民间建筑的经典之作。登上寨顶，凭栏远望，目之所及皆是山和水，蜿蜒起伏，峰峦叠嶂，江水尽收眼底，有“孤帆远影碧空尽，唯见长江天际流”的意境之美。山峰锋利如剑，悬崖峭壁险峻无比，仿佛置身一幅巨大的山水画卷中。随着阳光斜射，山色变幻莫测，时而青翠欲滴，时而金光灿烂，令人陶醉其中。

然而，石宝寨不仅仅是一处建筑奇观，更是一个充满历史和文化的角落。明万历年间，忠州知州尹愉始建天子殿。清康熙年间，当地能工巧匠偶见山鹰从玉印山脚展翅起飞，盘旋而上，顿生灵感，遂依山修建塔形楼阁，即成石宝寨。青瓦红墙的木结构房屋，绝壁而建，保存完好。每一片青瓦、每一棵古树、每一段木梯都是岁月的见证，承载着石宝寨的故事。

在石宝寨，还有着丰富的文化传承。侗族风情与土家族风采交汇，民俗活动丰富多彩。山寨之间，侗族舞蹈、土家族歌谣，如繁花绽放，勾画出一幅多元文化的画卷。

然而，时间并未使石宝寨失去其特色，它依旧宁静而古老，远离都市的喧嚣和浮躁。在这里，人们生活俭朴，与自然和谐相处，追求内心的宁静与平和。石宝寨的恩泽就这样给每个村民带来福音，崖边黑瓦红墙的楼阁始终透着古朴的气息。

石宝寨，不只是一处山水之境，更是一段历史的传承，一种文化的体现。在这个角落，大自然与人文交融，岁月与故事编织成一幅绚丽多彩的画卷。这是一个值得探索、品味、珍惜的地方，它让我们看到了大自然的神奇，也让我们洞悉文化的深度。石宝寨，是一颗隐藏在山水之中的文化宝石，等待着你去发现。

* 教师点评

石宝寨塔楼存世久远，造型奇特，是忠县的绝对地标。本文既生动形象地描绘了这一富有地域特点的建筑奇观，给人以身临其境之感，同时彰显了石宝寨所承载的民间文化，充分地体现了它的钟灵毓秀。

江中仙岛，心中的诗与远方

◎ 忠县中学高 2025 届 11 班 李欣然

清晨，云雾霞光中，皇华岛宛如江中仙岛，在烟波浩渺的江面上若隐若现。看江水船影，望炊烟田舍，闻鸟鸣花香……皇华岛便是这样一处世外桃源。

四面江滩合，一洲烟树横。万里长江奔流至忠县，与沿线的独珠半岛、三峡港湾、鸡公咀半岛相拥相合，构成壮美开阔的自然景观，仿若“书写”

出一个巨大的“心”字，而皇华岛恰如“心”头那一点。俯瞰皇华岛，郁郁葱葱，恰似镶嵌在万里长江之中的一块翡翠。

在夕阳映射下，皇华岛国家湿地公园色彩斑斓、桥岛相连，宛若五彩缤纷的千岛湖。岛内总体呈现“一圈湿地、一坡密林、一坝良田”的生态格局。四面环水，形成自然的水上公园，行走其间，令人心旷神怡。岛边悬崖陡峭，岛上平坦如砥，田畴交错，风景秀丽，形成新的独特风貌，即“江中有岛，岛中有湖，湖中有岛”。古木青瓦，山野别院，是陶公耕读的世外桃源，也是诗里斜阳映波的岛城风光。

皇华岛不仅有秀丽的自然风光，也有独特的历史研究价值和深厚的人文底蕴。

南宋宋度宗赵禥即位前的封地，当时叫“忠州”。宋度宗登基后，年号咸淳，升忠州为咸淳府，并将咸淳府府衙迁往江中黄华洲，命名为“皇华城”。南宋末年元兵大举攻川，宋度宗下令固山为垒，依江为池，据险筑城。皇华城自然成为抗元基地，扼守长江的战略要冲。马坤与军使包申坚守皇华城，直到 1277 年年底。

一城、一府、一帝为皇华岛增添了厚重历史底蕴。

而今，“城”虽不见，但岛中的文化遗址，无言地诉说着当年那段历史。值得一提的是，长江流域的江心岛很多，但像皇华岛一样承载着厚重历史文化的却属罕见。

岛上居民以耕植为业，仍沿袭传统的耕作方法和生活方式，乡土气息和风土人情相当浓厚。

三峡生态岛，千年忠义城。皇华岛一清如水的灵魂，早已与忠州人血脉相连。“一苇渡江舟自横，偷得浮生半日闲”，在这千年古城中休憩片刻，仿佛一梦千年，只是一次不经意的拜访，却经历了百年间历史变迁。正所谓文武兼备，天下可得也。置身竹海，向山而栖，微风轻拂，竹香悠然，微风掠荷，星光点点，千姿百态，满眼青绿。

昔日硝烟已经散去，今日皇华岛胜景正徐徐展开。看“日出江花红胜火，春来江水绿如蓝”的清新，寻“清江一曲抱村流，长夏江村事事幽”的闲适，观“落霞与孤鹜齐飞，秋水共长天一色”的壮阔……让我们相约皇华岛，去品味生态与人文的饕餮盛宴。

* 教师点评

皇华岛是忠县的一个著名的景区，在渝东北具有一定的知名度。本文既充分地彰显了皇华岛秀美多姿的自然之美，又如闪电霹雳，展现了皇华岛的抗元故事和忠义之举，如同一部既温婉柔美又雄浑壮阔的交响乐。

我这儿有个“白公祠”

◎ 忠县中学高 2025 届 11 班 **冉燃**

从我记事起，我就知道我们县里有一个白公祠，不因别的，只因我每次回乡下都要经过这个站。但这一次，我在这儿停了下来。

说来也怪，在古人眼中荒凉野蛮的边远小城却总是遇见历史上鼎鼎有名的文人骚客，但这也有因可循——他们都是被贬谪流放的。但正因如此，连史官都不愿添上几笔的蛮荒之地，却在文人温煦的照拂下显出独特的光芒。

公元 818 年，我的家乡——一个小小的边远小城——忠县，就迎来了它历史上浓墨重彩的一笔——白居易。

不知为何停留，或许是一时兴起，或许是为了孩童时几句耳熟能详的诗，又或许是一种流淌在血液中的冥冥指引。披着清晨的薄雾，我拾级而上，与“白公祠”三个大字迎面相“撞”，不知为何，我的心头突然一紧。再走过二十几级台阶，“刺史长风”四个字映入眼帘，血脉中的某种强烈情感涌入大脑。我发现自己已经等不及了，于是快步踏上最后几级台阶。

台阶尽头乃是白公祠大门，大门为三楼四柱三间牌。门联“遗泽被山川万民长忆贤刺史，宏篇映日月百世同仰大诗人”，正好印证了白居易在《忠州刺史谢上表》中所写的“誓当负刺慎身，履冰励节，下安凋瘵，上副忧勤，未死之间，期展微效”名句。

步入大门，便见一半圆形莲池，满池绿波，生机盎然，与园中花草相映成趣。当年白居易为此写下《龙昌寺荷池》：“冷碧新秋水，残红半破莲。从来寥落意，不似此池边。”白居易的母亲看花而坠井去世，白居易又著有“赏花”及“新井”诗，因而被诽谤贬谪。所以这清雅的绿池红莲才会在白居易的眼中充满“寥落意”吧。可后来，白居易在忠州任职期间，却又在城东的山坡上种花，并命名为“东坡”。

或许这是一个孩童对爱花的母亲的念念不忘，又或许是为了与心中的遗憾和解。所以，后人在白居易的铜像四周种满花草。让他看见花草，就仿若看到了母亲。

进大门后右拐为“白园”。白园大门左右挂着“浮云不系名居易，造化无为字乐天”门联。此联是白居易逝世时唐宣宗李忱所作挽诗中的两句。再走进白居易生平展览室，去看看他为忠州人民所做的一切。别忘了，在香山茶座与香山居士谈天论地，在廊庭小径与白居易互诉衷肠。

最后，还要去看白居易笔下“如折芙蓉栽旱地，似抛芍药挂高枝”的木莲花。

出了白公祠，我的心情久久无法平静，大抵是因为白居易留下的诗篇，刻进了忠州人民的血肉里，流淌到了我这一脉。

当“白公祠”变成一个站台名，飘荡在一声声下一站提示音中，镌刻在每个忠县人的心中。

或许，你该和我一样停下来看看。

* 教师点评

本文以生动细腻的文字描写了忠州白公祠的庄重清幽和谪人情怀，情思袅袅。余秋雨先生讲过：文人的魅力，在于把偌大世界的一个荒僻角落，变成人人心中的故乡。作者再次对这一观点做了生动的诠释，并且彰显了一种人生精神：人生的价值不在于名位的高度，而在于内心的强度。

三峡橘海

◎ 忠县中学高 2025 届 11 班 **哈宁樱子**

在熹微的晨光中，我被一阵阵幽香吸引，又来到了这片熟悉的橘海。它虽与人人皆称雄浑奔放的长江为伴，但在暮春四月里，它却绽放着不同于长江的细腻的迷人魅力。

走进橘海中，比树更先夺取我的注意力的，是橘林轻柔的呼吸，是沁人心脾的花香与橘香携着微风，吹拂着我意趣盎然的心。闭上眼睛，我仿佛与它们融为一体，轻快地在林中奔跑、跳跃、玩闹，没有车流的限制、没有建筑的阻挡，只有释放天性，追寻心中所想之自由。

这是浓郁的香气与质朴的山林才具有的力量啊！

睁开眼睛，便看到一望无垠的绿叶、黄橘、白花与蔚蓝的天空。在蓝天之下细看那绿叶簇拥着黄橘，黄橘与白花相互映衬，如此和谐的亮色图，是谁作的画？

充满活力的黄橘，与孕育它的阳光一样，都给人温暖与明快，让人不仅感受到欢乐，还感受到了忠州人的热情。橘花小巧洁白，有的羞答答地含苞待放，似乎它要等到雨露阳光的“千呼万唤”才肯出来；有的却尽情绽放，像一首酣畅淋漓的小曲奋力传达出自然的恩惠，每一丝花蕊都是它必不可少的音符。

走在林间，香气更为浓郁，摘下一颗黄澄澄的橘子，轻轻剥开，里面白纱似的橘络包裹着饱满的橘瓣，掰开一瓣，放入口中，汁水随着收藏于其中的温热迸发，橘香放肆地在齿舌间穿梭，甜润的快乐很难让人不想吃个痛快！

观赏着橘林的外表，橘林的起源也涌进了我的记忆：2001 年以前，这儿还是一个贫瘠的小山村。可就是那年的 9 月，它有了大放异彩的机会。在对扶贫致富政策的积极响应中，村民们因地制宜，开始了大规模地种植橘树，使得一年四季都有果实收获。这不仅使漫山遍野都洋溢着收获的喜悦，还保护了生态，让村民们享受到了“生态产业化，产业生态化”的红利，走上了致富之路。同时，三峡橘海作为旅游景点以来，也带动了忠州旅游业的发展。不少村民办起了农家乐，又有了新的收入来源。

总的来说，三峡橘海为地区的经济发展带来了不可胜计的益处。

这就是忠州的橘海风貌，是我情有独钟的忠州风貌。

* 教师点评

三峡橘海是一片占地近万亩的人工橘树林，但在作者笔下，这片橘海如梦似幻，化为了自然的精灵和灵魂的栖息地，令人遐思漫想。这篇写景抒情美文也颇具特色：一是精微细腻的描写但又毫无累赘，充分地触动了读者的各种感官神经，给人以身临其境之感；二是精巧新颖的比喻、拟人等修辞手法交错使用。如“洁白小巧的橘花，有的羞答答地含苞待放，似乎它要等到雨露阳光的‘千呼万唤’才肯出来；有的却尽情绽放，像一首酣畅淋漓的小曲奋力传达出自然的恩惠，每一丝花蕊都是它必不可少的音符”，不断使用拟人、比喻的修辞书法，虚实交融，营造出极富诗意的想象空间。

|第十节 跨区综合|

主持/兰焰雄老师

<< 美文荐读

江南的冬景

◎ 郁达夫

凡在北国过过冬天的人，总都知道围炉煮茗，或吃煊羊肉，剥花生米，饮白干的滋味。而有地炉，暖炕等设备的人家，不管它门外面是雪深几尺，或风大若雷，而躲在屋里过活的两三个月的生活，却是一年之中最有劲的一段蛰居异境；老年人不必说，就是顶喜欢活动的小孩子们，总也是个个在怀恋的，因为当这中间，有的萝卜、雅儿梨等水果的闲食，还有大年夜，正月初一元宵等热闹的节期。

但在江南，可又不同；冬至过后，大江以南的树叶，也不至于脱尽。寒风——西北风——间或吹来，至多也不过冷了一日两日。到得灰云扫尽，落叶满街，晨霜白得像黑女脸上的脂粉似的清早，太阳一上屋檐，鸟雀便又在吱叫，泥地里便又放出水蒸气来，老翁小孩就又可以上门前的隙地里去坐着曝背谈天，营屋外的生涯了；这一种江南的冬景，岂不也可爱得很么？

我生长江南，儿时所受的江南冬日的印象，铭刻特深；虽则渐入中年，又爱上了晚秋，以为秋天正是读读书，写写字的人的最惠节季，但对于江南的冬景，总觉得是可以抵得过北方夏夜的一种特殊情调，说得摩登些，便是一种明朗的情调。

我也曾到过闽粤，在那里过冬天，和暖原极和暖，有时候到了阴历的年边，说不定还不得不拿出纱衫来着；走过野人的篱落，更还看得见许多杂七杂八的秋花！一番阵雨雷鸣过后，凉冷一点，至多也只好换上一件夹衣，在闽粤之间，皮袍棉袄是绝对用不着的；这一种极南的气候异状，并不是我所说的江南的冬景，只能叫它作南国的长春，是春或秋的延长。

江南的地质丰腴而润泽，所以含得住热气，养得住植物；因而长江一带，芦花可以到冬至而不败，红叶也有时候会保持得三个月以上的生命。

像钱塘江两岸的乌桕树，则红叶落后，还有雪白的桕子着在枝头，一点一丛，用照相机照将出来，可以乱梅花之真。草色顶多成了赭色，根边总带点绿意，非但野火烧不尽，就是寒风也吹不倒的。若遇到风和日暖的午后，你一个人肯上冬郊去走走，则青天碧落之下，你不但感不到岁时的肃杀，并且还可以饱觉着一种莫名其妙的含蓄在那里的生气；“若是冬天来了，春天也总马上会来”的诗人的名句，只有在江南的山野里，最容易体会得出。

说起了寒郊的散步，实在是江南的冬日，所给予江南居住者的一种特异的恩惠；在北方的冰天雪地里生长的人，是终他的一生，也决不会有享受这一种清福的机会的。我不知道德国的冬天，比起我们江浙来如何，但从许多作家的喜欢以 Spaziergang（德文，散步）一字来做他们的创作题目的一点看来，大约是德国南部地方，四季的变迁，总也和我们的江南差仿不多。譬如说十九世纪的那位乡土诗人洛在格（Peter Rosegger，1843—1918）吧，他用这一个“散步”做题目的文章尤其写得多，而所写的情形，却又是大半可以拿到中国江浙的山区地方来适用的。

江南河港交流，且又地滨大海，湖沼特多，故空气里时含水分；到得冬天，不时也会下着微雨，而这微雨寒村里的冬霖景象，又是一种说不出的悠闲境界。你试想想，秋收过后，河流边三五家人家会聚在一道的一个小村子里，门对长桥，窗临远阜，这中间又多是树枝杈丫的杂木树林；在这一幅冬日农村的图上，再洒上一层细得同粉也似的白雨，加上一层淡得几不成墨的背景，你说还够不够悠闲？若再要点景致进去，则门前可以泊一只乌篷小船，茅屋里可以添几个喧哗的酒客，天垂暮了，还可以加一味红黄，在茅屋窗中画上一圈暗示着灯光的月晕。人到了这一个境界，自然会得胸襟洒脱起来，终至于得失俱亡，死生不问了；我们总该还记得唐朝那位诗人做的“暮雨潇潇江上村”的一首绝句吧？诗人到此，连对绿林豪客都客气起来了，这不是江南冬景的迷人又是什么？

一提到雨，也就必然的要想到雪；“晚来天欲雪，能饮一杯无？”自然是江南日暮的雪景。“寒沙梅影路，微雪酒香村”，则雪月梅的冬宵三友，会合在一道，在调戏酒姑娘了。“柴门村犬吠，风雪夜归人”，是江南雪夜，更深人静后的景况。“前树深雪里，昨夜一枝开”又到了第二天的早晨，和狗一样喜欢弄雪的村童来报告村景了。诗人的诗句，也许不尽是在江南所写，而做这几句诗的诗人，也许不尽是江南人，但假了这几句诗来描写江南的雪景，岂不直截了当，比我这一枝愚劣的笔所写的散文更美丽得多？

有几年，在江南也许会没有雨没有雪的过一个冬，到了春间阴历的正月底或二月初再冷一冷下一点春雪的；去年（一九三四）的冬天是如此，今年的冬天恐怕也不得不然，以节气推算起来，大约大冷的日子，将在一九三六年的二月尽头，最多也总不过是七八天的样子。像这样的冬天，乡下人叫作旱冬，对于麦的收成或者好些，但是人口却要受到损伤；旱得久了，白喉、流行性感冒等疾病自然容易上身，可是想恣意享受江南的冬景的人，在这一种冬天，倒只会感到快活一点，因为晴和的日子多了，上郊外去闲步逍遥的机会自然也多；日本人叫作 Hiking（英文，徒步旅行，远足），德国人叫作 Spaziergang 狂者，所最欢迎的也就是这样的冬天。

窗外的天气晴朗得像晚秋一样；晴空的高爽，日光的洋溢，引诱得使你在房间里坐不住，空言不如实践，这一种无聊的杂文，我也不再想写下去了，还是拿起手杖，搁下纸笔，上湖上散散步罢！

导　读

1935 年郁达夫先生迁居杭州之后，写下这篇《江南的冬景》。本文与课文《故都的秋》可以算是姊妹篇，也是郁达夫散文的名篇。《故都的秋》写的是北平的秋景，这篇写的是江南的冬景。《江南的冬景》与《故都的秋》两篇作品，不管是意象的选择，还是写景的手法，还是抒情的格调，都具有高度的相似性。

众所周知，《故都的秋》中，有好几幅非常优美的秋日图景，比如庭院秋景图、秋槐落蕊图等。在这篇《江南的冬景》里，我们也可以比较轻松地勾画出几幅冬日图景，它们依次为曝背谈天图、冬郊植被图、寒村微雨图、江南雪景图、冬日散步图等。通过细致的描写，作者从不同角度，刻画出了不同情景中江南的冬景，表现出作者对家乡冬日景物的喜爱。

大画家刘海粟曾经说：“青年画家不精读郁达夫的游记，画不了浙皖的山水；不看钱塘、富阳、新安，也读不通郁达夫的妙文。”如此的评价，既显出画家非凡的文学修养，又突出了郁达夫散文擅长描绘景物的特点。优秀的写景诗往往“诗中有画”，而精彩的写景散文，像《故都的秋》《江南的冬景》，常常是“文中有画”的。本文很能体现郁达夫散文的美学特征：行文自然，如行云流水；笔意轻灵，舒卷自如；志趣高雅，情感真诚而强烈。

本文的一大特点是运用了对比的手法。郁达夫在文中将北国与江南的冬天的比较，突出了江南冬天的晴暖温和，渲染出北国冬天所不能提供的屋外曝背谈天的乐趣；将江南冬天与秋天比较，又将江南的冬景比作北方的夏景，写那种“明朗的情调”；将闽粤等地的冬天与江南冬天比较，还将德国与江南的寒郊散步进行比较。这些比较，着眼点各有不同，但都突出了江南冬景的主要特征——温润、晴暖、优美。

☆经典推荐

《农历》

（郭文斌 著，上海文艺出版社，2010年10月版）

郭文斌，1966年生于宁夏回族自治区西吉县，中国作协会员，中国散文学会会员，《黄河文学》主编；宁夏回族自治区作协主席，宁夏回族自治区文联主席，中国作家协会第九届、第十届全国委员会委员。曾获得冰心散文奖、人民文学奖、小说选刊奖、鲁迅文学奖等重要奖项；全国宣传文化系统“四个一批”人才，享受国务院特殊津贴，被宁夏回族自治区授予“塞上英才”称号。

郭文斌著作《寻找安详》《农历》影响较大。长篇小说《农历》于2010年10月由上海文艺出版社出版。两个月首版即销售一空，在文学界产生了很大反响。

郭文斌用十二年完成了《农历》的创作。全书三十万字，以农历十五个传统节日设目，从“元宵”开始，到“上九”结束，正好是一年的循环；以两个乡村孩童——“五月”“六月”的视角展开，以“小说节日史”的方式呈现，通过主角的回味、追索、询问，展示渐渐消弭的传统乡村文明，展示中国文化的根基和潜流，展示中华民族经典化的民间传统。

评论家认为，《农历》显示出天人合一的人文理想，为人们留存了珍贵的乡俗史料，在本质上，是对现代文明的抗争，对平静安详的心灵的坚守，是对一种理想的生活信念的守护。《农历》并不借重情节的发展或人物性格的演进，纯粹展示乡土中国的民俗传统风貌。《农历》除了体现作者的人生思考与探索，还担负起了留存民族文化资源乃至化石的历史重任。

<< 学生习作与点评

永川风光

◎ 江北巴川量子学校高2025届3班 **颜子博**

时人有《踏莎行》一首，词云：“秀芽香氲，修竹意萦。山起峰伏倚岩鹰。石栈天梯勾连处，茶花雨润红姿迎。访天子殿，忆天子情，先主昭烈空曾经。今世何处觅英雄，不教竖子成大名。”

要问这首词说的是哪里，一定会有人应答，此乃环渝诸山中一幽静去处，在尘世之外，在茶与竹之间，世人称“茶山竹海”之处。

觅得几分闲暇，邀上三五好友造访此处洞天。茶山有三峰，箕山尤秀。这箕山，自山脚起便绿竹猗猗，修叶蔽天，日光只能从枝叶缝隙间投下几片光斑。谁曾想，如此修竹却并非生长在什么沃土之上，其生长处不过是遍地黄沙、嶙峋怪石。

或许真正的竹，从来都不是在文人小院中淡影斜疏的观赏品吧！

出了竹林，走在看不到尽头的石栈天梯上。忽听得一声惊呼，循声望去，不远处几株山茶花开得正艳。夹道而生的山茶花极大、极艳，远胜于任何园子里名匠高手栽培的品种。碧叶如烟云，掩映着红日，在风中摇曳，那血染的绯红透着交错的纹理。

再精巧的人工，也胜不了自然伟力吧？

告别山茶花后又前行了许久，终于登顶。立于箕山之巅，整座永川城便尽收眼底了。昔仲尼登东山而小鲁，登泰山而小天下，今又何尝不能登箕山而小永川呢？极目远眺，远方山顶上，有一岩作雄鹰展翅状。那“雄鹰”已不知这茶山竹海之间飞翔了多少年了呢。

山巅上有几处断壁残垣，几座陶人塑像，已看不分明。友人说，此间名为“天子殿”，相传刘玄德和诸葛孔明途经此处，世人建殿以纪之。

望着断壁残垣，我不禁慨然。玄德公飘零一生，创业未半，至死也不过割两川之地，鼎足而三分，并未曾真正得过天下。而世人以“天子”呼之，大概算是对蜀汉昭烈帝天地英雄气的最好告慰吧！汉末三国，群雄并起，只手终难补天裂，坐骑的卢也踏不平灾患。幸而，世事过后，那些人和事早已成了传说。

友人递来的一杯秀芽清茶打断了思绪。“枝头采得三分春，妙手翻作秀芽茶”。秀芽生自山巅，入口苦涩，细品方有丝丝回甘。这氤氲的茶香，串联起了我整日的思绪。

凌风不易节，乃竹；威武不能屈，为贤；夹道枝犹艳，是山茶；临峰性仍坚，是岩鹰；忧愁风雨里走出的是豪英；朝岚暮霭中育出的是秀芽。

想阮籍登临楚汉古战场，只留下一句“时无英雄，令竖子成名”。也对，温柔乡中，没有凄风苦雨，怎能成就英雄？或许阮籍不知道，在后人的眼里，他也是一个历经了历史烟尘的英雄。

或许只有悟到了磨难的含义，才算是真正地造访这座山吧。

＊教师点评

这篇文章以游览“茶山竹海”为线索，对家乡永川最具代表性的景区进行了描写。在作者笔下，山茶、竹、历史人物与家乡的精神内蕴紧密地结合到了一起，水乳交融，浑然一体。开篇的词作以及文中大量的文言化词语，使文章语言简洁优美，书卷气十足。

彭水风光

◎ 江北巴川量子学校高 2025 届 3 班 **淳泽满**

焕之四望云物，光明而清鲜。一阵暖风拂面，带着新生、发展、繁荣的消息，几乎传到每一个细胞。江那边的山已从沉睡中醒来，盈盈地凝着春的盼睐。这是我的老家彭水。

江水粼粼。碧绿清透的江水里，倒映着江边的建筑，以及岸边的孩子们嬉笑的脸庞。一阵阵温暖宜人的春风，吹得江面微波荡漾。

我慢慢走近乌江，捧起冰凉的乌江水，放到耳边，想听一听霸王自刎乌江的故事。

再过几日，就是畅游乌江的好时候了。我经常自豪地告诉他人，在乌江里游泳是怎样的快活。小时候，我总是吵吵嚷嚷的，要去乌江里游泳。每次放假，去乌江里畅游成了我最期待的事。

我第一次去乌江里游泳时，我和爸爸站在船舷边，我紧紧抱着救生圈，扶着栏杆，迟迟不敢下去。爸爸只好在一旁边鼓励我边示范性地跳进乌江里。见我还是未动，爸爸又爬上船安慰我：“很容易的，别害怕。”

这时，其他人也鼓励我。他们与我只有一面之缘。但是，他们一点也不吝啬对我的夸奖。

我终于鼓起勇气跳入乌江里。我清楚地记得，乌江的水是凉的，而那一刻，我的内心却有一股暖流流淌。

一只雁飞过，打破了江面的平静，又穿过云雾，飞向了远处的睡美人山。橘黄的余晖点缀山间，让人更加迷惑于它名称的由来了。我曾执着地追问睡美人山名字的由来。有人说，是因为它就像一位美人侧卧。

我想过好多回，这座山非得像侧卧的美人吗？怎么不能像别的？它原先有没有自己的名字呢？后来，这些问题一直没有得到解答，慢慢地，在我的脑海深处变得模糊起来。而我，也就默认了这样的说法。仔细回想，我还没有去过远处的睡美人山呢。

自睡美人山再走远些，你就可以听到阵阵起伏的歌声了。远远看上去，有一个建筑群，似一条巨龙盘在山间。它就是最大的苗族建筑群——蚩尤九黎城。这个古老的传统苗族建筑群，矗立于巍峨的山岭之上。

夜间，在闪烁的灯光中，它更显得雄伟了。欢声笑语的篝火晚会，代代相传的山歌妙舞，每天都在这儿等着深情的人们。珍贵的苗族文化，在这样的轻歌曼舞中，延续了多少年？还会延续多少年呢？苗乡人的淳朴单纯，苗乡人的乡土情怀，就这样融进了千年的故事里，就这样融进了华夏的文明里。

家乡的天空总是很蓝，没有烟雾缭绕的时候，你就能看见星星。星星很早就出现在离山顶很近的地方。过不了多久，月亮也上来了。走在乌江边，不远处的高楼与更远处的山渐渐融为一体。山谷里的乌江，带着苗乡的气息，洋溢着蓬勃的生命力，流向了远方，流进了时代的洪流里。

* 教师点评

这篇文章用优美的语言写出了彭水独特的风光之美。作者运用丰富的想象力和轻灵的笔触，写了乌江、睡美人山、苗族建筑蚩尤九黎城等，写出了一个富有地域特色和民族风情的美丽家乡。作者情感饱满，却欲说还休，在字里行间流露出对家乡的深深眷恋，颇具感染力。

丰都风光

◎ 江北巴川量子学校高 2025 届 3 班 **梁沥尹**

我的家乡，是著名的“鬼城”丰都。它伫立在长江北岸的名山古树之间，肃穆的庙宇隐隐然拔地而起。这里是道家“七十二洞天福地”之一，也是传说中冥界的入口之一。

半山的大门上刻着“鬼城”两个字，迎面是一座“哼哈殿”，来者要在这里接受哼哈二将的盘查，验明正身。

紧接着是一座“奈何桥”。初来乍到的人都会感到奇怪：“为什么在这里要造一座桥呢？下面又没有河。”这样问的人，肯定不知道“奈何桥”的含义。奈何桥连接着阴曹地府和人间，如果人在桥上摔倒，就表示他在人间做了很多坏事。它简直就是一座识别善良与罪恶的“试金桥”。

过了奈何桥，桥尾的钟馗正准备迎接你。然后，过鬼门关，接受盘查后到达天子殿，接受阎王的审判。最后一站就是令人毛骨悚然的十八层地狱。刀山、火海、油锅、毒蛇……那些面目狰狞的各种大鬼小鬼，那些名称各异的地狱酷刑，总会让人惊恐战栗。这阴曹地府就是对死后的人进行“公正”的审判，向世人宣扬“善有善报，恶有恶报”的因果关系。

带着早年的记忆，我又一次来到了神秘又恐怖的鬼城。可是，这鬼城已经不再是原来的模样。街面上，一边是藏在半哭半笑的巨大鬼头后面的占卜算命的先生，另一边是卖儿童玩具和小吃杂货的摊点。小型喇叭里的叫卖声、吆喝声和着音乐此起彼伏，整条街上活像一口沸腾的大火锅，弥漫着热腾腾的、凌乱的商业气息。

那些本来肃穆的庙宇，为了吸引游客，刻意营造出恐怖氛围，即使光电设备粗糙简陋，即使鬼神塑像粗制滥造。导游们为了让游客多多烧香拜佛，大肆胡编乱造，制造需求。

浮夸的演绎，急功近利的改造，或许能够让信众络绎不绝，让贩夫走卒蜂拥而至，但“鬼城”呢，早已失去了它原有的意义。

旧城整体搬迁后，古老的“鬼城”已经不复存在了。现在，一年里有四个月的时间，老“鬼城”会孤独地浮出水面，立在江水之中，好似蓬莱仙阁，可望而不可即。更多的时间里，它只残留在老一辈人的记忆里。

千百年来，人们曾从黑暗中剥离生活的表象，反复琢磨着死后的样子。“鬼城”曾肩负着伟大的使命——它，无比真实地将死后的情景推到人们的面前。

鬼神传说仍在世间流行着，怎奈历史的字句变化太快，在信仰与科学的推波助澜之下，人们已经学会了与鬼神保持距离。

“鬼城”的新城灯火辉煌，隔着江水，与对岸的点点灯火里的诸仙野鬼遥遥相望。流淌的江水，带着一串叹息，远了，远了。

* 教师点评

这篇文章写了著名的丰都鬼城。文章语言朴实，通过对比，突出了鬼城的变化。在作者笔下，今日鬼城的喧嚣嘈杂和日渐没落，让人不胜感伤。难能可贵的是，对于民俗文化中的鬼文化，作者也做了较有深度的解读。

涪陵风光

◎ 江北巴川量子学校高 2025 届 1 班 朱子萌

一提起涪陵，“榨菜”是不是立刻就浮现在你脑海里了？

有着一百多年历史的涪陵榨菜的确丰富了人们的餐桌，对于人们来说，这种方便面的“伴侣”的确不可或缺。但是，如果你觉得涪陵只有榨菜，可能就错了。

“涪陵”一词取于“涪水之滨，巴王之陵”。“涪水”指涪江。如今的涪江并不流经涪陵，可见，千年之前的巴国国都涪陵幅员辽阔。岁月流转，如今的涪陵，地处乌江、长江交汇处，依水而生，傍山而建，活出了一脉长江的悠远和绵长。

“石鱼出水兆丰年”是流传在涪陵一地的千古佳话。“石鱼”为何物呢？它是长江涪陵段江心白鹤梁石刻的一部分，是见证涪陵一千两百多年的水文史的古迹。江枯水落，就看得见江心石刻上“大江水退，石鱼见，部民相传丰稔之兆”的文字。在石鱼庇佑下，千年的历史悠悠流过，梁上石刻银钩铁画，映照多少文人骚客的起起落落；石鱼隐显白鹤翻飞，寄托多少黎民百姓的殷殷期盼。

此番文化，何其悠远，何其厚重！

乌江是长江的支流，与长江比起来，它可以说是更秀美、更险！乌江像从崇山峻岭中挤出来的河流，两岸皆是悬崖绝壁。

郦道元写三峡：“重岩叠嶂，隐天蔽日，自非亭午夜分，不见曦月。”

我以为这也正是乌江的写照。“曦月”是难见，但纤道却很常见。纤道在两岸的石壁上起伏，纤瘦至极，却承载万千纤夫粗糙的脚掌。纤夫的汗水常年侵蚀了纤道本就不平的肌肤，不断的泪水又洗磨出它偶尔的光滑。古道之险，古民之艰，于此可见一斑。

穿越在天堑中的乌江，在岁月中百折不挠奔腾不息，它激励着这片土地上的人民。“纵跨千年历史，横览百里画廊”，驻足锦绣洲广场，品北山叠翠，听白鹤脆鸣，看大江东去，岂不快哉！

* 教师点评

这篇文章通过描写乌江、石鱼和白鹤梁，展现了涪陵独特的风光。文章语言比较优美，句式灵活，富有表现力。文章用丰富的材料，表现了涪陵一地丰厚的历史底蕴。作者笔下的家乡，不但风光优美，而且内涵丰富。作者很巧妙地通过看似平淡的描述，含蓄地表达了对家乡深深的情感。

第二章 家乡人物

{领读}

人事有代谢，往来成古今。在永恒的时间之流中，涌流着一朵朵真切而鲜活的生命浪花。他们之中，有的人在丹青史书中流光溢彩，熠熠生辉；有的人仅留下自己的姓名和模糊的事迹，让后人怀想追思；还有更多的普通人，就像空寂的回声，渺茫无迹。

如果不戴任何职业、身份、尊卑的滤镜，俯视众生，那么这些人其实都书写着生命的传奇，并使人类的历史长河更加波澜壮阔，气象万千。

正所谓：“石韫玉而山晖，水怀珠而川媚。”

重庆是一座历史悠久、文化底蕴深厚的城市，孕育了众多杰出的历史名人。如刎颈留城的巴蔓子、心系国家的巴寡妇清、公忠体国的巾帼英雄秦良玉、实业救国的卢作孚、中国人民志愿军一级英雄邱少云等。这些家喻户晓的英雄名人闪耀在历史的苍穹之上，铸就了一座座精神的丰碑，交汇成一脉光耀千秋的精神谱系，召唤着新时代的重庆人为建设美好家园而不懈奋斗。

喜看稻菽千重浪，遍地英雄下夕烟。除了这些家喻户晓的英雄、名人，我们的日常生活中，还有一些普普通通的“平民英雄”。有的在普通的岗位上，淡泊名利，兢兢业业，守护着温馨的万家灯火；有的沉醉技艺，精益求精，传承着悠悠文脉；有的在家庭的一方天地间，不辞辛劳，营造人间浓浓的烟火温情……这些普通“平民英雄”给了我们每一个人奋力前行的勇气。

多年以后，我们或内心彷徨时，或人在他乡时，或回首往事时，也许会情不自禁地想到家乡，想到家乡土地上的那些人、那些事、那些情，我们的心里一定会泛起思念的涟漪，涌动着汩汩的暖流，会笃定地行走在人生之路上，收获繁花似锦的人生。

|第一节 璧山区|

主持 / 王巧灵老师

{概览}

璧山史称“巴渝名邑”，自唐至德二年（757）建县以来，“璧山”作为一个城市的名称始终未曾改变过。这里山清水秀，人杰地灵，孕育出“双状元”“六翰林”。

“双状元”为北宋宣和六年状元冯时行、南宋绍兴八年状元蒲国宝；“六翰林”即江朝宗（明景泰二年进士，翰林，侍读学士兼东宫侍讲）、何增元（清嘉庆十年进士，翰林）、刘宇昌（清嘉庆二十三年进士，翰林）、王倬（清道光十二年进士，两任翰林）、胡安铨（清光绪十六年进士，翰林）。

此外，还有名人江庸（中国近代法律教育的奠基人之一）、黄家富（中国人民志愿军特等功臣、一级爆破英雄）、吕凤子（中国近现代著名画家，书法家和艺术教育家，在重庆璧山创办了私立正则艺术专科学校，被徐悲鸿尊称为老师）、白深富（刚强威武的共产党人，革命烈士）等。当然还有在各行各业默默奉献的可爱的人。

<< 人物特写

“活字典”罗君禄

◎ 成都某工厂工程师 **罗开彤**

父亲有一个雅号——“活字典”，这与他在石油学校的一段工作经历有关。

1954年，父亲从重庆高级工业学校调到抚顺石油学校。1955年又由抚顺石油学校调到重庆石油学校，从事语文教学工作，直到1965年在重庆石油学校因病退休。

父亲饱读诗书，博闻强识，尤擅长古典文学和说文解字。我们子女一致认为，父亲没在大学教古典文学，真是太可惜了。

家中有一套《词源》，共三册，由上海商务印书馆出版。这是父亲的工具书。他在川大读书时买的，花了十多块大洋，割肉般疼痛。如今，书已经很陈旧了，第一册都断了线。

重庆石油学校语文教研组大部分是年轻教师，难免有向老教师请教的事。涉及文言文、诗词、成语、典故、生僻字的问题，父亲总能当场给出满意且正确的答复。

倪姓和胡姓两位女教师感慨地说："罗老师简直像'活字典'一样。"渐渐地，"活字典"在他们教研组得到公认，且名声逐渐外扬。

父亲说，时不时有其他教研室的老师和不认识的学生问他问题，其中甚至包括一些校领导。他颇为自得，总是问一答三，挥洒一通，大有诲人不倦之意。

父亲经常回家分享，今天谁又拦住他，问他什么问题之类的事。

1963 年，陈校长到任。陈校长文化水平不太高，对父亲很是欣赏，经常问父亲古典文学方面的问题。

后来，我认识了几个对文学有一定爱好的石油学校学生和实习工厂工人。他们对我讲："你老汉叫'活字典'，我们好多人都晓得。"

此时，父亲已退休，很少与人接触了。没想到"活字典"的名声还在。

父亲"活字典"的雅号绝非浪得虚名。他给报社写了不少有关文字类的文章，主要投稿于《重庆日报》《光明日报》《文汇报》副刊。那时报纸很严谨，文章上报不容易，一旦上报在单位影响也大。报纸对读者来稿也很重视，即使稿子未被采用也会回复一声，总之要让作者知道情况。

父亲投寄的稿件有相当一部分被刊出，且大都是一些与文字有关联的文章，这与他"活字典"的雅称相呼应，"活字典"的影响更大了。

有段时间经常听他高兴地说，今天谁又祝他文章见报一类的话。

父亲对上报的文章都尽可能剪下来。分量最重的一篇是《光明日报》刊出、几乎占了半个版面的文章。内容是该报近几个月来某些文章出的问题或观点值得商榷，或引用不当，或字、词错误，或印刷有问题等。总之，是拈过拿错。

父亲在文中引经据典，旁征博引，文章很有说服力。为写好这篇文章，他跑了很多趟学校图书馆，花了不少精力。

他说："《光明日报》是全国发行的大报，文章要站得住脚，一点马虎不得。"

文章见报后，未见他像往常见报后那样高兴，竟非常平静。

由于文章的篇幅大，影响也大，不少人向他表示祝贺。我也从心里佩服自己的父亲。我问他："刊登时有改动没有？"

他肯定地回答："没改。"这么大一篇"揭短"的文章，竟然连个标点都没改，全文照登，真是不可思议！

父亲还写了一些散文自娱。我能记下的篇名有《小儿南归记》《种菜小记》《见缝插针考》等。父亲的散文追求简洁，用词精炼，喜用成语典故，掺杂文言虚词，有一种学究气，读后使人想起鲁迅的文章，仿佛回到二十世纪三四十年代。

父亲每写完一篇文章，都要在三子三女中传阅，算是"内部发表"吧，彼时他脸上总是洋溢着成就感。

颇为可惜的是，这些散文连同剪报不幸全部失去。

我读高中时经常有意"考"父亲这本"活字典"。

当时语文书中有不少古典文学作品，有些地方我听老师讲后也不甚明了，就回家问父亲。每每问他，他总是张口就来，不假思索，像是早就知道我要问什么一样，我总能得到满意答复，比书中解释还详细，令人不得不服。

有几次我问到生僻字，父亲的读音与老师的读音有别。我说："你读错了。"

父亲说："我的老师就是这么教的。你们老师教的普通话，我们老师教的四川话。我对字意的解释总没错吧？"

我说："没错。"

接着他又给我普及一些方言知识。他说："中国太大了。从黑龙江到海南岛，从上海到新疆，东西南北上万里，有六亿人，方言多得很。黑龙江人能听懂广东话吗？新疆人能听懂上海话吗？听不懂呀！但是每个人对每个字的理解一致就行，这是最重要的。我们中华民族几千年能维持一个整体，文字统一起了很大的作用，千万别小看了秦始皇的'书同文'。"

我顿有茅塞大开之感。

（本文节选自《凌霄》）

＊ 阅读领航

罗君禄（1911-1973），重庆璧山人。1934 年毕业于四川大学文学院，1943—1946 年

任壁山中学校长，终生从事教育工作。此文节选自罗君禄校长儿子罗开彤回忆父亲的文章《父亲的往事》，展现了壁山中学老校长博闻强识、才高德广的一个侧面。

王福明的竹笛人生

◎ 壁山来凤中学 **张界贵**

王福明，五十六岁，是八塘竹笛非遗传承人，与笛结缘已近半个世纪。一件简单的白T恤，黑长裤，寸头，头发花白，皮肤黝黑，额头有着深深的皱纹，但他总是笑容满面。

大约是长年累月的竹笛熏染，以致他如竹子般谦逊和淳朴，就连谈吐和笑声，似乎也带着几分竹笛的纯净音色。

从二十岁开始，他便一边制笛，一边销售，足迹遍布贵州、湖北、湖南、四川等地。

他笑着说："我的微信名是天涯浪子，这差不多就是我的人生写照。"

第一次听到笛声时，王福明还是孩子。

那时，哥哥从部队转业带回一支笛子，闲来没事坐在屋前石头上吹奏。笛声清越婉转，让他一下子着了迷。之后他悄悄拿来哥哥的笛子，胡乱吹奏，觉得其乐无穷，甚至痴迷到夜里都躲在被窝里练习指法。

他经过一番摸索，不知不觉中竟学会了吹笛。

婚后，王福明跟随妻子娘家亲戚一起学习制作竹笛。

走进山中，穿行在密密麻麻的翠竹间，王福明一眼就能选出上好的竹子。那些竹龄三年以上的竹子，密度高，水分少，竹壁厚薄适中，是最适合做精品竹笛的。

他把采回来的竹子堆放在房前屋后，至少得阴干两三年。然后经过烘烤、刮青、开孔、校音、打磨、上色等大大小小二十余道工序制作完工之后，他拿起轻轻一试，气息一出，笛孔里便飘出龙吟鸟鸣之声。

"音色纯正，成了！"看着笛子，他有几分满足。

几十年中，王福明不仅吹笛、售笛，还手工制作竹笛，以致制笛技艺精湛。

1. 艰难中的坚守与传承

几年前，王福明生了一场大病，将他折磨得枯瘦如柴，连吹笛子的气力都没有，孩子们也不许他再碰竹笛。

“做了这么多年，心里总是念念不忘，怎么可能放得下？”那段时间，王福明感觉整个人都被掏空了。待病好转，他再次拿起笛子，乐此不疲地重操旧业。

“丢了饭碗就想拿起刀做笛。”他依旧如此执着。

我问他：“现在八塘还有多少你这样的制笛人？”

“吹笛的多，制笛的几乎没有了。”

“为什么？”

“一方面西洋乐器的兴起和普及，传统乐器肯定受影响。再者，制笛工序太多，麻烦，也赚不了钱。年轻人都跑到外面打工去了。”

他也曾收过几个徒弟，但因经济效益不理想，都转行做其他了。

他沉醉其中，有一个重要的原因，那就是他每到学校，总会受到学生们的热烈欢迎。连他自己都不曾想到，这些年在外奔波销售中，没发现特别喜欢竹笛的居然是孩子。每当他用嘴吹奏一曲，孩子们则兴奋不已；再用鼻子吹奏一曲，孩子们更是欢呼雀跃。

他既教孩子吹笛，又教孩子制笛，孩子们兴趣盎然。

八塘中学曾聘请他和他的老师彭开域任竹笛特色课程的指导教师。他们就时常到学校无偿教学生制笛或吹笛。学校打造了“竹笛制作”传统手工工艺特色的校本课程，还专门成立了竹笛制作工艺室。

如今，八塘中学至少有一半的学生会制作竹笛，几乎每个学生都能吹笛。

“一生一世界，一竹一自然”，走进八塘中学，处处能感受到融入校园每个角落的竹笛文化。学校通过这种方式培养学生的兴趣，发挥学生特长。最重要的是，王福明期待竹笛这种非物质文化遗产后继有人。

每年十二月、一月和七八月份，在外售卖竹笛的王福明，一定会匆匆赶回家，抓紧时间制作竹笛，因为他要赶在学生开学时去授课。

2. 何人不起故园情

在王福明手中，笛子不是笛子，仿佛是一只充满灵性的鸟儿，会飞翔，会歌唱，在开满鲜花的峡谷流转，在绿意盎然的田野啁啾，在一个人的内心世界飘荡。

笛声响起，吹拂着夜色那层薄薄的轻纱，如同阵阵花香，在无尽的时空荡漾。

一个寒冷的冬夜，在外奔波一天的王福明入住一家小旅馆，望着窗外暗黑的天幕，想起自己的家乡和亲人，便吹奏一曲《梅花三弄》，如怨如慕，如泣如诉，飞出了窗外。

过了一会儿，一位女子推门而至："原来是您在吹笛啊，您吹得太好了，哀婉凄楚，真的把我吹哭了。"

"谁家玉笛暗飞声，散入春风满洛城。此夜曲中闻折柳，何人不起故园情。"想当年，豪爽的李白客居洛城，偶听笛声，竟触发了他浓烈的思乡之情。而这个夜晚，王福明的笛声，引发了女子共鸣。

一些往事，无限感慨。王福明觉得小小的笛子或许挣不了什么大钱，但那支竹管，像一支魔笛，会讲述人生，释放心情，让灵魂在空中飞舞，随着他的脚步，把阳春白雪撒遍大江南北。再说高一点，为艺术而奔走，把八塘竹笛这种民族艺术推而广之，此生足矣！

说着，他的脸上再次泛起笑容。

（选自《璧山文旅》）

* 阅读领航

笛子是迄今为止发现的最古老的民族乐器，八塘竹笛是璧山区八塘镇以云雾山和缙云山的竹子生产制作的笛子，因音色优美，享誉海内外，深受广大竹笛爱好者的青睐。王福明"干一行，爱一行，精一行"的精神，值得学习。

耄耋老人，铭记党恩

◎ 璧山中学退教协会 **樊善华**

我出生在黑暗的旧社会，过着食不果腹的悲惨生活，是共产党解放了全中国，解救了我！

1951 年，我 19 岁，任村农民协会副主席，加入共青团任支委，跟着共产党员打土豪分田地。祖祖辈辈都是贫苦农民的我们，终于有了自己的土地。感谢共产党！感谢毛主席！

1952 年，我考入了綦江师范学校初师部二班。这个学校不用交学费伙食费，还有助学金、衣物、生活用品等补助，毕业后还能分配工作。我好高兴呀，从心里感激共产党！

1953 年，我和部分同学调整到江津师范学校初师部二班学习，我任班长。1955 年，初师毕业，大部分同学分配到小学从教，我和少部分同学直接升入本校中师部续读。我在五八级二班任班长和团支书，兼任校团委副书记。

中师毕业后，学校保送我到西师政教系学习。我这个穷人家的孩子在 1963 年那个金色的秋天，终于大学毕业了！我们全家人都高兴极了——樊家有大学生啦！真是天大地大，不如党的恩情大！

大学毕业后，我被分配到璧山中学工作。工作期间，我铭记、报答党恩，勤奋学习、工作，早出晚归，披星戴月。我当了二十多年教研组组长，带领全组老师开展教研活动，以便教好每一个学生。教学三十多年，我取得了丰硕的教学成果，得到上级领导和学校嘉奖。

1972 年 4 月 8 日，我终于加入了伟大的中国共产党，成了一名光荣的共产党员！三十多年的教学生涯，让我桃李满天下，学生中获得硕士、博士学位的不计其数，还有一位学生任副省长呢。他们在社会主义各条战线上取得了优异的成绩，是中华民族的中坚力量。

三十多年的教学生涯，我就当了三十多年班主任。我对每一个学生，一视同仁，从不歧视差生，总是鼓励差等生努力学习，学好本领，自立自强，报答父母的养育之恩，为祖国和党增光添彩。

学生王孔华上体育课时，手腕骨折，当时物资紧缺，我托人给他买了几斤猪肉，熬骨头汤补充营养，提高免疫力；学生张有初患痢疾，在我家吃了十多天饭，我想方设法为他补养身体，辅导他学习；学生韩军生病住院，我为她熬中药，亲自送到医院。农村学生星期天返校晚了，没有饭吃，我就在家里煮面条给他们吃……

我的付出被党看在眼里，记在心上，我被评为县级优秀班主任、中学高级教师！我能忘我工作，一辈子忠于党的教育事业，是共产党的教育和培养的结果。耄耋老人铭记党恩！

今年我已经八十九岁了，退休近三十年。但我退休不褪色，积极参加退教协的各种公益活动，争做不落伍的进步老人。

今天，我怀着一颗赤子之心，没有华丽的语言，没有嘹亮的赞歌，只是一个普通老人、一个老共产党员发自肺腑的心声，用一支拙笔写下：党恩如山！党恩浩荡！

党啊，在您百年华诞之际，就让我这个白发皓首之人，用沙哑的嗓音为您唱起那首永恒的歌吧：“唱支山歌给党听，我把党来比母亲！母亲只生了我的身，党的光辉照我心！”

（选自《璧山文史通讯》）

* 阅读领航

樊先生用自己一生的经历，生动地向年轻人展示了何为党和国家的关怀。樊先生知恩感恩，奋斗一生，奉献一生。他这样精彩的人生，值得每一个青年学子景仰学习。

☆延伸阅读

《宋代重庆璧山上舍状元冯时行评传》

（邓启云 著，云南人民出版社，2022 年 1 月版）

邓启云，系四川省、重庆市民间文艺家协会会员，重庆市历史学会会员。出版《秀美璧山》《璧山来凤鱼文化》《渝西名珠青杠镇》等著作；主编《璧山县民族民间舞蹈集成》《璧山古诗鉴赏》和 9 部《璧山文史》，参编《锦绣璧山》。另发表散文百余万字。

本书考证、叙述、评论冯时行一生的事迹，把政治家、文学家、易学家、书画家、爱国英杰冯时行的形象，摆到读者眼前。阅读此书，将激发读者爱国爱乡的热情，增强民族自尊心和自豪感，进而努力去创造美好的未来。

| 第二节 大渡口区 |

主持 / 蔡兴红老师

{ **概览** }

大渡口原名北渡口，清光绪二十五年（1899）在巴县长江北岸马桑溪设义渡，因江宽水缓，过江者众，渡口规模为沿江数十里之首，人称“大渡口”。滔滔长江水，悠悠义渡情。在大渡口这片“崇善尚义、创新奋进”的热土上，从来不乏让人热血沸腾、眼眶湿润的故事。总有这样一些人，如旗帜、似星斗、像灯塔，引领着时代的风尚，感召人们齐心向善。

<< 人物特写

最后一万元党费

◎ 茄子溪中学高 2024 届 1 班 陈婉婷

1934 年袁崑光荣加入了中国共产党。从此，他的一生都与党的事业紧密相连。在党旗下，他庄严宣誓：“服从纪律，牺牲个人……努力革命，永不叛党。”这句誓词，他用一生的时间去践行。无论是战火纷飞年代，还是和平建设时期，他都始终坚守着共产党员的初心和使命。

袁崑的一生充满了传奇色彩。他曾在长征途中英勇奋战，为革命事业立下了赫赫战功。在 1935 年的天全县城战役中，他的左大腿被子弹击中，成了重伤员。然而，这并没有击垮他的革命意志。伤愈后，他重新归队，继续投身到革命的洪流中。他先后担任藏民独立师 1 团 2 连指导员、八路军 115 师 343 旅 685 团 2 连指导员等职务，参加了平型关战役等众多战役，为中国人民的解放事业做出了巨大贡献。

然而，岁月的流逝并没有消磨掉袁崑对党的忠诚与热爱。在生命的最后阶段，他依然保持着对党的坚定信仰。2009 年，93 岁高龄的袁崑在弥留之际，多次嘱咐家人要替他交一万元党费。

他在遗嘱里写道："替我向汉城社区党支部上交最后一次党费一万元，以表达我对党的培养和教育的感激之情。作为一名中国共产党党员，我感到无上光荣和自豪！"

这番话语，彰显了他对党的无比忠诚和对信仰的坚守。

袁崑的家人深知他的心愿，于是在他去世后，他的长子袁建都代表家人完成了父亲的遗愿，向当地组织部门缴纳了一万元党费。这张党费收据如今收藏于重庆市大渡口区档案馆，成为袁崑一生忠诚于党的见证。

袁崑的故事在大渡口区广为传颂，感动了无数人。他的忠诚与信仰，不仅仅体现在他生前的英勇事迹中，更体现在他生命的最后一刻。他用自己的一生诠释了什么是真正的共产党员，什么是真正的忠诚与信仰。

老红军袁崑的最后一万元党费，不仅仅是一笔金钱，更是一份精神的传承和信仰的坚守。他的故事将永远激励着我们前行在追求真理和光明的道路上。

* 阅读领航

老红军袁崑，这位来自重庆大渡口区的英雄人物，以他一生的忠诚与信仰，谱写了一曲感天动地的赞歌。在生命的最后时刻，他依然念念不忘自己的中国共产党党员身份，嘱托家人替他缴纳最后一万元党费。这份忠诚与执着，让人深受震撼。

渡口里的渡口魂

◎ 茄子溪中学高 2024 届 1 班 吴海雁

幽幽渡口，渡物，渡人。我看着渡口里汹涌波涛，浪花席卷，望着来往船只，听着厚重的汽笛声，不由得想起一位故人。

他，生于渡口。记忆里，他从我懵懂无知地踏入小学便笑眯眯地待我。老师们总说他像长江水，柔情似水，生活处处透着温柔劲。他从不责怪我们，即便我们所犯的错误惹得校领导对他一顿数落，他也总是笑眯眯地拍拍我们的肩打趣道："没关系，生活总要有点风雨才有滋味。"

他，是我的体育老师，一个疼爱我们如同自己孩子的老师。他本平凡，一生践行老师的责任，却在一个儿童节成为人人敬仰的英雄。

他便是王红旭。

他无数次地教我们百米赛跑的技能，我们都未曾领悟，又怎知他生命中最后一次百米冲刺动作演示，不是在校园而是在长江边——当滔滔江水席卷沙滩，当洪流卷走两名孩童，原本抱着儿子的他放下儿子，以百米冲刺的速度冲向急流，纵身一跃。

那一跃是毫不犹豫的，是未曾预料到的生死跨越。视频里，他奋不顾身地往江心游着，手臂与洪流一次又一次地碰撞，以至于他在江心便力气耗尽。江水无情人有情，即便江水一度想将孩子冲走，他却紧追不放，即便在生命最后一刻也未曾放弃——他用双手高举着孩子，哪怕江水无情地拍打着他的脸庞，哪怕江水几度没过他的头顶，他的双手从未放下。

也是在那一幕，“爱生如子”有了具象化。

我想，他不仅柔情似水，更大爱无私。他无私地将自己的爱奉献给每一个孩子，即便是生命的最后一刻。他是穿透乱流的光束，将洪流中的孩子生命照亮；他是我们人生路上的明灯，在我们面前永不熄灭。

每每看见江水流逝，我都不由得想起他曾奋力划水的身影。我想他是我最敬畏的老师，他用他的生命为我上了最后一课，那便是——爱生如子，是每一个老师的责任。我很幸运，有这样一位老师在我的生命中出现，他如渡口魂一般将永远陪伴着我们。

身为渡口里的孩子，我也将像他一样无私地为社会奉献。他叫王红旭，是时代楷模英雄，是我的老师，更是渡口里永生的渡口魂！

* 阅读领航

这是你最后一个百米冲刺，却是你一生中最优美的演示。平日里，你深爱着每一位学生，才会在危难出现时，毫不犹豫地冲向落水的孩子。以平凡之躯行英雄之事，书写了可歌可泣的人生壮丽篇章，不负新的时代。见贤思齐，挺膺担当，是中华民族传统美德。长江边，义渡口，急流险，壮士一去不复还！

“芮”不可当

◎ 茄子溪中学高 2024 届 1 班 **胡雨欣**

伦敦的这个夏天，有一个童话。童话的女主角，是这位来自万里之外的东方山城重庆的小姑娘。她手握那把羽毛球拍，挥出了重庆人的魄力，挥出了重庆人的决心。这个重庆的灰姑娘就是李雪芮。

风流散金石，追琢山岳“芮”。

1991年1月24日，李雪芮出生于重庆市大渡口区一个普通的工人家庭，父母均是长征厂的职工。因父母工作繁忙，李雪芮小时候都是跟着爷爷奶奶一起生活。可能是“隔辈亲”的原因，小时候的李雪芮非常淘气。

为了“治一治”李雪芮过于顽皮的性格，父母在她7岁的时候，把她送到了重庆大渡口体校学习羽毛球。这样的巧合竟是李雪芮征战赛场的开始。

李雪芮从小就展现出了过人的运动天赋。在她两三岁时，妈妈给她买了一个篮球和乒乓球，从此篮球和乒乓球就成了她“独特”的玩具。后来她被送到体校，经过几年的练习，不起眼儿的她受到了教练李响的青睐。

李响赞叹道：“这个小孩特别能吃苦，训练特别认真。”

“她身上有一种别人没有的、战胜自我的能力。”另一位教练何毅立说。

真正让李雪芮从心底里喜欢上羽毛球，是在她小学五年级的时候。那一年，她获得了重庆市青少年羽毛球比赛该年龄组的第一名。好成绩永远是对一个人最好的鼓励，尤其是运动员。自此，她训练更加刻苦，连续三年获得全国少年羽毛球锦标赛女单冠军。

李雪芮终是引起了国人的关注。

后来，李雪芮被选入国少队。进入国少队短短四个月之后，她就进入了国青队。她又凭借惊人的实力，在19岁生日前进入国家队。

雄辞磅礴压群英，再战戈矛“芮”更精。

那时的李雪芮还梳着一头齐颈的短发，稚气未脱的面庞也仍带着隐约可见的婴儿肥，忽闪的大眼睛中洋溢着花季少女的清澈灵动与唯我独尊的霸气，她的比赛不是一气呵成的闪电横扫，便是疯狂到几近不合常理的大比分逆转。行走间时时刻刻自带一种“天上地下唯我最大”的强大气场，仿佛无论置身何等吊诡的赛场都一样能赢得下来。

李雪芮在一年之内从世界排名前十以外，一路杀到前四，为自己攒下了足够的奥运会参赛积分。随着2012年的春风阵阵吹来，年满21岁的李雪芮顶着女单7号种子的名头，在已逾百年历史的全英公开赛赛场一路披荆斩棘，与队友一举夺冠。随后在伦敦奥运会上更是大展神威，勇夺奥运金牌。李雪芮最终以9冠1亚的骄人战绩结束了2012赛季的征程！

这些年里，肩负更多责任的李雪芮，有了伤病，偶尔脆弱，只是唯独不曾忘记自己仍是一位战士。而真正的战士，即使在万不得已之际将脆弱留给自己，也断然不会任由身旁的战友承担那些不该承担的责任。

当曾经的光环日渐淡去，坚信自己仍有余力的李雪芮依旧在默默前进。她从想明天与终点究竟谁先会来，到如今像古往今来所有的战士那样，在最后一滴热血流尽之前，都绝不会轻易放下武器。

之于这个世界，她早已是所有人心目中的英雄。

＊ 阅读领航

一位坚韧不拔的羽坛传奇，她的故事不仅仅有成功和胜利，更有坚持、挑战和奉献。她的精神品质和卓越成就，将永远激励着我们勇往直前，追求梦想。在这个飞速发展的时代，大渡口依然保留着那份古朴与宁静。这里的山川、这里的人，都在用自己的方式，讲述着属于这片土地的故事。而李雪芮，正是这些人中最闪耀的明星，激励着无数人砥砺前行。

“雷锋的姐”情暖山城

◎ 茄子溪中学高 2024 届 1 班 **杨睿翔**

“勿以恶小而为之，勿以善小而不为。”帮人所需、助人所急是曾信华的人生信条。只要力所能及，他就会尽自己所能去帮助他人。

从业 31 年来，曾信华始终坚守在出租车司机的岗位上，用自己的行动践行着雷锋精神。她不仅驾驶技术过硬，而且心地善良，总是把乘客当作自己的亲人对待。每当遇到有困难的乘客，她总是毫不犹豫地伸出援助之手。

2017 年 11 月的一个清晨，曾信华驾车路过大渡口区春晖御庭小区时，遇到了准备去医院的姚茂绩和张蜀玉夫妇。看到他们上车困难，尤其是张蜀玉因腿伤需要坐轮椅，曾信华立即下车伸出援助之手。

在交谈中，她得知张蜀玉患有肾衰竭，需要定期去医院做透析治疗。由于没有儿女，带张蜀玉去医院做透析的任务就落在了丈夫姚茂绩身上。很多司机怕麻烦不愿搭载他们，尤其在雨天，他们出行更是难上加难。

了解情况后，曾信华毫不犹豫地表示愿意免费接送老两口。

曾信华的承诺不是一句空话，而是她与张蜀玉老人定下的长久约定。每到张蜀玉做透析的日子，曾信华都会清晨 5 时起床，空车行驶十多公里赶到张蜀玉家门口。她将老两口送到医院，并等张蜀玉完成透析后再送他们回家。这样的往返行程对于曾信华来说已经成为一种习惯。无论严寒酷暑，她总是坚守着这个约定，为老两口送去温暖和希望。

曾信华的善举并没有因为时间流逝有所松懈，相反，张蜀玉的需要，更加坚定了她继续为张蜀玉提供服务的决心。她的行为不仅仅是为了兑现一个承诺，更多的是一种对生命的敬畏和对社会责任的担当。

除了对特定个体的关爱和帮助外，曾信华还积极参与社区的各项公益活动。她经常利用业余时间走进社区、学校、企业开展消防安全知识和急救技能的培训讲座。她的专业知识和热情洋溢的讲述风格深受广大市民的一致好评。

她还积极倡导同事学习雷锋精神，鼓励更多的同事加入志愿服务的行列中来，为社会做出更多的贡献。

在她的带动下，“雷锋的士”队员们齐心协力帮助乘客，为山城重庆染上一抹温暖的黄色。

“作为一名‘雷锋的姐’，我会将做好事一直延续下去。”曾信华始终相信，只要心中有爱，目光所及皆美好。

＊ 阅读领航

从业31年，53岁的“雷锋的姐”曾信华身体力行弘扬正能量，于山城大地写下爱的注脚。心中有爱，眼里有光，脚下有远方。曾信华用“雷锋精神”帮助身边乘客，同时吸引了更多出租车司机加入“雷锋的士”队伍中来，让温暖的“雷锋精神”在山城广为弘扬，成为一道靓丽的风景线。

☆延伸阅读

《袁崑传》

（中共大渡口区委党史研究室 编撰，内部刊物）

《袁崑传》记述了重庆市大渡口区的英雄人物——老红军袁崑的感人事迹，把他爱国爱党的伟大形象，摆到读者眼前。阅读此书，将激发人们爱国爱党的热情，增强民族自尊心和自豪感，进而努力创造美好的未来。

|第三节 垫江县|

主持 / 刘春荣老师

{ **概览** }

千年古县，牡丹故里，垫江——让人钟爱的一方热土。

千年古县之美，不仅美在其久远绵长的历史传承，续千古之神韵，接时代之新篇；更美在其厚重博大的精神根脉，千古忠魂立天地，一脉丹心泽万世。

一方水土，有一方水土的精神传承。“人生代代无穷已”，生命不会停歇，过往的英雄事迹不会遗忘，古老的技艺更不会遗失。

每一个人都应该把英雄真正装在自己的心中，能叙述那段历史的点点滴滴，用心感受英雄的每一次选择，塑造英雄该有的形象，吸取英雄给予自己的磅礴力量。这样的英雄有血，有肉，可观，可感，可敬。

技艺就像是一种与生俱来的信仰，总有人在用他的执着，诠释着不变的初心；总有人在用他的生命去坚守，叙述着他们技艺之间的故事。

于是，看在眼里，写在纸上，记在心中，就成了另一种默默地传承。

新时代的垫江人，以更加昂扬的姿态，更加豪迈的步伐，砥砺前行，踔厉奋发，承续英雄精神，深耕传统技艺，尽显时代风貌。

<< 人物特写

破　晓

◎ 垫江中学校高 2021 届级 19 班 刘泓君

当牢房里的陈鼎华看见国民党反动派特务举起汤姆逊冲锋枪时，他旋即知道自己的鲜血终于要洒在这一片自己热爱的土地上了。

没有哀号，没有求饶，随着枪口发出狰狞的怪叫声，陈鼎华高大伟岸却伤痕累累的身躯倒下了。他坚定的眼神中仍充斥着愤怒，嘴里仍高呼着

“中华人民共和国万岁”，手中仍握着用来反击的石块，只是他浑身再没炽热的血液流动。他那宽厚的胸膛里再没有以往活跃的心脏跳动，他那不停执笔宣传抗争的双手，再没有昔日炙灼的温度——而这一切发生时，他年仅二十二岁，距离新中国诞生不到两个月。

陈鼎华早料到这一切会发生，毕竟早在十三天前，他的两个狱友、革命老前辈、亦师亦友的唐虚谷与陈以文就已被魔鬼押上了刑场。他明白这是敌人最后的挣扎。重庆马上就要解放，国民党反动派已是风中的朽草。他心中没有对死亡的恐惧，更多的也许是轻蔑与遗憾。

随之而来，他脑海中闪现出一年前的经历。

……

“用鞭子抽！”皮鞭像利刃般划过陈鼎华的皮肤，血液四处飞溅，在肌肤上留下一道麻绳般粗细的伤痕,但陈鼎华仍紧咬着牙,没发出一点声音。

“用烙铁烙！”通红的烙铁烙在陈鼎华的伤口上滋滋地冒白烟，他脸色霎时苍白，但仍未吐出一个字。

“陈先生，我们也不要你的情报，只要你退出中国共产党，然后登报表明态度，我们就把你放了，这总够了吧？”酷刑过后，特务头子蒋述法脸上露出虚伪扭曲的笑容。但陈鼎华还是不为所动，嘴巴像熔胶一般紧闭。

蒋述法终于撕破了脸，疯狂地叫人把命悬一线的陈鼎华连夜送到渣滓洞监狱。

夜色如凝固的沥青，仿佛压得万物都没了声息。树木萧瑟，群鸟缄口，陈鼎华被粗暴地扔进了牢房，重重摔在地上。

“朋友，你好。”

狱室里传来一个沙哑低沉的男声。陈鼎华抬起头，看到一位与他同样满身烙疤与鞭痕却目光炯炯的人——唐虚谷。在简单的介绍过后，他们都意识到对方是共产党员。他们立刻站直身体，互相敬礼，片刻后，又改了称呼，握着手笑称“同志”。阴冷漆黑的牢房里霎时如同点燃了温暖的烛火。

之后两个月，他们兴奋地交流着马克思主义与共产党政策，他们的目光如火炬般亮起，顾不得浑身伤疼，互相鼓励着。

陈以文也在此时被抓进了牢房，他与陈鼎华、唐虚谷一见如故。陈鼎华向陈以文学习外语和化学，又听习唐虚谷分析《城市政策》，也向陈以文、唐虚谷分享自己小学初中时开展的抗争运动。他们三人虽屈身于牢房中，却如同在校园般交流学习。在他们的行动感召下，甚至连狱卒徐兴中也加入他们的行列中，为他们提供了抄写的纸笔。

日复一日，虽然他们身上的伤痕越来越多，但他们的精神却更加坚韧向上。

黑暗与暴力摧毁不了他们的精神，反而让他们的光芒更加耀眼，让那些伏于黑暗中的特务感到惊骇！每个特务都知道，曙光就要照在这人间炼狱之中了。

“砰！”

1949 年 4 月，在经过又一次严刑拷打后，陈鼎华再次被扔回牢房。他口流鲜血，费力地喘着粗气，浑身大汗淋漓。而唐虚谷与陈以文此刻却很兴奋地轻轻拍打着他的肩膀。

“解放军已经渡过了长江，南京、杭州都已经解放了！”

陈鼎华顿时睁大眼睛，盯着他们，手指不停地抖动，口中喃喃说着“笔，笔”。

陈以文、唐虚谷赶忙拿来一张小纸片。陈鼎华用尽力气正了正身，用皮开肉绽、血肉淋漓的手撰写下这个好消息以供各室传阅。

那几个带着血的字对于黑暗中的他们是多么耀眼，是多么难得啊！陈鼎华的双眼湿润了，在被威逼利诱时不曾流下的泪水，在过去无数次严刑拷打时不曾流下的泪水，此刻如泉水般和鲜血一同流下。

他们三人抬头看向黑暗的天花板，仿佛已经看见了黑夜已经过去，天边泛出鱼肚白，黎明破晓，旭日暖身，抚平了他们一切的伤痛。

1949 年 11 月 14 日，特务闯进了牢房，不由分说地以转狱为由将唐虚谷与陈以文等人拉出去。

“老唐！老陈！”陈鼎华的眼睛布满血丝，目眦尽裂地看着他们，伸出手想拉住他们。

但唐虚谷、陈以文却没有任何迟疑，缓缓地站起身，松了口气，黝黑的脸上没有悲伤与泪水。临出牢房前，唐虚谷回头看着陈鼎华，点了点头，嘴里喃喃地仿佛在自言自语。

“活下去！迎接曙光！”

每个人都知道他们出去后会面对什么，每个人都知道他们将去往哪里。陈鼎华拖着伤痕累累的身体站起来，目光仍如入狱时般坚定，向他们深情地敬礼，也向所有牺牲的烈士、同时也仿佛向即将来临的旭日敬礼。

……

陈鼎华闭上了双眼，呼吸停止了。在一片墨色中，他看见了破开黑暗的曙光，看见了抚慰一切的暖阳。

＊ 阅读领航

英雄，不是模糊隐约的一个形象，更不是高高在上的一个称号。每一个人都应该把英雄真正装在自己的心中，能叙述英雄人生中的点点滴滴，用心感受英雄的每一个壮举，维护英雄原有的形象，感受英雄给予自己的磅礴力量。这样，我们才会成为有血、有肉、可观、可感、可敬的英雄。

别问我爱你有多深

◎ 垫江中学校高 2024 届 19 班 **夏婉玲**

“不登高山，不知天之高也；不临深溪，不知地之厚也。”这一句名言源于竹编人夏于华的真实感受。他在竹编生涯之中，四十年如一日，不曾放弃。只因他相信“没有最好，只有更好”，一直秉持热爱，把坚守和创新作为他的人生信条。

创新是传统技艺的生命。夏于华生于竹编世家，因为对竹编的热爱和执着，他成了村里有名的竹编大师。他四岁学编小玩意儿，中学时就能靠编篾扇赚生活费。

他在成长过程中，一直将长辈们“家有千金，不如薄技在身”的教诲牢记在心。在掌握了竹编技艺后，他开始尝试创新，将传统的竹编技艺与现代设计理念相结合，创作出一系列具有独特风格的竹编作品。

如今，夏于华的竹编作品既有传统竹编的细腻与精致，又不失现代设计的简约与时尚。他在与我的交谈中表示：“传统技艺的魅力在于保留基本技艺的基础上进行创新。”

我曾看见夏于华的“冰墩墩”竹编娃娃、兔兔竹鞋等新型玩意儿，甚至连簸箕都有很多样式。

匠心就是传统技艺的种子。夏于华创造出的折叠册式竹编品，备受当地人青睐。原因在于产品的细腻、做工的精巧，更在于匠心的独创。

一次，我嚷嚷着要感受市集的热闹，于是同夏于华一起，带着他的竹编作品去赶集。我们找到了一个地方，摆好了小摊儿，各式的竹编作品便映入赶集人的眼帘。赶集人选中一件，买走一件，一下子全卖光了。

想想竹编作品热卖的缘故，不得不想起夏于华编竹器的时候，总是低着头，很投入，也很惬意，似乎是在进行天马行空的思索，这就是匠心的呈现吧。

夏于华熟练地把竹子劈成竹条，再劈成竹篾，然后他拿起竹篾编起来，用不了多久，各式竹编制品就在他手里做成了。看似简易的过程，都饱含着匠人的艰辛与执着。

去夏于华的竹编世界中，你会真正地感受他对传统文化的热爱和执着。

希望我们从夏于华的故事中汲取力量和勇气，为我们的生活和工作注入更多的热情和动力。只要我们热爱自己的文化，坚守自己的传统，不断创新和进步，就一定能够让传统文化焕发出新的生机和活力。

* 阅读领航

“人生代代无穷已”，生命不会停歇，传统的技艺更不会遗失。传统技艺就像是一种与生俱来的信仰，总有人在用他的实际行动，诠释着的初心；总有人在用他执着的坚守，叙述着他们传承的故事。于是，看在眼里，写在纸上，记在心中，就成了另一种默默地传承。

乡土情，慷慨心

◎ 垫江中学校高 2024 届 19 班 **李骏昌**

在迷茫中摸索，在挫折中成长，在绝境中寻找希望。他乡追梦人吴登刚，通过数十年的磨砺，完成了从籍籍无名的打工仔到著名企业家的华丽蜕变。

1966 年，吴登刚出生于垫江县太平镇松花社区的一个贫困农家。幼时，家里兄弟姊妹多，父母长期卧病在床，日子十分拮据。为减少家庭负担，还未读完初中的吴登刚便辍学拜师学艺，跟着师傅前往贵州打工，后又到昆明市，真正开始自己的打工谋生之路。

对于远离家乡的吴登刚来说，当时的他是迷茫的，偌大的昆明市何处是他的栖身之所？

后来，吴登刚跟随师傅在工地上学习砌砖技术。为了尽快提高自己的砌砖技术，吴登刚每晚都会在师傅指导下，将砖块抱进居住的工棚里面，在床前砌了又拆，拆了又砌，反复练习。正因他的刻苦与勤奋，他的砌砖技术越来越娴熟。也正是这么一段打工经历，造就了他坚毅的性格。

后来，他开始与人合伙承包工程，走上创业之路。创业的开始总是很艰辛，但之前的磨砺，使他不断克服困难，成功赚得自己人生的第一桶金。

在吴登刚带领下，他掌管的云南耀兴建筑工程有限公司，在 2006 年成功跻身“云南省 47 强民营企业”之列。以前名不见经传的云南耀兴建筑工程有限公司历经 32 年发展，现成为多元化的大型民营企业集团。

获得如此辉煌成就的吴登刚，一直坚信“诚实做人，诚信做事”是做生意的根本，“吃苦耐劳，不畏万难”是创业的前提。虽然眼下生活富足了，但吴登刚仍然保持着初心，尽力帮助他人，发展家乡经济。

多年来，吴登刚一直倾心于社会公益事业，慷慨资助困难群体和受灾群众。他累计投入公益资金上千万元，累计帮助百余名垫江贫困大学生。

吴登刚说：“我的家乡在垫江。近些年来垫江的发展，我看在眼里，并从心底感到高兴，也想为家乡出一分力。”在他质朴又平实的话语背后，是浓厚的家乡情怀。

吴登刚身上有着企业家强大的开拓精神和创新精神，以及倾心公益事业的责任心和反哺家乡的游子情。无论飞得多高，走得多远，他永远不忘初心，心怀家乡。

*阅读领航

家乡人，乡土情。吴登刚总有一种与家乡割舍不下、剪不断的关联。家乡是生他养他，让他成长的地方。无论走到何方，他总是牵挂家乡的一草一木；无论身居何职，他总是心系家乡的生存与发展。时光荏苒，岁月匆匆，家乡在他心目中的地位越来越重。这是情怀，更是榜样。

铁骨铮铮，一心为民，一生为国

◎ 垫江中学校高 2021 届 19 班 **黄文琪**

战争对我们每个中国人来说，是不可磨灭的痛，是不可忘记的国耻，是不可重写的历史。战争让人民成长，让国家成熟。

今天在这里，我想分享我家乡垫江县永安镇的英雄——姜德安烈士。

1915 年农历十月初，姜德安出生在地处偏僻、十分贫穷落后的垫江县复兴场（现周嘉镇爱国村）。他的父亲是个忠厚诚实、与世无争的“老好人”，含辛茹苦地操劳了大半生仍无立锥之地。全家人仅靠街头卖炒豌豆、水烟的微薄收入度日。

姜德安生活在这个无田无地的家庭，免不了经常忍受“等米下锅”或“无米下锅”的煎熬。更悲惨的是，他们一家人还经常受到当地地痞恶霸欺凌。

姜德安自幼勤俭，5 岁就帮助父母做些力所能及的事。因家里穷，他 9 岁多才到一家私塾读书。他学习刻苦，勤奋努力，各门功课的成绩都名列前茅。教书的先生十分器重他，同学们也十分羡慕他。后来，家里无法继续供他读书，他入学第四个年头就被迫辍学了。

姜德安为人公正，乐于助人。1936 年，他被当地民众推选为晓兴乡副乡长。他心里装着穷苦人，做事总为穷苦人着想，因此他又被推选为武安乡乡长。

1937 年，在国共合作抗日民族统一战线建立后，正义感极强、心中有国有民的姜德安组织了武安乡“抗日救亡宣传队”，以多种形式在民众中广泛开展抗日救亡宣传活动，如演唱《义勇军进行曲》《黄河谣》《大刀进行曲》《流亡三部曲》《我们不做亡国奴》等抗日歌曲；张贴“打倒日本侵略者！”“中国人不做亡国奴！”“坚决把日本侵略者赶出中国！”“打倒卖国汉奸汪精卫！”等标语。

姜德安还在乡民中揭露日本强盗侵占我国领土、残杀中国人民、大肆轰炸我国工厂学校等滔天罪行；宣讲全国“地不分南北，人不分老少”团结一致抗日救国的形势；宣传抗日前线为国捐躯的民族英雄。

当讲到日本强盗野蛮残杀中国同胞时，他痛心疾首，拳头紧攥，含着泪水高呼：“全乡工农兵学商，一齐来救亡。”并号召民众积极为抗战前线捐资捐物，动员年轻人从戎抗日，还在武安乡抗日将士家属的慰问活动，把武安乡的抗日救亡活动开展得有声有色。

随着白色恐怖到来，垫江县和全国其他国统区一样，时时、处处都在搜捕中共地下组织成员和抗日爱国人士。

姜德安耳闻目睹一些抗日爱国人士被国民党反动派抓捕杀害，忧心忡忡，不解地自问：“抗日救国，有何其罪？”他不顾个人安危，大力宣传“国共合作，共同抗日”的抗日民族统一战线。他深知，只有团结抗日，把日本强盗赶出中国，国家才有希望，民族才有希望。

他疾呼：“政府应以抗日为重，以国家、民族为重。”

因为姜德安积极投身于援共反蒋活动，后来他被国民党反动派拘捕入狱。在狱中，见他丝毫没有屈服，凶残的敌人只好用“烧火鸡公”毒刑折磨他。敌人从炉中取出烧得通红的烙铁，烙在被吊着的他的背部、腿部。

姜德安就算失去知觉，也并没有屈服。

拥有钢铁般意志的姜德安，在敌人的淫威下，一次又一次顽强地承受着惨无人道的折磨。敌人见从他身上得不到有价值的信息，于 1949 年农历七月八日把他和其他革命志士一道押往刑场。

* 阅读领航

一方水土，都有属于自己的一面旗帜。这面旗帜，是新时代方向的引领。它是一股力量，推动更多的人在正确的方向上前进；它像一首赞歌，无论在任何时代唱响，同样铿锵有力，同样激荡内心；它像一张名片，无论在谁的手里都是沉甸甸的。

☆延伸阅读

《中国国家人文地理·垫江》

（《中国国家人文地理》编委会 编，中国地图出版社，2012 年 11 月版）

本书为“十四五”国家重点出版物规划项目、国家重大出版工程“中国国家人文地理丛书”分卷之一，也是该丛书在重庆市推出的首部分卷。垫江分卷以“垫江名片”“垫江概况”“千年古县”“垫江名人”“文化存珍”“秀美垫江”“民俗风物”“发展成就”“城市蓝图”九章，将文字、图片与地理信息应用相结合，立体呈现重庆垫江的地理国情信息、历史文化遗产、人文风土资源、生态环境建设、国土空间开发、城市发展成就等，以雅俗共赏的方式将垫江人文地理的精华呈现给社会大众。

第四节 合川区

主持 / 田波英老师

概览

合川自汉为县，隶属巴郡，至隋或郡或州，延及清末，州名弗改。1913年，合州改名合川县。合川，历史悠久厚重，是巴文化的发源地之一，有钓鱼城古战场遗址，被欧洲人誉为“上帝折鞭处”。

合川自古人杰地灵，群英荟萃，名人辈出，有理学大师周敦颐、教育家陶行知在此传道授业；有实业家张森楷、卢作孚以民生为念实业救国；有革命烈士唐木森、石天柱、周吉可等为建立新中国抛头颅洒热血。也有新中国第一位少年英雄刘文学。今天，在新时代征程中，最美合川人赓续先贤遗志，开拓进取，奋发有为，建功新时代！

<< 人物特写

铁血男儿唐木森

◎ 合川区作协 邓川

十九世纪末年，春风拂过重庆合川的渭溪场，在柳絮轻舞的季节，一位面目娟秀的孩童出生在唐步先的家中。唐步先端详着幼子稚嫩的脸，眼中满是慈爱与期待。在那个积贫积弱、饱受苦难的年代，唐步先为幼子取名为“木森”，希望幼子能成为森林中挺拔的大树。

1916 年，小学毕业后的唐木森考入合川旧制中学读书。时值“五四”新文化运动前夕，受进步思潮影响，仅有 17 岁的唐木森与同学石天柱、华绍衡等组建“合川青年社”，义无反顾地投身到共产主义阵营。唐木森说：“我们要用革命知识去武装群众，拨开他们头上的乌云。”

1919 年，唐木森又与黄肇纪、石天柱、秦友石、徐大昌、王维宪等青年学生组建宣传队，利用办壁报、写诗歌、写论文、开会讲演等形式，开展反帝、反封建及抵制日货等爱国活动，传播文化知识和先进思想。

1921年，22岁的唐木森考入北京农业大学后，将“合川青年社”更名为“旅京合川青年社”，出版刊物《合川青年》《合川潮》，并向上海、南京、广东、成都、重庆及巴黎等地的合川旅外同学、亲友寄发。此时，他对探索和寻求救国救民真理的愿望非常强烈，不愿意在内忧外患的国度里做任人宰割的牛马，更不愿意做仅仅为了谋生而活着的人。

1923年，唐木森为革命运动疲于奔劳，因家庭接济中断，无力供服，只得回到阔别两年的家乡，在渭溪乡复兴小学（现合川区双槐镇）任教务主任兼英文教师。他经常邀请同学开展政治活动，指导学生学习《新青年》《向导》《共产党宣言》等进步书刊。在唐木森的影响下，蒙文凤、王富俊、罗从纪、李衡阳等进步青年参加了中国社会主义青年团，之后相继加入中国共产党，为革命做出了很多贡献，有的甚至牺牲了自己的生命。

1925年，为追求革命真理，唐木森经过多方努力，终于冲破了家庭阻挠，再次到北京求学，并在此期间加入中国共产党。

1926年3月18日，在中共北方区委的发起和推动下，北京农业大学、北京大学、北京师范大学、清华大学和北京女子师范大学等八十余所大中学校的学生，以及社会各界群众代表两万多人，在天安门广场举行了游行集会，反对日军入侵大沽口，声讨“八国通牒”。集会结束后，游行队伍前往段祺瑞执政府门前的广场上请愿时，遭到军警开枪镇压，制造了震惊中外的“三一八”惨案。唐木森、徐大昌、詹乐贫等多名农大学生受伤，林孔唐不幸牺牲，其他同学幸而脱险。

“三一八”惨案发生后，军阀张作霖入京，自称大元帅，大肆逮捕爱国民众和革命学生。中共北方区委通知北京农业大学部分同学紧急南撤，派遣部分同学前往广州黄埔军校学习。唐木森、徐大昌这两位合川同乡，均被派遣南下广东。到了广州，唐木森仍然想着家乡复兴小学的师生们，他像在北京读书时那样，又将中共早期机关报《向导》、毛泽东担任主编的《政治周报》等进步书刊寄回复兴小学，让师生学习革命知识、增长革命本领。

1927年春夏之交，风云诡谲，蒋介石在上海发动“四一二”反革命政变，大肆抓捕共产党员。在黄埔军校，毫无防备的唐木森与一百多名同学被捕，关押在广州南石头城监狱。

石头城狱墙内外梆子和钟声，敲得令人毛骨悚然。唐木森看了看身边的战友们，再透过铁栅栏遥望心中的远方。黑牢虽暗，挡不住拳拳爱国心发出的光亮；炮声轰鸣，也盖不过铮铮铁骨情发出的呐喊。

4 月 15 日的黎明，唐木森和战友们被押解至石头城刑场。在刑场上，敌人迫逼临刑的同志交出“图谋暴乱的首犯”。唐木森为了掩护其他同志，挺身而出。这也是他最后一次完成保护同志的任务。

行刑时，行刑军警问唐木森：“你有什么话要留给家人？”唐木森用尽全身力气，以高昂激越的声音说：“我只想为我的家乡合川作首诗——

吾唯一的合青兄，
吾至爱的合青兄，
今朝别离您而长逝，
特留此临终的言辞。
您是吾的信仰，
您是吾的生命，
您是我一切的一切。
我今朝被囚禁，
仅望着铁窗怅恨！
叹我蹉跎岁月，
不到明天，
我的血流已停，
我虽万死而不辞，
独正气而永存！”

此诗题为《别矣，合青兄》，刊载于当时在武汉出版的刊物《曲线》上。其编者按：原徐君由广州携此诗到武汉请求发表，本刊“悯唐君之死，壮唐君之志，特予刊载”。

“砰”，一声枪响，唐木森悍然倒在血泊中，年仅 28 岁。

唐木森为了国家释放青春和生命，他的铮铮誓言，盖过敌人罪恶的枪声，响彻苍穹，似要把黑暗的大地唤醒。石头城的深谷，响起英雄先辈阵阵悲壮的歌声，而祖国的黎明终将到来。

*阅读领航

虽万死而不辞，独正气而永存！唐木森是革命先驱，把一切奉献给了党和人民，为革命事业挥洒青春热血。年仅 28 岁的他为了救国救民慷慨赴死。他的铮铮誓言，盖过敌人罪恶的枪声，响彻苍穹，似要把黑暗的大地唤醒。他的精神，值得我们铭记。

吴晓雷入川戏

◎ 合川区作协 **周兴建**

1952 年 10 月，在北京剧院里，国家文化部举办了一场戏剧大赛，川戏《五台会兄》荣获国家级二等奖。主角儿系四川省合川县（今重庆市合川区）吴派“京汉腔”创新演员吴晓雷。

吴晓雷没来得及卸妆，即登台领奖：方正国字脸，髯须飘飘；眉骨高突，两目炯炯，透露一股充满刚正的男子汉气概。

1906 年春天，合川县肖家场来了一家川戏“怀宁班”，班主是刘怀绪。他擅长表演的“包青天”剧目，深受民众喜爱，尤其是妇孺儿童。

这天，刘怀绪谢幕后在清点道具与演员人数时，发现班里多出了一名“小丑”。“你是哪家的野孩子？”刘怀绪笑问。

“我不是野孩子。”一个脸孔青涩、身材精瘦、衣服单薄且破烂的小男孩理正气端地答道，“我叫吴隐山，想给你当演员！”

“你多大啦？”

“12 岁。”

一席话，惹得全场演员都哈哈笑了：“你演叫花子还差不多。”

刘怀绪没笑，正色告诉小男孩：“当演员，要得，但必须征得家长同意喔。走吧，我跟你父母商量商量。”

刘怀绪哪里知道，他这一商量，竟“商量”出一个川戏大师。

吴晓雷本名吴隐山，原姓乔，被父母送给吴家延续香火，后来吴家老婆怀孕生子，觉得吴隐山并非亲生，便把他冷落了。如今听说他想唱戏，自然就想顺他的意，给他一条生路，总比在农村当放牛娃强。对此，他养父母心甘情愿地让他跟戏班子走了。

从此，刘怀绪就多了一个徒弟。吴隐山也把自己的名字改为“吴晓雷”。他认为，自己要像春雷，跟着师傅唱响合川的戏台。

自此，吴晓雷不分昼夜地“吊”嗓子、练台步、学甩水袖等。不知是强度太大还是训练频率过高，吴晓雷患了一场重感冒。总之一句话，吴晓雷到戏班不久就变成“哑巴”了，一周都哼不出一个词儿。

吴晓雷哭到无泪。刘怀绪也着急，带着吴晓雷看遍了周遭的大夫都无济于事。无奈之下，刘怀绪送给吴晓雷三块银圆，让吴晓雷回乡下养病，病好了再回戏班子。

半年后的某一天，吴晓雷突然出现在刘怀绪面前，再度磕头作揖。吴晓雷用川腔唱道，“师——傅——，徒儿——可唱——戏——了”，清脆而高亢的嗓音、天真而滑稽的举止把大家再度逗乐了。

刘怀绪为了把诗文、音律、弹唱等川戏绝招全部传授给吴晓雷，比以前更加严厉地训导起来，严格得几乎到了无以复加的地步，哪怕是一个招式、一个表情都不放过。

少年气盛的吴晓雷，得到刘怀绪真传之后，敢于吐故纳新，吸收“京腔”与“汉中地方腔”的优点，发明了川戏的一种独特唱腔，即合川著名的“京汉腔”。他用这种腔调，唱出了自己最拿手的好戏《檄文诏》，到哪儿他都要登台表演这出戏。

1940年，合川县城发生的日军“7.22”大轰炸事件，引发了全县人民对侵略者的愤慨之情。人们纷纷走出家门，走向街头，走向农村，宣传抗日救亡的道理。在一些进步人士的强烈号召之下，全县百姓带着热烈的爱国之情，汹涌澎湃地发起了一场“一元献机运动”的热潮。

这时，吴晓雷早已成为戏班子的接班人与领头人了。他审时度势，果断决定在合川县城久长街头，搭起很大的露天戏台，义演川剧三个月，倡导老百姓有力出力，有钱出钱，无钱则捧捧场子。一时间，前来看吴晓雷义演的人络绎不绝。

吴晓雷将自己演出的全部收入，捐献给了前线的抗日军队，用以购买战机。这个创举，堪比抗美援朝时义演的梅兰芳大师。

合川县城里各个社团或戏院，都被吴晓雷的民族大义所感召，纷纷效仿，开门演戏。很多老百姓都自觉地排队看戏，自愿地捐钱捐物。有捐银圆的、有捐衣物的、捐粮食的、捐首饰的……甚至还有城郊农民捐出了一头猪、一只鸡、一只鸭等生活物资。

一唱雄鸡天下白，一身正气中华魂。

吴晓雷入川戏，不但成为川戏名角，成为一代川剧艺术大师，还认认真真地走出了川戏舞台，把家国情怀融入现实生活，不愧为德艺双馨的艺术家。

*阅读领航

“一唱雄鸡天下白，一身正气中华魂。”抗战的英雄，不仅有战场上的士兵，运筹帷幄的将领，还有川戏演员吴晓雷这样来自后方的演员。在那样的年代，正是有了千千万万“心往一处使，劲往一处用”的人，才有了新中国，才有了未来。吴晓雷身为演员，却从不贬低自己，用自己的实际行动诠释着高尚品格。

江从革画马

◎ 合川区作协 **陈静**

早春二月，江边雾气还重。江从革先生在雾中欣赏着合川合阳城仙境般的神韵。瑞映巷高低错落的旧房子在雾里显得别有雅意。作为画家，江从革先生总是留心着外面美好的一切。花、鸟、虫、鱼、竹、树、叶、草都是画家的爱物，他们能捕捉到别人看不到的美。

走走停停，江从革先生来到了老城门附近。一路上偶有老乡从老城门穿过，有担着菜进城的农妇，也有牵着孩子的老人。观察各色人物也是江从革先生每日必做的功课。

江从革先生善于画马，且多用水墨写意，享有“江马儿”之美称，与合川周北溪、唐吟仙并称为“合川画坛三杰”。他的绘画风格受徐渭、八大山人、石涛、郑板桥、吴昌硕、齐白石、徐悲鸿等人的影响颇深。他对描绘山水、花鸟、人物、走兽，无一不喜爱，尤其善于画马。

除此之外，他还在根雕艺术上非常有造诣。

江从革先生在合川七中担任美术教师多年，得闲便喜欢到瑞映巷走走看看。那些融汇了市井风情的景致在雾里若隐若现，很让观者愉悦。

这一天，江从革先生听到两人大声说话。

一个人说：“我喜欢周猴儿，那毛一根一根的，好像真的一样。我也喜欢唐鸡公。”

另外一个人说：“就是江马儿的马，我不大喜欢，太‘板’了。”

江从革先生很想听听他们还会说什么，可那两个人已走远了。他知道自己的画不可能让每个人都喜欢，但他更想知道那些人不喜欢他画的马的原因。

善于倾听才能有长进。

江从革先生反复思考着“板”的含义。也许可以理解为在农村人看来有点死板，不够鲜活。对呀，死板的反意就是鲜活呀。

之后，江从革先生便刻苦练习笔墨运用，每次练习都要求自己做到挥洒自如，得心应手。他甚至不惜每天像小学生一样临摹《芥子园画谱》，直至笔墨浓淡相宜，可以画得随心所欲方罢。

江从革先生渴望一种大的改变，要让自己的画风摆脱那个“板”字。

某一天，画家朋友唐吟仙邀请他一起画画，比赛手速，说随便画什么都可以。过去他俩就经常在一起这样比试。

唐吟仙画鸡神速，江从革先生画马却很细致很费时间，怎能比得过呢？所以，比赛时江从革先生都是画花鸟鱼这些容易上手的。

那日，江从革先生兴致勃勃，事先告知唐吟仙：“你只管画鸡，我今日画马，我画一马，看你能画几只鸡。”

唐吟仙哈哈大笑：“我今日要当养鸡大户了，便画百只鸡等你。”

江从革先生微笑不语，握笔在手，一副胸有成竹的样子。

一时间只有笔墨在纸上游走，两位大画家都沉醉在自己的画作里。

唐吟仙已画出两只昂首挺胸的公鸡。那公鸡的冠子仿佛在颤动，得意扬扬的。唐吟仙想，百只鸡需要布局，不可皆是大公鸡，石头竹林小虫也得有。此时他完全忘了现在比赛手速，全心投入画意的思考中。

江从革先生却凝聚笔力，挥洒自如。只见他笔随手动，几笔水墨之后，马的雏形已现，退一步观看后，又信手涂抹，很快，他便搁笔叫停了。

唐吟仙吃惊地放下笔来到江从革先生画前。天啊，如果不是亲自见证，根本想不到大有气势的奔马，竟然是江从革先生画的。江从革先生以前画的马，可是深得宋人意趣的。

“祝贺祝贺，今日江先生奔马呼之欲出，是真正的江马儿，直追徐悲鸿！”唐吟仙似乎比江从革先生还要激动。他伸出大拇指，由衷地赞美江从革先生。两人会心一笑，这时刻没有什么胜负，只有两个好朋友的真心友情。

之后，江从革先生苦钻画技，逐渐形成了自己的雄朴画风。他的画尤以奔马见长。他画的马写实写意，笔墨豪放粗犷，以狂草书法画马的四肢，骨气洞达，表现马行千里的脚力、神情，蕴藏着丰富的内涵。

马从革先生画的马，造型准确又大胆夸张，重在表现气势与神韵，能够寥寥数笔勾勒出马的姿态，笔墨似乱却饶有风神。其作品多次参加省市美展，泰国、丹麦、美国等国际友人以及联合国教科文组织等均有收藏。

*阅读领航

虽已功成名就，成为一方名家，但仍旧保持一颗谦逊的心。善于倾听才能有长进，江从革先生听到他人对自己作品的评价之时，自我反思，刻苦练习笔墨运用之法，每次练习都要求自己做到挥洒自如，甚至不惜每天像小学生一样临摹《芥子园画谱》，直至笔墨浓淡相宜，可以画得随心所欲才肯收手。在他的身上，我们看到了一个真正的大家风范。

乡村阅读引路人

◎ 合川中学高 2024 届 24 班 易妙

清晨，薄雾氤氲，炊烟缭绕，合川区龙凤镇米兰村村民王治伦拉开“守一”图书室大门，烧水、泡茶、清扫地面，用鸡毛掸子拭去书架上的灰尘，然后出门打理菜地、鱼塘和庭院的绿植。这是他多年来一成不变的生活习惯。

“守一”图书室面积达四十平方米，藏书一万余册，种类丰富，包括政策法律、文学、少儿读物、科技等图书；室外庭院即阅读区，面积九十余平方米，结构方正，设有石桌石凳，院子周围绿植众多，鸟语花香，清幽静雅。21 年来，图书室始终坚持免费对外开放，为乡亲们提供了一个学习知识、交流思想的平台。图书室创办者，就是如今已年满七十岁的农民王治伦。

王治伦从小酷爱读书，但因家境贫寒，只读完小学就辍学帮忙父母干农活儿。他的祖父王守一也是爱读书的人，留下了很多珍贵的书籍。王治伦把祖父的书视为宝贝，常常翻阅，渴望有一天能拥有一间自己的图书室。

2001 年，王治伦在外打工多年，攒下了一些钱，回到老家准备盖新房。他没有忘记自己儿时的梦想，决定把新房改造成图书室，让更多的人分享书籍带来的乐趣。

“新旧房子都在一起，建好后我们还是住老屋，家里还有几百本书，新房子就拿来做书屋嘛。”

妻子不理解王治伦的想法，两人为此没少拌嘴。妻子一度还负气回了娘家。

夜已深，王治伦却叼着烟袋，独自在书房徘徊，长长短短的叹息声让妻子也辗转难眠，最终同意了他的想法。

在四川省农技站工作的堂兄王明伦知道这件事后，成了王治伦坚强的后盾，为图书室提供了八百册农技知识类的图书，还资助了一万元钱。

2001 年秋天，经过多方筹措，王治伦怀揣六万元现金踏上了去县城的路上，购置桌凳、书架、书籍，并请来师傅修建石桌、石凳。2002 年春天，“守一”图书室正式开放。图书室以祖父的名字命名，也寄托了王治伦对书籍和祖辈的敬意。

起初，鲜有人上门，村民对书籍的热爱比不上对庄稼的执着，他们更相信自己多年劳动积累的经验，与其花时间去翻书，还不如在地里多捣鼓。后来，有高中毕业回家种植果树的年轻人从图书室的农技知识类书中学到科学种植技术，实践后获得了好收成。消息一传开，来图书室看书的人渐渐多了起来。

一把蒲扇、一壶清茶，以书论道抑或畅谈人生，图书室外的小院成了周边男女老少每天必到的“打卡”点。

“泥腿子”在地里遇见难题，光着膀子就钻进图书室寻找对策；放学的娃背着书包直接到图书室做作业；麻将散场的婶婶们也聚到图书室来研究针织毛衣的新花样儿……这里不仅能够学习知识，也为村民、养殖户解困支招儿、牵线搭桥提供了平台。

有的乡亲通过阅读改掉不良嗜好，创业成为蔬菜种植大户、建筑老板，实现了致富愿望；有的孩子通过在图书室看书、做作业，努力学习，走出了大山；村里也依托图书室书香聚人气，开展读书分享会、主题宣讲，普及法律法规、惠民政策，让党的创新理论在基层落地生根、开花结果。

“读书是一件很幸福的事情，‘守一’图书室将永远免费开放，我老了就让晚辈接棒一直办下去。”从少年耳濡目染祖辈的崇文情怀，到中年倾力自建图书室践行书香梦，再到老年的坚守传承文化薪火，王治伦用一个农民的朴实精神扎根图书室 21 年，守护乡村文脉，点亮精神灯塔。

每当孩子们静心学习时，王治伦绝不打扰，即使夜幕降临也绝不关门，而是默默地端上自家种植的水果或农家饭给孩子们充饥。这些孩子或考上了大学，或步入社会，在各自的位置上发光发热。

逢年过节返乡，这些孩子都会情不自禁地回到图书室坐一坐，亲切地喊一声“王老师”。在他们心目中，王治伦虽然只有小学文化，但从小博览群书、知识储备深厚，写得一手好字，是他们的学习榜样。王治伦多年免费开放图书室，播撒文化种子，是他们成长路上的“引路人”。

书香翰墨，浸润心田。图书室的部分书籍页面已泛黄，书架的横梁已变形，木桌木凳漆面也已褪了色。时光荏苒，图书室与王治伦一起在慢慢变老，不变的是庭院依旧的雅致、室内的书香和那颗致力于乡村阅读、为乡村百姓点亮知识灯塔的滚烫的初心。

朝阳下，王治伦弯着腰牵着孙女的小手，缓缓地打开了图书室大门……

* 阅读领航

因为热爱，所以执着。王治伦自建“守一”图书室，免费对村民开放，丰富了乡亲们的农技知识，守护了农村孩子的求学梦。21 年的坚守，用最朴实无华的行动勾勒最美合川人的光辉形象，守护了乡村文脉，点亮精神灯塔！

☆延伸阅读

《雪落土墙村》

（胡中华 著，长江文艺出版社，2022 年 10 月版）

《雪落土墙村》是合川诗人胡中华描写故乡土墙村的一部诗集，收录诗歌近二百首，分为“土墙村”“小谣曲”“小亲人”“新作坊”“桃花山”“青竹溪”“小大爱”七部分，勾勒出一幅阔大深广又生机勃勃的乡村图。诗集风格独特，融合了谚语、民谣和儿歌，秀美清新而不落浅俗，机智灵动而充满智性，温情脉脉却也不乏深刻冷峻。

| 第五节 江津区 |

主持 / 龚梅老师

{ 概览 }

江津，万里长江一要津，位于重庆市西南，毗邻四川省合江县和贵州省习水县，是成渝地区双城经济圈重要战略支点，重庆辐射川南黔北的重要门户，是聂荣臻元帅的故乡、陈独秀晚年寓居地。

江津历史悠久、人文荟萃、文化底蕴深厚。始建于南齐永明五年（487），至今已有 1500 多年发展史。在重庆市评出自先秦以来 100 位历史文化名人中，江津籍名人就有 10 人。古往今来，江津区涌现出明代工部尚书江渊、共和国开国元勋聂荣臻、“联圣”钟云舫、“白屋诗人”吴芳吉等杰出人才，培育出中国科学院原院长周光召、“两弹”元勋邓稼先、国防科工委原主任丁衡高等现代英杰，在中国两院院士中是江津人或曾在津求学的院士就达 16 人之多。秀丽的山水孕育了名人文化、爱情文化、长寿文化、诗联文化、古镇文化、抗战文化等特色文化。江津获评重庆首个市级历史文化名城。

江津人的精神是江津的魂。不论是名人还是普通人，都在各自领域取得卓越成就，为公众树立了榜样，激发了大众追求卓越的潜能。他们以自己的成功经历，激励着一代又一代的江津人。

<< 人物特写

展自身才华，创更美江津

◎ 江津二中高 2025 届 9 班 **梁俊菲**

群山拱卫，碧水滋润，重庆江津的美名早已响彻大地。这片风水宝地滋养着江津人，这一方厚重文化孕育着江津人，培育出一代代优秀的江津人，为江津增辉，为祖国添彩。

1923 年的一个夜晚，一个女娃在寂静中呱呱坠地，那时还无人知道，她就是将来家喻户晓的江津历史文化名人——夏培肃。

夏培肃出生于知识分子家庭，学习条件得天独厚。她没有辜负这份上天的“恩赐”，勤学苦练，成绩一直名列前茅，中学毕业时以全班第一名的成绩考入中央大学。进入大学后，她对自己的学习更加严格，同时，逐渐找寻到自己感兴趣的领域——电学。

最初，为了听懂“电工原理”这门基础课程，她甚至站在教室后面听课。在她的努力之下，期末考试成绩虽勉强及格，但她对这种似懂非懂的状态并不满意，于是下决心重新学习这门学科。

在那段时间里，为了学习，她放弃了吃早餐，仅仅是为了早早去教室抢占座位；为了学习，即使眼皮打架，她也站着，坚持听完每一节专业课。最终，她以优异的成绩修完“电工原理”课程。而正是这种坚持不懈、不惧艰难的求学精神，为她日后在计算机领域取得辉煌成就打下了坚实基础。

一个偶然的机会，她了解到我国在计算机领域尚处于落后状态。她便下定决心通过自己的所学为我国开拓并发展计算机领域。

当时，面对计算机这门新兴学科，所有的研究都要从零开始。她首先组建了一个科研小组，大量收集研究所需的相关书籍，同时广泛阅读，想从中获得研究灵感和启发。面临语言不通的绊脚石，他们依然不放弃，始终坚持。

经历了无数次试验失败，我国第一台电子计算机终于悄然诞生。面对这一能够称得上是中国计算机历史的重大突破时，夏培肃接受采访却淡然地说：“这并非我一个人的功劳，而是我们整个团队的付出。”

李国杰院士曾评价她：“夏先生最大的特点就是严谨。她主持编写的《英汉计算机辞典》和负责的《计算机科学技术百科全书》体系结构分支的编审定稿，她对每一个字、每一个标点的运用都认真仔细，甚至以不惜牺牲自己的健康为代价。”

夏培肃秉持严谨、一丝不苟的科学精神，始终谦逊的人生态度，影响了后来的许多学者。对国家和家乡的热爱，不断激励她奋勇前行。她的成就也让偏居西南的江津被大众所瞩目，让原本独特的江津更加光彩夺目。

夏培肃的人生经历不仅仅是一个人的奋斗史，更是江津乃至整个中国科技发展的缩影。她用实际行动诠释了“科技兴国”的必要性，为后来的科技工作者树立了榜样。

如今，我们站在新的历史起点上，面临前所未有的机遇和挑战。我们要以夏培肃为榜样，勇攀科学高峰，为祖国的明天创造更多的辉煌成果。

江津，这片充满活力的土地，如今已成为科技创新的热土。而这一切，都离不开像夏培肃这样的先驱者辛勤的努力和付出。

江津的故事还在继续，夏培肃的精神也在传承。未来，我们要继续传承和发扬夏培肃的精神，不断探索科技的奥秘。我们要相信，在科技的作用下，我们可以解决更多难题，创造更美好的未来。

总之，夏培肃就是关于勇气、智慧和奉献的传奇。我们要将她的精神传承下去，让科技更好地服务于人类，共同开创一个更加美好的未来。

* 阅读领航

作为生为土生土长的江津人，夏培肃成为家乡人的骄傲；作为中国计算机事业奠基人之一，夏培肃以毕生精力倡导和推动计算机事业。她克难攻坚的探索精神，淡泊名利、甘为人梯的品质，值得我们学习与效仿。

酿酒数十载，只为舌尖一缕香

◎ 江津二中高 2025 届 9 班 **程永秀**

中国是酒的故乡，制酒历史源远流长，酿酒名匠层出不穷。

在酒文化中，江津烧酒一定占有一席之地。江津白沙在明代嘉靖年间已经成为酿酒重镇，酿酒技艺代代传承延绵不断。在这样环境中成长起来的烤酒师王河川，用他的一生诠释“酿酒数十载，只为舌尖一缕香”精神。

王河川 17 岁入门当酿酒学徒，坚守酿造行业 44 年。他说，“我是酒厂的娃儿。我天生就是酿酒的命”。

1973 年，17 岁的王河川初中毕业。由于从小受到父亲熏陶，王河川进入酒厂当学徒，跟着酒厂师傅学习酿造四川小曲白酒技艺。后来，由于政策原因，王河川接替父亲成为烤酒师。

改革开放前酿烧酒，采用纯手工的传统酿造方法，与王河川现在采用并传承推广的酿酒方法完全一样。他因刻苦钻研，勤奋努力，逐渐成为酒厂里的技术骨干。

1987 年，王河川被提拔为生产技术科科长，负责为其他烤酒师解决技术难题，提升烧酒品质。2002 年，在江津政府的支持下，他承包了刚创办的国有白沙酒厂，后改名为“驴溪酒厂”。在接下来的日子里，他初心不改，精耕细作，旨在将酒厂做大做强。

追逐梦想的路上，必是荆棘遍布。

在王河川看似顺利实现酿酒梦的过程中，也有很多困难的。当时随着改革开放的推进，酒类品牌也越来越多，给当地的烧酒业带来了巨大的冲击，因此“白沙烧酒”逐渐没落，王河川不得不离开了他成长的地方。

除此之外，在王河川的婚姻生活中，也曾因烧酒师的工作被书香门第的老丈人看不起。因此，他和妻子的婚姻受到了不少非议。但不管经历了什么，他都没有放弃热爱的烧酒事业。

一晃四十多年过去了，当年激情满满的少年，现在已经变成了白发沧桑老者。但不变的，始终是他那份坚守的初心和对酿酒的无限热爱。

他说：“从我当学徒起，到现在管理酒厂，始终坚持传承传统的江津烧酒酿造技艺，无论是工具，还是酿造方法，都原汁原味保留儿时的记忆。我爱酿酒，酿酒成就了我。”

2011年，王河川凭借其掌握的传统江津烧酒酿造技艺，成为重庆非物质文化遗产代表性传承人。在每道极尽细致、繁杂的工序中，在独特的酿造过程中，王河川都融入自己的情感。他酿的是酒，同时也在酿造自己的人生。

他说，“是酒造就了我”；世人皆评价他，“酿酒数十年，只为舌尖一缕香”。

* 阅读领航

王河川，一个热爱酿酒事业的工匠。他不断钻研酿酒技术，坚守传统酿酒工艺，以保证“儿时的味道”。他注重原料的选择，确保原料的品质，从而保证酒的口感和香气。同时，他还会注重酿酒过程中的细节把控，确保每一个环节都做到最好，从而酿造出优质的酒。在王河川的身上，我们看到的是追求卓越的精神、精益求精的态度，是热爱，是坚守，这不正是工匠精神的体现吗？

☆延伸阅读

《我是中师生》

（曾维惠 著，重庆出版社，2021年8月版）

曾维惠是儿童文学作家，中国作家协会会员。她在长江边上长大，滔滔长江水，赋予她温柔而执着的品性，赐予她不尽的写作灵感。

本书描述了20世纪90年代一群十五六岁的初中毕业生走进师范学校后的校园生活。这群少男少女，从入学时的生涩到毕业时的成熟，成长为优秀的人民教师。他们在师范学校度过了人生中最为美好、最为有意义的岁月。小说以细腻的文笔，塑造了江月、杜大星、吴亚妮、黄芹、李心雨、柳婷婷等人物，每个人物都有鲜明的特点。小说通过中师生生活中的一个个特有的事件，展现出一代中师生节俭、忠诚、勤奋、坚毅、宽厚等优秀品质。同时，也从侧面勾勒出农村小学老师为中国基础教育做出的巨大贡献。

| 第六节 黔江区 |

主持 / 张尉老师

{ **概览** }

山水黔江，宜居嘉园。武陵腹地，毗邻鄂西。鄂渝咽喉，襟三江而带两湖；湘黔窗口，领酉秀而引石彭。物华天宝，奇珍汇聚；人杰地灵，风情画廊。

潮起黔江，智赢八方；古往今来，独领风骚。观历史，西晋大成丞相范长生扶助李雄成大业，明代巾帼英雄白再香替夫出征建战功，铁血英雄温朝钟庚戌起义震川黔；睹近代，红三军政委万诗楷创建湘鄂西革命根据地，教育先驱刘泽膏创办学堂推新学，无臂少年万洪恩追随贺龙立战功，苗族英雄龚昌荣打退土豪真英豪，濯水汪龚余樊四大家族持家有道，黔江土苗汉侗各族儿女奋战无悔；揆当下，少年学子勤学上进逐梦理想，优秀青年爱岗敬业敢于担当，党员干部身先士卒率先垂范，普通百姓克俭于家烟火如常。

效前圣先贤，继往开来；数风流人物，还看今朝！

<< 人物特写

大成丞相范长生

◎ 黔江民族中学高 2025 届 23 班 李雨洁

坐落在嘉陵江畔、朝天门上的重庆历史名人馆，是展示重庆历史及重庆历史名人的综合性艺术场馆。步入展馆行走不远，即可见到范长生的塑像：松形鹤骨，飘然若仙。范长生塑像旁的简介这样写道：“范长生（218—318），今重庆黔江人，大成丞相。早年居青城山，为天师道领袖。李雄起义，入成都称帝，任其为丞相，尊为天地太师，道家崇祀为长生大帝。”

据史书《十六国春秋》记载：范长生（218—318），一名延久，又名久重，一名支，字元寿，别号蜀才。东汉献帝建安二十三年（218），出生于东汉巴蜀国涪陵郡丹兴县（今重庆市黔江区），板楯蛮（土家族先民），晋时天师道首领，东晋成汉丞相，尊称范贤。东晋名士谯秀在其所著的《蜀记》中，把范长生名列为“蜀中八仙”之一，百姓称其“山中宰相”。

在黔江本土杂志《武陵山》中，一幅幅生动的画面随文字一一呈现出来。东汉末年，群雄并起，三国鼎立，动荡交错。汉室衰微，乱世英雄，顺时而出。魏齐王正始九年（248，即蜀后主延熙十一年），涪陵属国（后改为涪陵郡，今黔东南、黔东北一带）少数民族首领徐巨率族众造反，诛杀属国都尉，蜀汉朝野震惊。

诸葛亮令车骑将军、江州（今重庆）都督邓芝率兵镇压，历经两年苦战，终于酉阳后溪击溃叛军，斩杀徐巨，平定叛乱。魏嘉平二年（250），邓芝釜底抽薪，斩草除根，将徐、兰、谢、范四姓豪族近5000家迁往成都地区，为涉猎官，迁老弱于涪陵督将，名为助军，实为弱民。四姓豪族，多居灌县（今都江堰市）青城山，且世有部曲。豪族大姓，人多势强，财多物丰，且多为天师道徒，不乏有识之士。

《华阳国志》记载：公元265年，司马炎代曹魏建西晋。永康年间（300—301），历经离乱之苦的范长生及幼子范贲被移居青城山，穴居野处，风餐露宿，求道修心，励志服民，创建“天师道”。他广收门徒，授法传道，势力渐大，涪陵移民均附其麾下。西晋元康八年（298），六郡饥荒，西晋永宁元年（301）李特、李流兄弟为首于绵竹起义，战事纷起，蜀中大乱，蜀人皆结坞自保，或南入宁州，或东下荆楚，城邑皆空，野无炊烟，唯涪陵民千余家在江西（岷江干流金马河以西）依靠范长生的声望和势力结坞自守，平安无事。就连著名的史志家、《华阳国志》的编著者常璩也因“当时年幼家贫，未能远徙，随家附青城山范长生以自存”。《华阳国志》为我国现存最早且较完整的地方志名著。

李特、李雄率流民起义后，被困郫县，范长生及时资助粮秣，义军转败为胜，西晋太安二年（303），李雄率义军攻克成都建国，国号大成，年号建初。西晋建武二年（305），李雄亲率文武百官以盛大之礼迎范长生为丞相，敬称范贤。“梦里双虹肇帝基，尊贤礼重约章时。素舆未到銮舆出，执版街前过太师。”后人诗作《宫词》对当时盛景这样描述。时李雄年方三十，范长生已耄耋老者，老少同心，君臣相助，共商国是。后加拜范长生为四时八节天地太师，封西山侯。

范长生精通《老子》和《周易》，坚持以道治国，以民为本，道法自然，虚己爱人。他任丞相13年，辅政期间，宽政和役，轻徭薄赋，立官学、兴文教以端风化，出现路不拾遗、夜不闭户、刑不滥及、狱无滞囚的太平景象。由于百姓富足、国库充实、社会秩序稳定，中原百姓到蜀中避难就食者络绎不绝，天水、武都奉贡称臣，关中附者也日益而至。

《资治通鉴》有云：“长生博学多艺能，年近百岁，蜀人奉之如神。”范长生尤擅书法，蜀地书苑，美名流传。工诗书，著有《道德经注》《蜀才易注》（十卷）。明代三才子之一杨慎曾以上古的巢父、商代的务光形容范长生：“天谷隐者范长生，风御洽然独振缨。避世已高巢父节，让王还被务光名……”

范长生于东晋大兴元年（318）卒，享年百岁。《列仙传》中记载，“年百余岁，人奉为仙，称曰长生”。蜀人十分敬重他，在青城山立庙祭祀，奉之为长生大帝。今天，我们仍能在青城山“汉标李意，晋著范贤”的门联里，一览四川民众对这位“山中宰相”的敬仰。范长生死后，其子范贲继任首辅，仍秉持道家“清心寡欲，敬天爱民”的治世宗旨，“掌丞天子，助理万机”，忠实辅佐李雄至李雄病逝，打造了李氏汉王朝的黄金40年。

清光绪十九年（1893），黔江知县张九章撰写《范贤传》辑入《黔江县志》，并在县城西门修建“范公祠”，立范贤神位，以供后人瞻仰。1990年，黔江县政府在范公祠附近投资修建风雨廊桥“长生桥”，在武陵水岸开辟“长生苑”，以纪念这位故里名人。1993年8月，范长生被收录入《中国土家族历史人物》。2007年6月，重庆市历史名人馆落成，范长生汉白玉雕像展列其中。

* 阅读领航

“三顾频烦天下计，两朝开济老臣心”是武侯诸葛亮高瞻远瞩、鞠躬尽瘁的写照，是自古贤相励精图治、勤政务实的标杆。文中这位从黔江山区走向大成宰相之位的范长生，有着儒家达则兼济天下的进取精神、佛家大慈大悲扶危济困的奉献精神，也有着道家无为而治修身养性的淡泊意识。兼收儒道释三家思想精髓，与其后同为宰相的儿子范贲一起，续写着“三顾频烦天下计，两朝开济老臣心”的佳话。

万古英雄白再香，女中俊杰创辉煌

◎ 黔江民族中学校高 2025 届 23 班 刘小蕾

她，是奶奶的精神偶像，爷爷的梦中情人。

她，是花木兰再现，秦良玉化身。

她，是古今女性的楷模，巾帼榜样。

她，是黔江骄傲，酉阳老乡。

她，叫白再香。

白再香，生于万历十六年（1588），今酉阳土家族苗族自治县酉水河镇人。小时候，她父母双亡，只能跟着她同父异母的哥哥生活。

她的哥哥嫂嫂对她十分刻薄，挑水、洗衣、舂米，一切粗活儿累活儿重活儿都交给她做。

白再香身为女儿身，性格刚毅胜过男儿，且暗地里勤学武艺，击刺格杀样样精通，把自己活活逼成了“斜杠青年”。

白再香及笄之年，适逢酉阳十九世土司冉维屏派人为其次子冉跃龙选婚。因白再香叔父白邦铭为酉阳土司衙门总管，白再香哥嫂便让几个女儿精心打扮以供挑选。可奈何相人并不满意于她们或福薄或无子或好妒的模样，白家哥嫂失望万分。碰巧，白再香出门干活儿时被相人看到并看中了，于是白再香哥嫂连忙用自己女儿的服饰将白再香打扮起来。

平日里不修边幅的白再香一下子脱胎换骨变成大家闺秀，双目炯炯，神采奕奕，惹得众人眼前一亮。随即，白再香便被相人选中与冉跃龙婚配，成为冉跃龙庶夫人。

婚后的白再香知礼仪、识大体，谈吐文雅，举止端庄，深得公婆喜爱，夫妻相敬如宾，与原配舒氏也融洽和睦，亲如姐妹。

冉跃龙袭任酉阳二十世土司。明万历四十七年 (1619)，后金努尔哈赤宣誓反明，明军在关外和后金军决战失利。辽东危亡之际，明廷调集酉阳士兵援辽抗金，土司冉跃龙身体有疾，不能亲率士兵出征。白再香自告奋勇，与冉见龙、冉天胤、冉天允，白再英、白再药、白邦铭等率兵出关。

因明军统帅杨镐不懂战术，后金军军力强大，辽东战局由攻而守；虽有援军参战，小胜几场，但又于腹背受敌之时明军接敌即溃，白杆军、戚家军全军覆没，伤亡惨重。

辽东三月，朔风凛冽，浑河两岸，战殍遍野，白再香率领的酉阳士兵一千余人捐躯疆场。此时的白再香迅速带领残余部队撤回辽阳。又因奸细放火致明军大乱，酉阳士兵又战死了七百余人。辽阳陷落，冉见龙战死。

此次出征，白再香替冉跃龙建立浑河一战杀敌数千的功勋。因此，冉跃龙擢升宣慰使，后加衔至汉士官兵中军都慰，府都督。

此可谓是代夫从征浴血战，出生入死建功勋。

天启元年（1621），四川永宁彝族土司奢崇明及其儿子奢寅作乱占领重庆。酉阳士兵再次奉调出征。白再香再披战袍与冉跃龙一起，率酉阳士兵昼伏夜行，直趋重庆，并与石柱土司秦良玉部会合，一起平息了奢崇明之乱。白再香夫妇建功而归，白再香被诰封一品夫人。

在中国历史上，因功而诰封一品夫人的是少见的。或者说，她是唯一因功而诰封的一品夫人。

此为收复失地平内乱，诰封一品夫人享荣光。

天启四年（1624），冉跃龙逝世。37 岁的白再香掌管军政大权，但她却不贪恋权力，谨遵祖制，扶持年仅 9 岁的嫡长子冉天麟承袭土司之位，带领儿子开创了酉阳六百年士司史的鼎盛时代。

我赞她：心底无私天地宽，司政清明懿德扬。

崇祯四年（1631），白再香因病与世长辞，葬于黔江。如今黔江当地居民也对白再香出殡时的传说有所耳闻：当年白再香出殡之日，一共抬出了 120 口棺材。这些棺材有 119 口是空棺，一口是真棺。除冉土司外，没人知道哪口棺材是她的。

1964 年，白再香的坟墓被挖掘。墓地在今重庆市黔江区冯家街道渔滩社区 6 组一个叫和尚坪的地方。如今的白再香墓，已经看不出墓地原来的样子。不过，清晰可见的大土坑，仍能让人联想到原墓的高大和雄伟。

黔江博物馆现存有于 1964 年在原黔江县正谊乡（今冯家街道）渔滩官坟堡出土的酉阳二十世土司冉跃龙庶夫人白再香墓志碑，后存于黔江区文管所，为国家二级文物。碑质砂石，高 45 厘米，宽 40 厘米，厚 7 厘米。

睹碑思人，我们的脑海里会随之浮现白再香战场杀敌的飒爽英姿，我们的耳边也会时常传来老一辈对白再香的称赞：“万古英雄白再香，九州巾帼酉阳光。辽东剿寇三军遣，重庆平奢百世芳。明国栋梁天造就，女中俊杰业辉煌。诰封一品荣环宇，彪炳千秋懿德扬。”

* 阅读领航

在中国两千年历史长河中，中华民族曾出现数不胜数的热血男儿，他们为了保家卫国不惜抛头颅洒热血，他们的光辉事迹永载史册被人们铭记。同样，历史上也曾涌现出了许多巾帼英雄，“花木兰”代父从军被传为佳话，白再香替夫出征美名远扬。今日之中国，大江奔流千帆竞发。逐梦复兴的新征程上，每一位女性都是时代的书写人、追梦的奋斗者，更把自尊自信自立自强的精神转化为争做建设者倡导者奋斗者的实际行动，以强大的“她”力量，在强国建设、民族复兴的伟大事业中建功立业，书写华章。

声声唢呐，生生唢呐

◎ 黔江民族中学高2021届4班 **刘俊男**

唢呐康是黔江区蓬东乡著名的唢呐匠，在他还是孩童时就开始学习吹唢呐。几十年来，他都是唢呐离口不离手，但自从前几年他患肺病开始，他的唢呐声慢慢地变成了他的咳嗽声。

唢呐康一直生活在乡村，从来没有接受过正统的乐理学习，所以他哪怕吹了几十年唢呐，也只会吹几首简单的与红白喜事相关的乐曲，无法吹奏像《百鸟朝凤》那样技巧性、专业性要求特别高的乐曲，这也成了他的一大遗憾。

“天若有情天亦老，人间正道是沧桑。”唢呐康虽然一直没有得到学习乐理知识的机会，但他几十年一直坚持反复吹奏简单的红白喜事乐曲，把这些简单乐曲的每一个音吹准、每一首曲子吹得十分熟练，以致他吹起唢呐就如鱼得水，乡里的人无不喜爱。

村子里德高望重的老李逝世了。因为肺病而放下唢呐一年多的唢呐康，在老李下葬那天不顾家人反对，一边咳嗽一边从箱子里拿出自己的唢呐。虽然唢呐康在查出肺病后的几年里没有好好吹过唢呐，但他的唢呐依旧被他保养得熠熠生辉，在阳光的照射下发出金灿灿的光芒。

唢呐康只是简简单单地调了几下音准就已经气喘吁吁，但他看了看光亮的唢呐，便毫不犹豫地向老李家走去，只留下他的妻子在后面唠叨。

一路上，唢呐康边走边热身，努力尝试找回曾经吹奏那些熟悉乐曲的感觉，同时他也希望用自己最拿手的本领和最好的状态送老李最后一程。乡里的父老乡亲听见熟悉的唢呐声，都纷纷向唢呐康投来惊讶的目光。

有人不禁感叹，“好多年没有听见唢呐康的唢呐声了，现在听到这些熟悉的乐曲依旧那么好听”。在唢呐康唢呐声引领下，前往老李家的人群也越来越壮大。

不一会儿，众人就来到老李家。大家看见唢呐康拿着唢呐来了，正在吹唢呐的唢呐匠停止了吹奏，聊天的人停止了聊天，正在痛哭的老李家人也暂且停止了痛哭，都把目光投向唢呐康。

此时，老李家只有唢呐康的咳嗽声。

老李家人迎上来，带着哭腔沙哑地说：“康师傅，您身体不好，要不别吹了吧？”

唢呐康立马回答道：“我身体可以的，老李在世时参过军，又剿过匪，还为村里修桥铺路，给我们付出了那么多，还没来得及好好享受晚年生活就离开了我们。用唢呐送他好好上路是我目前唯一能做的事了，今天为了老李，我一定要吹三曲！”

大家看出了唢呐康的决心，就没有再劝。于是，唢呐康和另外的唢呐匠走在前面，后面跟着老李的孝子捧着灵牌一同送老李灵柩上山。

两首曲奏罢，老李的灵柩到达山上，接着就要入土了。顿时，老李的家人们跪在地上失声痛哭。唢呐康吹完两首曲子早已咳嗽不止，但他依旧坚持与其他唢呐匠共同吹奏第三首曲子。

唢呐康满头大汗，两眼泛着泪光，随着腮帮子的起伏，艰难地吹着最后一首曲子。

如泣如诉的曲调缓缓流出，如同对亡灵的祭奠，如同对生者的告慰。哀婉的曲调，是对生命的敬畏。可是吹着吹着，唢呐康的唢呐里渗出了殷红的鲜血。此时的唢呐康犹如杜鹃啼血，又似子规哀鸣。他坚持吹完曲子后，口中已经满是鲜血。

从此，唢呐康彻底放下了手中的唢呐，他的唢呐一同随着老李离去。虽然唢呐康放下了手里的唢呐，但是我觉得他又变成了一支唢呐，他的生命融入了唢呐的芯子里，他的灵魂铸进了唢呐的铜管里。

（此文发表于《武陵都市报》，2021 年 1 月 29 日）

＊阅读领航

悠久的历史，灿烂的文化，浓郁的民族风情，让黔江成为非物质文化遗产较为富集的地区。传承有人才，“非遗”才有未来。

黔江有一批批具有代表性的非物质文化遗产传承人，如西南卡普汪、南溪号子、十三寨山歌，除此之外，还有如文中唢呐康一样普普通通、默默无闻的民间艺人，他们有的做陶艺、有的做布扎、有的做剪纸……

他们将民间艺术作为毕生事业钻研，倾注毕生心血，让“非遗文化”变得鲜活而珍贵，成为老手艺得以生生不息传承发展的密码。

唢呐康在孤独中的坚韧隐忍、艰难中的无私奉献、骨子里的正直义气，是作者所讴歌的淳朴的人情人性、乡土民风。

汇微光荧荧如炬，写新篇“黔”行有你

◎ 黔江民族中学校党委第三支部 张蔚

5月，是劳动的季节，也是奋进的季节。万物蓬勃，催动着人们以时不我待的紧迫感起而行之，为梦想奋斗，为未来蓄力。在一群群忙碌的身影中，我看见了“宁愿苦干，不愿苦熬”的黔江人，以埋头苦干、真抓实干的奋斗之姿，书写着黔江发展的新篇章。

1. 第一书记唱“茶”歌

5月的黔江区中堂镇双石村，草木蔓发，春山可望。油茶、绿茶、黄精等绿色产业发展带环绕于大山之中。目之所及处，闪现着生机与活力，处处是热火朝天的繁忙景象。

头戴遮阳帽的村民，腰挎笆篓，正忙着采摘似针尖的嫩芽。黔江区委宣传部派驻中塘镇双石村“第一书记”王运洪，正在指导村民进行茶叶采摘和制作。

王运洪垫资10万元发展的两茶产业，助力村民脱贫增收。工作30多年，临近退休的王运洪背脊已经佝偻；连续七年的脱贫攻坚，让他的头发日益稀疏；常年曝晒在户外的皮肤也失去了往日的光泽。

在王运洪七年如一日的扶贫工作中，双石村解决了“两难”——饮水难和行路难；发展了“两产”——茶叶和油茶产业；打造了“三园”——紫薇园、绿茶园、油茶园。在确保双石村如期脱贫的基础上，还完成了乡村振兴和美丽乡村建设。

茶香伴春来，新绿促增收。曾经“山高坡陡石旮旯，红苕洋芋包谷粑。要想吃顿白大米，除非妇女生娃娃”的双石村，青山绿了、产业兴了、村民笑了，这是人民公仆服务人民的成果见证，也是巩固脱贫攻坚成果，全面推进乡村振兴的黔江经验。

2. 金牌导游练“杂”技

5月的濯水古镇，在丝滑的油菜梯田和春江绿水的掩映下，平添了几分明丽和娇媚，如同眼前这位推介它的导游一样，情不自禁地被导游吸引，不只因导游相貌靓丽，更因导游的才华和气质。

导游叫李佳，是黔江区土家族人，作为一名扎根黔江区十多年的旅游工作者，她一直致力于用心用情讲述黔江故事、推介黔江旅游。对于黔江旅游的路线、景点、人文故事，她都烂熟于心，被称为黔江旅游的“活地图”。她说得好普通话，跳得好土家族舞，吼得出高亢调子。

为了赋予游客更好的旅行体验，李佳在工作之余，还自费学习了川剧“变脸”“互动魔术”等“独门绝技”。汗水浇灌收获，实干笃定前行。十年来，她是“金牌导游”，助力濯水创建5A景区；她是“形象大使”，助力黔江文旅声名远播；她是扶贫青年女主播，助推家乡农产出大山；她还是区人大代表，建言献策积极履职书写新篇章。

苦练内功，一专多能。她以实际行动在平凡而特殊的岗位上，诠释了新时代黔江青年融小我于大我的责任与担当。

3. 歪哥李三念“正”经

今年40岁的李自涛，是黔江区濯水镇桐木村2组村民。他在8岁时患耳瘤病，变成听力障碍的残疾人，又因头部多次手术，以致脸部歪斜，人称“歪哥”。他排行老三，又人称“歪哥李三”。

李自涛靠送桶装纯净水赚取微薄收入。他每桶水捐出一元，资助那些重症患者、残障人和残障家庭及社会五保老人。

2014年，黔江区李三爱心服务队成立，现拥有志愿者近2000人。10年来，该服务队志愿者始终以“帮助别人、快乐自己”为服务宗旨，共慰问残障人家庭1400余户，捐赠爱心款及物资20余万元。

“歪哥李三”，用自强自立诠释了身残志坚、向阳而生的正能量；李三爱心服务队，用大爱无言彰显着黔江人扶危济困、守望相助的至情至性。爱的暖阳，是黔江区高质量发展的最大力量。

4. 凡人微光照“黔”程

5月的黔江，春意仍旧盎然，星光如常璀璨。乡村医生钟瑞锦42年守护冯家中坝百姓健康，治病救人初心不改；烈士陵园守护者程祖全接力父亲守墓18年，一生践一诺，丹心护忠魂；56岁的中共党员“熊猫大侠”钟激扬，在近二十年几十次无偿献血彰显奉献与大爱；年近九旬的退休干部将大荣，在夕阳无限好的晚年义务担任政策宣讲员、法律宣传者、民事调解员，发挥老有所为的余热。

街头巷尾，人们忙着各自的工作，描绘着自己的日常。或如潜心教书育人的你和我，或如治病救人的他和她，抑或如平凡普通的每一位市民，以“宁愿苦干、不愿苦熬”的黔江精神，守护这方土地岁月静好，不负韶华春光。

蔓蔓日茂，芝成灵华。荧荧微光，烛照山河。为“国之大者”担当“小我之责”，这无数的黔江人，正在与时代携手同行，共担风雨，做起而行之的行动者，当攻坚克难的奋斗者。亲爱的黔江人，“黔”行有你，“江”来可期，让我们一起追寻光，成为光，散发光，共同拥抱新时代、奋进新征程、建设新黔江，合力书写黔江高质量发展的新篇章！

*阅读领航

仅看文中人物，他们均在自己平凡的岗位上做出了不平凡的贡献；集合在一起的他们就是新时代黔江人的集体风貌、城市群像。正是他们身上散发的微光，组合成了城市发展的璀璨星河。光微而不弱，足以照亮山河。

☆延伸阅读

《生命的芭茅花》

（宋雨霜 著，四川大学出版社，2021 年 9 月版）

宋雨霜，四川省作家协会会员、四川省文艺评论家协会会员，发表新闻评论、散文、诗歌、小小说等 500 余篇。

散文集《生命的芭茅花》获得第三届马识途文学奖、第四届四川散文奖。全书分为四辑，共收录 73 篇描写家乡风土人情、草木物语、山水田园、生活岁月等相关的文章：第一辑“悠悠情意”，收录了 18 篇描写作家亲人师长的文章；第二辑“青春年华”，收录了 20 篇描写与作家休戚相关的人和事的文章；第三辑“草木物语”，收录了 20 篇描写作家家乡的花草树木的文章；第四辑“乡土岁月”，收录了 15 篇有关作家乡土生活的文章。

在作家 20 多年曲折而丰富的成长历程中，感悟生命，成长蜕变，提升生命价值；作家以如话家常、娓娓道来的朴实文风，享受真实，感受真诚，呈现真心。

|第七节 万州区|

主持 / 方雯娟老师

{ 概览 }

上柬巴蜀，下扼夔巫，引三江而控荆楚；川泽迂回，百舸争流，万川汇而群峰簇。万州，一座江城、山城、湖城，也是一座人文之城。她因万川毕汇而得名，百米飞瀑、峡谷溪流各具魅力；钟楼碑亭、崖刻题记，传诵着她的万古情长；独特的市井风情、厚重的历史底蕴，彰显着她的万千风韵。

今天的万州，人文荟萃，翰墨飘香；今天的万州，英雄辈出，豪情万丈；今天的万州，花开并蒂，百花争艳。一代又一代的万州人民，延续先辈精神，敢拼敢干，敢为人先，续写万州的时代新篇章。

<< 人物特写

海棠依旧，芳华永存

◎ 万州高级中学高 2021 届 8 班 何佳壕

环抱在青山绿水之中，有一片庄严而古朴的民国建筑巍然挺立。这些建筑在 111 年前，见证了我国著名诗人、散文家何其芳先生的诞生。

何其芳先生是我国文学史上一颗不容忽视的闪亮明星，他的诗歌细腻而华丽，别有一番韵味。而在那个黑暗而充满压迫的时代，何其芳先生因心中向往自由而美丽的世界，对丑恶的现实社会进行无情的批判和控诉，与黑暗的社会进行无声抗争，同时他也以严谨而细致的学术态度，向中国文坛源源不断地注入着活力，推动我国文学事业砥砺前行！

何其芳先生是所有万州英雄儿女的一个代表。在中国近代史上，有无数万州儿女前赴后继，为追求真理不断前行。无论是国内反动军阀，还是外国列强，都无法镇压万州儿女不屈的灵魂，哪怕制造了惨不忍睹的“九五惨案”和“重庆大轰炸”。

抗日战争时期，无数万州儿女响应号召，积极出川抗战，使万州这座城市免遭日军劫掠，护佑一方百姓平安。

如今，111 年时光已过，沧海桑田。万州，这座万川交汇的千年古城，正在散发着别样的生机。随着国家乡村振兴战略在万州大地的落实与推广，万州人安居乐业，幸福安康。何其芳先生当年所向往的自由繁荣、充满光明的社会已经成为现实。

随着对旧农村改造工作的稳步推进，“良田美池桑竹”的景象与“阡陌交通、鸡犬相闻”不再是陶渊明的美好幻想，而车水马龙、万家灯火也早已成为寻常人常见的街景。

几十年前，何其芳先生在诗中为我们描绘出一个美好和谐繁荣的社会，而今天我们用安居乐业、欣欣向荣的生活，展现诗中的美好意象。

重返何其芳先生故居，瞻仰何其芳先生的遗迹，心中感慨万千。如今的何其芳故居在修缮之后焕然一新，安静祥和地注视着远方，热情地迎接着每一位前来参观拜访的游客。

眼前的太平盛世是对先烈最好的慰藉，而传承先烈的遗志则是对先烈最好的缅怀。何其芳先生在几十年前英勇抗争，而如今我们更应不负韶华，不负时代，不负自己！

斯人已逝，海棠依旧，芳华犹存。或许何其芳先生以及千千万万的中国的先烈化作了夜幕上的万千繁星，静静地注视着繁荣太平的烟火人间。

* 阅读领航

何其芳先生在给老朋友的信里写道：“这些年来，我这个人一天不做事情是难过的，过不惯，好像是劳动已经成为第一需要了。”毛泽东评价何其芳：“他最主要的特点就是‘认真’”。何其芳先生的精神终于在万州这片温柔的土地上生根发芽。

诗神其芳，爱意永存

◎ 万州高级中学高 2021 届 4 班 **廖雨婷**

早期的何其芳，其诗歌、散文有时流露着浑然天成的圆滑，有时又透着精心雕琢的细致。每一个意象都是他面对社会变幻的自然沉积。他的诗歌，常带着叹息，淡淡地悲哀着，沉浸在独处的世界之中，以一种近似凄美的眼光看待世间的光怪陆离。他在寻找美。

我想，寻找美的人，或者说渴望美的人，都是情感炽烈的。一开始，他们在缤纷多彩的世界里寻找。或失败，或求得但始终不满意。于是，在过分热情的情感折磨之下，他们开始转向。

也许是朝着宗教与神话，也许是属于自己的梦境，他们在那些志怪之中渐渐发现令自己满足的美。属于美的艺术、文学，大概就在这里发生了。

也恰恰是因为这份柔美的不确定性，使得《预言》这首诗像是薄雾笼罩之下的月色，似在氤氲雾气中正欲出浴的美人。

我突然觉得《预言》这首诗是在描绘何其芳的诗歌生涯，像极了何其芳一生之中对待"美丽的温柔的东西"的态度。

早年，何其芳渴望它，追求它，苦苦寻觅。到了延安，就好像在忽然之间，他找到了安放自我的角落。

何其芳说："生活在延安的人，应该是快乐的。"从这时开始，他的语言开始变得朴实、自然，开始思考一些关于国人命运的问题，不再囿于自我和那种细腻的缠绵的美。在这其中，很难说清是他抛弃了它——诗歌的细腻、华丽之神，还是它抛弃了他。也许，他们是短暂的相逢之后永久地分离。

何其芳的《预言》是一首爱情诗，有着初临爱情的欣喜和慌张，更有着对于爱情的憧憬和希望。而当爱情消逝时，又免不了有着无法把握的怅惘。看他《预言》的开始，在令他心跳的日子，对于爱情的来临，体察和分辨得那样细致，一如他精细的诗歌意象。随着诗歌的展开，景致和心情交织在一起，各种感觉应接不暇：

不要前行！前面是无边的森林：
古老的树现着野兽身上的斑纹，
半生半死的藤蟒一样交缠着，
密叶里漏不下一颗星星。

对于爱情的期望和挽留，由爱情激发出的勇敢和担当，和场景结合在一起，那样伏贴地表达出来，让人为此怦然心动。

*阅读领航

美是什么？或许是一种感动，一种治愈，一种"小确幸"。读何其芳先生的诗歌和散文，有一股淡淡的、柔柔的、绵绵的情愫，总能触动我们心底最柔软处。我们不断被唤醒、被裹挟、被震荡。

朦胧中的光亮，承接其芳文脉

◎ 万州高级中学高 2021 届 3 班 **向真**

“我的灵魂将多么轻轻地举起，飞翔，穿过白露的空气，如我叹息的目光！”何其芳先生在《季候病》中这样写道。他将视线投向乡野，投向普通人的生活场景，以观者的身份言身外他人之事，表现一派明朗纯净的诗意诗风。

2023 年是何其芳 111 周年诞辰。我来到他的故居，再一次体验他的悲喜哀愁。

何其芳，原名何永芳，是出自我们重庆的优秀诗人，他幼年时就喜爱中国古代诗词小说。

1929 年，何其芳到上海入中国公学预科学习，阅读了大量新诗。1931—1935 年，他在北京大学哲学系学习。

他早年诗风，华丽哀婉，引人神伤，充满个性的光芒。后来抗日战争爆发，他回到老家四川任教，继续写作诗歌、散文、杂文等。

1938年，何其芳北上延安，在鲁迅艺术学院任教，同年加入中国共产党，后任鲁迅艺术学院文学系主任，并做过朱德的私人秘书，受到极大器重，自此他文风大变，充满时代的革命强音。例如《生活是多么广阔》中“去参加歌咏队，去演戏，去建设铁路，去做飞行师，去坐在实验室里，去写诗，去高山上滑雪，去驾一只船颠簸在波涛上，去北极探险，去热带搜集植物，去带一个帐篷在星光下露宿……去在平凡的事物中睁大你的眼睛，去以自己的火点燃旁人的火，去以心发现心……”何其芳是最早奔赴延安的诗人之一。早在来延安以前就以婉约幽渺的诗风而倾倒无数年轻男女的他，在抗日战争的炮火硝烟里，走出精美细致的唯美主义的艺术之塔。

延安军民高涨的抗日激情和延安清新自由的民主气息，使习惯了在黑夜里歌唱着心灵忧伤的多情敏感的何其芳，一扫冷艳哀凄的梦幻色调，用他那敏感的心灵和优美的笔触，奏响了礼赞民族解放历程的琴音。

1944 年至 1947 年，何其芳两次被派到重庆，在周恩来的直接领导下从事文化工作。新中国成立后，他基本放弃创作，主要从事文学批评、文学理论研究（红学）以及教学工作。

何其芳“生来具有一双艺术家的眼睛，会把无色看成有色，无形看成有形，抽象看成具体。”自小生活在想象中，缺乏温情的家庭，养成了他在想象中释放自己孤寂的思维习惯。他眼中的爱情是“婴孩脸涡里的微笑”“是传说里的王子的金冠”“是田野间的少女的蓝布衫”。他把一些抽象的事物变成一些有声有色的图案，具体可感的色彩。

这些图案和色彩构成何其芳思维运动形态的内核和外在表现。

来到延安的何其芳对生活充满热忱：“不管它像一阵微风，或者一片阳光，轻轻地从我琴弦上，失掉了成年的忧伤，我重新变得年轻了，我的血流得很快，对于生活我又充满了梦想，充满了渴望。”他讴歌生机勃勃的青春，礼赞崭新的生活，颂扬艰苦卓绝的革命，把满腔热情奉献给活跃在抗战前沿阵地的年轻人。

对于何其芳的学术贡献和治学精神，周扬曾做过这样的评价：“其芳同志在艺术上不断进行着新的追求和探索，在理论上也有自己的独立建树。其芳同志治学严谨，刻苦勤奋。他研究了我国古典诗歌、民歌、新诗在形式上的特点，根据现代汉语的客观规律，提出了建立现代格律诗的主张，并且在自己的创作实践中，对诗歌的形式进行了新的探索……做好古典文学研究工作，特别是总结那些带有规律性的问题，不仅有助于社会主义文学的发展，还可以丰富我国马克思主义的文艺理论。”

何其芳把自己的灵魂举起，引领文学进步、飞翔，播撒世间美好。在那叹息的目光中见证新时代的来临，激励无数青年奋勇上进，发光发热。

＊阅读领航

古语有云：诗以言志，歌以咏怀，文以载道。文章合为时而著，歌诗合为事而作。在那个艰难岁月里，何其芳先生以诗的路径发现美，传递美，创造美，默默滋养一代又一代的中国人。

读其芳事迹，续时代精神

◎ 万州高级中学高 2021 届 11 班 周雨欣

“我为少男少女们歌唱。我歌唱早晨，我歌唱希望。”这耳熟能详的诗句，出自重庆万州的现代诗人、散文家何其芳。

何其芳出生于四川省万县（今重庆万州区）一个守旧的大家庭。大学毕业后，何其芳先后在天津南开中学和山东莱阳乡村师范学校任教。抗日战争爆发后，何其芳回到老家四川任教，继续创作诗歌、散文、杂文等。

1938 年，何其芳北上延安，在鲁迅艺术学院任教，后任文学系主任。新中国成立后，他主要从事文学研究和评论工作，并长期担任文艺界的领导。曾任中国文学艺术界联合会委员、中国作家协会书记处书记等职，并任文学研究所所长。

我参观何其芳故居之后，对何其芳的“朴素认真”有了更深刻的认识。其朴素体现在：没有官架子的正部级所长。他那惊艳的文笔使他得到国家的重用。新中国成立后，他奉命组建了文学研究所，并且出任第一任所长。职位虽高，但他并没有居高临下，反而平易近人，处处与他人平等相处。

在生活上，何其芳也从不刻意打扮自己。一件蓝布中山装可谓是他的标配。走在大街上，把他看成普通人也不为过。他的朴素平凡让我既惊叹又崇拜。

何其芳的认真体现在：实事求是，不断创新。他将自己的一生都奉献给了诗词创作。他一生都保持着强烈的学习精神和自我省察的习惯，尊重知识、人才及科学规律。即使身处混乱的战争年代，他仍旧坚守本心，创作出《我歌唱延安》《北中国在燃烧》等一系列爱国诗歌。

何其芳对待学术工作严谨认真，常常忙碌到凌晨，每天只睡两三个小时，十几年如一日。他坚持不懈、持之以恒的精神也让我敬佩。

何其芳只是万州革命先辈之一。纵观万州历史，还有许许多多为国牺牲的革命先烈。有被捕受尽酷刑仍坚守信仰而被敌人杀害并毁尸灭迹的江竹筠；有以“人生应该如蜡烛一样，从顶燃到底，一直都是光明的”为人生观的萧楚女；有在高官厚禄利诱之下丝毫不动摇，宁死不屈，被枪杀于万州鸡公岭倒碑黄葛树前，临刑前，仍不断高呼“共产党万岁”年仅 26 岁的优秀共产主义战士曾润百；也有援助中国抗日却遭到袭击，为了保护万州人民安全，驾驶破损战机坠入长江的国际主义战士库里申科等。他们，无不彰显着舍生取义的大无畏精神。他们，是万州的英雄！

身处能安居乐业的和平年代，我们虽无法做到像革命先辈们舍生忘死，但却可以尽绵薄之力保障人民的幸福生活。

面对人民日益增长的美好生活需要和不平衡不充分发展的社会矛盾，万州区政府正在致力于改革、改变。其间涌现出了许许多多的“最美人物”。

夯实党建基础、促进产业发展、改善村容村貌……这是于俊峰 2021 年 5 月到万州区甘宁镇仙云村担任驻村第一书记时立下的“军令状”。他把自己所有的热情都倾注于仙云村，以“韧劲、干劲、巧劲”为工作信条，切实把“驻村”变“助村”，照亮了仙云村的振兴路。一双“铁脚板”走村串户解民忧；“满脑”想方设法开拓壮村富民路；善借“外力”催生乡村新气象，也不足以概括他的最美事迹。

新田镇幸家村村委会副主任幸鼎君，大学毕业后本来在外地有一份不错的工作，但他决然选择回到老家，带领村民们一起增收致富。

作为新时代青年，我们不仅要铭记历史，传承先辈之精神，更应放远目光，探寻时代之机遇，以实现中华民族伟大复兴为奋斗目标，砥砺前行，开创一个全盛的新时代！

* 阅读领航

前人栽树，后人乘凉。前有何其芳先生、共产主义战士曾润百、国际主义战士库里申科等革命英雄用生命诠释着大无畏精神；后有于俊峰、幸鼎君等时代青年以实际行动传承先辈之精神，探寻时代之机遇，为实现中华民族伟大复兴而不懈奋斗。

☆延伸阅读

《何其芳散文》

（何其芳 著，人民文学出版社，2022 年 5 月版）

本书精选何其芳散文四十四篇，既有精致浪漫的独语《画梦录》《秋海棠》，又有描写乡村生活体验风格转变之作《乡下》《私塾师》，以及体现革命精神和人道主义关怀的纪实之作《我歌唱延安》等。语言或浓郁缠绵，或饱含激情，富有生活气息，完整地呈现了作者的散文创作成就和文学理念。

第八节 渝中区

主持／刘会兰老师

｛概览｝

三千年江州城，八百年重庆府。重庆，这座充满历史文化底蕴与现代活力的城市，孕育了众多杰出的人物。他们或如磐石般坚韧不拔，或如江水般奔流不息，为这片土地注入了无尽的活力与魅力。

重庆杰出的人物，个个身怀绝技，心怀天下。在历史舞台上，他们以卓越的才能和坚定的信念，让自己的血液里永远流淌着责任和担当。他们的智慧与勇气，如同重庆的山川大地，巍峨壮丽，令人敬仰。

在经济领域，重庆的商贾巨擘以其敏锐的市场洞察力和独到的经营智慧，书写着传奇般的商业篇章。他们的企业如雨后春笋般蓬勃发展，为重庆的经济腾飞插上了翅膀。他们的成功，不仅彰显他们的勤劳与智慧，也为重庆增添了无尽的荣耀。

在文化艺术领域，重庆的艺术家和学者们，以独特的艺术风格和深厚的文化底蕴，为重庆的文化事业增添了浓墨重彩的一笔。他们的作品不仅展现了重庆的独特魅力，还传承了中华民族的优秀传统文化。

此外，重庆还有很多默默奉献、感人至深的普通人。他们用自己的实际行动诠释着重庆人的血性，他们的事迹如同重庆的江水，源远流长，激励着更多的人为重庆的发展贡献自己的力量。

重庆人物，或英勇，或智慧，或坚韧，或平凡，但他们都用自己的方式书写着属于重庆的传奇。他们的精神风貌和优秀品质，如同重庆的山川大地和江水长流，永远闪耀着耀眼的光芒。

巴国忠魂——巴蔓子

◎ 巴蜀中学高 2026 届 13 班 李梦霖

将军，看到了吗？七星岗莲花池的花开得好美啊！是啊，真的很美！是将军刎首的瞬间留下的美，是洒落的碧血浇灌出的美！将军，你虽以身殉国，但我们华夏儿女，巴渝子孙仍能记住你，史书上有你赫赫的名字——巴蔓子。史书有你伟大的壮举——刎首留城。多少年风雨的沧桑仍洗不掉你的血色回忆。

将军，今日我来了，告别了世俗的风雨，特意到将军坟前上了三炷香，香火是你生命的延续！想当年，你有撕虎的力量，你有善战的才能，“国之柱石”不愧为你的称号。你因才能而入朝为官，掌握兵权，威冠全国；你因才能而被迫隐居，心灰意冷，不问政事。

你的“蔓子军”被裁撤，你任“咨国”闲职。奸臣的挑拨、巴王的疑虑，使你不得不离开驰骋的沙场，不得以隐藏保家卫国的夙愿。

你告诉我，你是多么担心，你是多么期待。你虽居上林之中，不问政事，但你一直关注着国事。

巴王驱离你是大错特错的选择，天意注定巴国必然遭殃。民众寒心，人心涣散，兵士逃离，暴民四起，诸如此类，不胜枚举。

十年啊！将军，你一赋闲就是十年。当巴国被寇贼攻陷，巴王再次请你出山，你便将以往的冤屈忘得干干净净。十年了，你还记得你的人民处于水深火热之中。

啊！好一个将军！你亲自求见楚王，请求出兵相助，并答应以三座城池作酬报。楚国出兵以后，你带领援军收复失地，平息了叛乱，巴国人民经历了十年的战乱终于被你结束了，安宁的生活又重现了！

楚国既然出了兵，是不会忘记那三座城的，楚国使臣一次又一次地向你索要城池，但三城百姓无一愿意。巴将军，你不愿违背百姓的意愿，在无数个黑夜中你想尽办法应对楚王，用金钱珠宝，用先进兵器……那是你一生中最疲惫、最无助的日子，但楚王却执意要得到三座城，否则就会兵戎相见。

楚国使臣最后一次来见你，你满脸正气地说：“我愿意以我的头颅换取三城百姓的安宁，向楚王致歉！”说完，你毫不犹豫地拔出宝剑奋力刎向自己的脖颈！

英雄头颅落地，碧血飞溅三丈！三城留住了，而你——将军却长眠地下了。

将军，你不能哭，你的灵魂是永在的。巴渝子孙为你骄傲，你嗅到了莲花的香气了吗？那是你——巴蔓子将军用碧血丹心浇灌的呀！

你可能在楚王面前是不守承诺的人，但你绝对是了不起的巴渝人！刎首不仅留下了三座城池，更是留下了一个忠义的巴渝魂！

* 阅读领航

“刎首不仅留了三座城池，更是留下了一个忠义的巴渝魂！”巴蔓子，是重庆人的骄傲，是忠义的化身。他身上透射出浓烈的家国故园情，同时也反映出一种耿直、忠厚的重庆品格。他的故事不因时间流转而褪色，反而愈显巴渝底色。巴蔓子精神，仍然值得今天的重庆人继承和发扬。

血性担当——船王卢作孚

◎ 巴蜀中学高 2026 届 13 班 **盛凯涵**

昨日，我与老师同学一同参观了北碚的卢作孚纪念馆。这座纪念馆由原峡防局修缮改建而成，呈三重殿四合院布局，具有典型的巴渝建筑特征。

厚重的历史气息一下子带领我们走近这位伟人。

馆内陈列展示了很多图片和文物，其中有一根腐烂的木桩，两端的铁皮已经生锈了——这是民生公司船队在宜昌大撤退中使用的木桩。其坑坑洼洼的表面满是岁月的痕迹，就像抢险运输时被激流冲刷得凹凸不平的险滩。

宜昌大撤退，被平民教育家晏阳初比喻为“中国实业上的敦刻尔克”。1938 年 10 月，武汉沦陷，宜昌危在旦夕，人心恐慌，秩序混乱，码头挤满待疏散的三万余人，包括各界精英；堆满待运的九万多吨器材，是全中国兵工业、航空工业、重工业和轻工业的命脉。

如此巨大的运输量，按民生公司当时运力至少需要一年，而长江距离枯水期仅剩短短四十天。国之安危系于一发之际，卢作孚从长沙飞赴宜昌。

面对码头焦急盼望购票的人和待运的货物，卢作孚当机立断，果断下令停止一切交涉环节，马上组织人手安排抢运。他根据江水特点通宵达旦制订运输计划，最终决定采用“分段航行”的方式抢运。

在抢运期间，民生公司船队不仅要克服数百处急流险滩，更要面对侵华日军对宜昌实施的疯狂轰炸。在宜昌沦陷前，民生公司运送一百五十万人，货物一百万余吨。这些抢运入川的物资，确保国民政府在西南很快建立了一系列新的工业区，成了抗战的坚强后盾。

在这场关乎民族存亡的抢运过程中，卢作孚担任了总指挥。他的血性体现在他对国家和民族的深沉热爱上。在宜昌大撤退中，他面对的是日军的狂轰滥炸，是长江上的险峻航道，是数以万计的难民和物资。他更是一位身先士卒的战士，冒着敌人的炮火，将一批批难民和物资安全运到目的地。

在撤退行动中，他始终把家乡人民的利益放在首位，亲自过问难民的生活和安置情况，为他们的安全保驾护航。他始终坚守在指挥岗位上，用自己的血性和担当为家乡人民筑起了一道坚不可摧的城墙。

重庆又被称为“山城”，地处西南山区，崇山峻岭，河谷相间，自然环境相对恶劣。然而正是在与穷山恶水的斗争中，练就了重庆人民直面问题、不畏艰难、敢于挑战、勇于追求胜利的胆识。

在历史上，重庆人民也经历了无数的战争和灾难。这些磨难也使得重庆人民在面对急难险重的任务时，能够凝聚强大力量，共同应对困难，展现出强烈的大无畏精神。

保障宜昌大撤退，是卢作孚血性担当的最好诠释。在这次行动中，他不仅展现了一个重庆人的勇敢和智慧，更展现了一个中华儿女的责任和担当。

在今天这个和平繁荣的时代，我们更应该铭记卢作孚这样的家乡人物，传承和发扬他的精神品质。

我们要效仿卢作孚的血性和担当，勇于面对困难和挑战，敢于担当责任和义务。这样，我们才能更好地继承和发扬中华民族的优秀传统，为实现中华民族伟大复兴贡献自己的力量。

* 阅读领航

一代船王卢作孚，土生土长的重庆杰出人物，以其血性与担当精神，不仅保护战时重庆的经济命脉，还为重庆成为抗战大后方奠定坚实的基础。卢作孚的血性与担当体现在挽狂澜于既倒，扶大厦之将倾。卢作孚的血性与担当精神，已经成为重庆文化的一部分，激励着重庆人不断前行。

女博士化身田秀才，致富路通彻大巴山

◎ 巴蜀中学高 2026 届 13 班 **罗宇科**

席慕蓉有言：“人生就像一条河，而我们都是渡河的人。”在人生长河中，有人一股脑儿地往前奔，淹死在滚滚流水中；有人坐上豪轮，嘲笑身无长物之人，终被滔滔江水推翻而无人救助；还有人肩负使命，汲取力量，携一众苦渡人通向幸福彼岸。

我认为，作为新时代年轻人，我们应认识到自己的幸运和责任，扎根在人民最需要的地方，高唱人生之歌！

女博士化身田秀才，丢掉的是优越感，不变的是真本事。

2021 年 4 月，中科院凝聚态物理专业博士刘丽霞，面对大城市许以高薪待遇，毫不动心，却毛遂自荐，申请到城口县咸宜镇咸宜村担任驻村第一书记。

“喝了二十多年墨水的女博士，能不能干好工作哟？”村民们对这个研究物理却步入田埂的新农人，充满质疑。

然而，实践是检验真理的唯一标准，未等村民琢磨出一二，刘丽霞就已经带着驻村干部，对咸宜村山上山下 5 个村民小组 289 户农户进行全面的了解。

新车开成花脸猫，得空就拉人进村。

刘丽霞用行动脱下“孔乙己的长衫”，心存初心，坚守定心，胸怀决心，用自己的真心赢得了村民们拥护和信任。

如今身为“田秀才”的她，撇去了读书人的“文质彬彬”，却教授村民无数本领。

村干部变身大主播，紧随时代大潮流，借助科技换新天。

“黑美人”葡萄营养价值高，产量极高，但如何才能将优秀的产品转换成畅销商品呢？刘丽霞给出了不刊之论——引入龙头企业，解决线下销售难的问题。她摇身变成网购主播，带“黑美人”葡萄至线上销售。

正是这种不畏挑战，敢于创造，勇于创新的精神，破除了以往乡村产品难以摆脱传统经销商层层压价的命运。不仅使得消费者购买到物美价廉的商品，也助力村民增收、就业更稳。“黑美人”葡萄销售额达 50 余万元，带动 40 户增收，并帮助 20 余名青年走上电商岗位，累计销售额达百余万元……

这些辉煌成绩的背后，是刘丽霞敏锐把握时代发展趋势，利用科技等高效手段作为发展助推器的成果。

从高精尖产品实验室到泥土飞扬的田间，从工科博士到村庄领头人，从柔弱女子变身全能战士，刘丽霞变的是身份，变的是工作环境，变的是研究对象，但不变的是什么？

是中华民族伟大复兴践行者的广博胸襟和志存高远，是炙热初心！见贤思齐焉，我辈青年亦应如此，持救济苍生之念，行无尽微薄之事，踔厉奋发，笃行不怠！

*阅读领航

刘丽霞是扎根乡村、开拓创新的新时代楷模。她是工科博士，也是乡村致富领头人，她将人生的研究论文书写在祖国的乡村土地上；她是柔弱的女子，又是能打胜仗的“硬汉”。她的光辉事迹，感动了无数人。“见贤思齐焉，我辈青年亦应如此”，是刘丽霞的光辉在作者身上的投影，也是了解了刘丽霞事迹的青年学子的共同心声。

我的消防员父亲

◎ 巴蜀中学高 2026 届 13 班 **董弋睿**

“咬定青山不放松，立根原在破岩中。”有一种植物，看似平凡，却傲骨深藏。它分布在我国南方地区，种类繁多，适应性强，生长迅速。即使面临狂风骤雨，也总是倔强地屹立于困境之中，决不低头！千百年来，它一直都是气节的象征，代表着不屈不挠。它就是平凡而坚韧的竹子。

竹子不畏艰险、顶天立地的精神，让我不由自主想到了我的父亲。他是面对自然灾害和天灾人祸逆行向前无所畏惧的消防员。几年前，他给我讲的一个故事，让我对他和消防员这个职业有了更深的认识。

十几年前，我还没有出生，父亲还在区县消防队任职。有一年当地发生了大洪水，父亲奉命带领消防员前去救援。到达灾区时，那副景象让父亲至今都历历在目：到处都被洪水淹没了，有一些房屋被洪水冲毁了，水面上有很多垃圾等漂浮物，有数以百计的救援人员在进行救援。

看着这番景象，父亲立刻开始救灾。他沉稳地坐在救生艇上环顾四周，看看岸上或者水中有没有人呼救。突然，他看到几个人在求救。他没有丝毫犹豫，立刻把救生艇开了过去。他把那些人扶到救生艇上，给他们食物和淡水，还命令一个消防员护送他们去临时安置点，自己则带领其余的消防队员徒步救援。

父亲带领消防员走了20多分钟都没有看到人影。有人建议：“支队长，我们回去吧，已经没有人了！”

“大家再坚持一下，说不定前面就会有人呢！”父亲斩钉截铁地说，“要是我们走了，剩下的受灾民众该怎么办？”

他们又走了10多分钟，远处便传来了微弱的呼救声。他们成功解救了一家五口人，并背着那家人回到安置点。

几天后，父亲回到家，那时他脸被水泡得很多皮都掉了下来，全身都被太阳晒得很红，有些皮肤甚至被晒伤了。

有一次，解放碑举办跨年夜活动。父亲放弃了和我们一起团聚跨年的机会，毅然决然地坚持去执勤。他这种无私奉献，心中有大爱的精神，让我无比感动。

正是有像父亲一样无私奉献，舍小家、顾大家的消防员，才让我们的生活能够安稳地进行。哪有什么岁月静好，只是有人为我们负重前行。

我的父亲就像竹子，藏于深山，素面朝天，却不惧严寒酷暑，宁折不弯，顶天立地，平凡而又伟大！我辈青年，在学习生活中也应不折不挠，坚韧不拔，为中华民族的伟大复兴贡献出自己的绵薄之力！

*阅读领航

人们常说父爱如山，本文的消防员父亲以其无私奉献精神成为孩子仰望的高山。不畏艰险、顶天立地，是消防员父亲在孩子心目中的形象。将来，作者不一定会成为消防员，但一定会成为坚韧不拔、顶天立地、建设国家的男子汉。

☆延伸阅读

《下庄村的道路》

（罗伟章 著，作家出版社／重庆出版社，2022年4月版）

《下庄村的道路》以重庆市巫山县下庄村党支部书记毛相林为主角，讲述了这位被誉为“当代愚公”的“全国脱贫攻坚楷模”带领全村人摆脱贫困奔小康的故事。下庄村地处深谷，村民长期贫困。自1997年起，毛相林率村民历时 7 年，在绝壁凿出 8 公里“天路”。因此壮举，他获得“当代愚公”美誉。之后，他与村民经过 15 年探索，培育出劳务输出（蓝色）、西瓜种植（绿色）、柑橘种植（橙色）“三色”经济。2016 年，下庄村在全县率先实现整村脱贫。本书通过讲述毛相林与下庄村的故事，颂扬了共产党人战天斗地的奋斗精神。

| 第九节 忠县 |

主持 / 王大可老师

{ **概览** }

忠县拥有悠久的历史。早在5000年前，这一带就有大规模人类活动。汉武帝时期，这里第一次设县，名叫“临江县”。西魏时期，更名“临州”。唐朝时期，唐太宗李世民有感于临州出了不少忠义之士，改临州为“忠州”。

历史上，忠州大地诞生了许多名人，有“以头留城”的巴蔓子，有“宁死不屈”的三国名将严颜，有历史上唯一一位被记载到正史里的巾帼英雄秦良玉。此外，还有许多名人由于多种原因，留居忠州，留下了一段段佳话，如白居易、陆贽、苏轼等，他们或劝课农桑，或救死扶伤，或留下墨宝。现当代，又有马识途、罗广斌、唐明邦等名家在各个领域不忘初心，深耕细钻，成为忠县精神名片。

此外，平凡生活中的普通人，也在以自己勤劳智慧和兢兢业业的工作，诠释着新时代的“精忠”精神。

<< 人物特写

贤相陆贽在忠州

◎ 忠县中学校高2025届11班 **韩宇翔**

忠县，位于巴蜀腹地，群山环绕，地势险要。

翠屏山位于重庆市忠县东溪镇，与县城仅一江之隔。这里风景秀丽、农田肥沃、气候宜人、人民富足；这里春可赏花、夏可摘果、秋可观叶、冬可看雪，有忠县“城市前花园”之称。

“山不在高，有仙则名。”这座海拔不过600米的翠屏山，虽然没有神仙，却留下了许多古代圣贤的足迹，以及他们脍炙人口的清廉治世的故事。其中最著名的人，要数曾被习近平总书记点赞的唐朝廉相陆贽。

陆贽，字敬舆，苏州嘉兴县（今浙江嘉兴市）人，生于唐玄宗天宝十三年。他自幼聪慧，才华横溢，深受家人和师长喜爱。贞元四年，陆贽升任中书侍郎、门下同平章事，正式成为唐朝的宰相。然而，好景不长，贞元十年，因遭受构陷，陆贽被贬至忠州，开始了他在忠州的十年生涯。

陆贽经过数月跋涉，终于抵达了忠州。城内的景象，与他想象中的截然不同。街道狭窄，房屋破旧，百姓们面黄肌瘦，衣衫褴褛。他心头一紧，深知此次忠州之行，定要倾尽全力，为这里的百姓谋求福祉。

陆贽没有急于上任，而是决定先深入民间，了解民情。他换上了一身粗布衣裳，带着几名随从，开始了他的民情调查之旅。他们来到了城外的农田，只见稻穗低垂，一片金黄。然而，农夫们却愁眉苦脸，唉声叹气。

陆贽走上前去，关切地问道："老乡，今年收成不错啊，为何还如此忧愁？"

一位老农叹了口气，回答道："先生有所不知，今年收成虽好，但税赋太重，我们辛辛苦苦一年，到头来也剩不下几个子儿。"

陆贽听后，心中一震，决心要减轻百姓的税赋负担。

接着，他们又来到了市集。市集上人来人往，热闹非凡。然而，陆贽却发现，许多摊主售卖的都是一些粗劣的布匹和粮食。

他心中疑惑，便问一位摊主："这位兄弟，为何你们卖的货物如此简陋？"

摊主无奈地笑了笑，说："先生有所不知，我们这里的工匠手艺不精，做不出什么好东西。而且，优质商品大多被富商巨贾垄断，我们小本经营，哪里争得过他们？"

听完后，陆贽心情沉重，继续深入走访，不知不觉已是夕阳西下，陆贽便夜宿村庄。村民知道陆贽是被奸臣陷害的好官后，纷纷前来一睹其面容。陆贽见状邀请百姓共话桑麻事，共饮桑落酒。

次日，陆贽将巡察民情之事向忠州刺史裴胄汇报。裴胄采纳陆贽"薄税轻赋、以民为本"的治州策略，下令开放义仓向灾户放粮，待秋收后免息偿还。同时对遭受旱灾、蝗灾的灾户所欠租庸一概放免。百姓闻知，无不拍手称赞。

在民情调查的过程中，陆贽还结识了许多忠州的百姓。他们当中有的是年迈的长者，有的是年轻的夫妇，还有的是天真无邪的孩童。他们向陆贽诉说着自己的疾苦和困惑，而陆贽则耐心地倾听他们的心声，为他们排忧解难。

忠州位于三峡腹部地带，温热寒凉多变，潮湿多雨，疾疫流行，百姓饱受风湿、痛风、心脏病等病痛折磨，很多小孩因患有水痘、麻疹、天花病得不到救治而夭折。因此，陆贽潜心研究医术。他参考《黄帝内经》，广集古方名方，最终写成《陆氏集验方》，治病救人，匡世济民。

在忠州的那段日子里，陆贽几乎走遍了每一个角落，与百姓们建立了深厚的感情。他深知，要改变忠州的现状，不是一朝一夕之功。但他坚信，只要心中有爱，有信念，就一定能够为这里的百姓带来希望和光明。

陆贽在忠州的十年，是他人生中的一个重要阶段。这十年，他深入民间，了解百姓疾苦；这十年，他苦研医术，为人治病；这十年，他倡导文化教育，提高百姓文化素质；这十年，他保持着清廉的作风，赢得了百姓的尊敬和赞誉。

陆贽的一生，是忠诚、清廉、爱民的一生。他的事迹和精神，将永远铭记在忠县人民的心中。

* 阅读领航

先天下之忧而忧，后天下之乐而乐。陆贽虽非忠州本土人，但他人生的最后十年在忠州度过，他的伟大事迹已写入忠县历史，成为“忠文化”苍穹之上的一颗璀璨明星。由唐朝宰相被贬为忠州别驾，他并没有自伤自叹、意志消沉，而是以一己之力，竭尽所能，为民造福。这不仅仅是他的忠诚体现，更是传统文人的使命感使然。他的身上，充分体现了中国士大夫的不以己悲风骨和光风霁月的胸襟。

格桑花开

◎ 忠县中学校“忠州人文”精品课程小组

“人间屋脊入云中，冰塔巍峨寒雾浓。”西藏是个特殊的地方，这里有稀薄的空气、空旷的苍凉，也有灿烂的阳光、洁白的云朵，还有一批来自全国各地的援藏教师。忠县中学赴西藏昌都第一高级中学支教教师何普惠正是这个群体的代表。

2019 年 8 月，何普惠离开了优越的工作环境，婉拒了朋友们善意的劝阻，辞别了年迈的父母，毅然报名到西藏类乌齐县中学支教。她在那个人迹罕至、天寒地冻的世界里，书写了甘为人梯、香润桃李的“红烛故事”。

在近两年的支教工作中，她的身心已和类乌齐县中学的孩子融为一体，彼此感动着。她深深地感受到，有了她，这些孩子们的未来会绽放如花；有了这些孩子，她的生命之海会更加澄澈壮阔。于是，她选择了再次出发。

2022 年 8 月，她再次踏上这片雪域高原，援藏支教昌都市第一高级中学，耕耘讲台，播撒热爱，以温暖之笔描绘理想之梦，以教育之灯照亮藏民居住区孩子们的前行之路。

作为地地道道的重庆人，她已经适应了那里的气候。

来到西藏，她面临最大的挑战就是高寒缺氧。她稍一走路，就气喘吁吁，头晕目眩。她体验过水管被冻裂的无奈，几乎每天脸都被高原呼啸的风刮得生疼；她体验过半夜被窝里热水袋破裂的窘况，半生不熟的米饭常常猝不及防地出现。环境的恶劣，生活条件的简陋，初来乍到的孤独……她对此却没有半点犹豫、丝毫抱怨，而是一边适应，一边调整。再大的困难也难以阻挡她全心帮助学生成熟、成长的决心和执念。

作为长期在内地工作、教学经验丰富的老师，她对学科知识早已是信手拈来，对课堂教学也是驾轻就熟。但刚来到藏民居住区，这里的领导就告诉她，这里的孩子汉语和英语基础都很薄弱，因此对教学的挑战性很大。为了教学的有效性，她有意识地告诉自己不能照搬过去早已了然于心的教学理念、教学方法。于是，她又找回初登讲台那几年的教学模式。清冷的寒夜中，孤寂的台灯下，留下了她沉思默想、字字斟酌的身影。

正因为她精益求精地备课，特别是对教学细节和教学语言的反复打磨，所以才有了上课时的胸有成竹和孩子们的学习热情。在孩子们专注的眼神里和争先恐后的回答背后，是她倾注了自己所有的挚爱。

她开始慢慢地了解孩子们的生活和心理，探索出“低起点、小循环、多重复”的教学新路子。她通过数次家访、与个别孩子谈心、利用师生小纸条等方式深入了解孩子们的生活学习现状、心理动态、人生目标。

课余时间，她和孩子们一起做操。孩子们会纷纷围绕在她身边，你一句我一句地喊着“何老师”，充满着对她的依恋；孩子们会满怀憧憬地听她讲藏民居住区外的趣事和精彩。

时光短暂又绵长，她成了孩子们眼里的“明星”。她的悲喜也有了回应。办公桌上总会有一些“小惊喜”：一杯热气腾腾的牛奶；一张字迹歪歪扭扭的纸条上，满是承认错误和道歉的话，纸条旁边还有两根壮硕的虫草……她戴上了洁白的哈达，被孩子们围在中间，唱着藏歌、翩翩起舞……孩子们回馈给她最浓烈滚烫的爱。在所有的执念里，都源于她的深爱。她要在这短暂的缘遇里，带着孩子们飞得更高。

她在日记中动情地写道："他们的笑，他们的歌，是一个温柔的宇宙。想帮他们找到这小屋子关不住的生命自由。"她在学校三八妇女节座谈会上真诚地告白："为祖国的教育事业而来，为高原孩子生命的张力而来，为更好的自己而来。"她在教师故事分享会上真诚地倡议："做学生成长的摆渡人，做学生的精神向导。"

教学上，她用多节高质量的公开课去示范，用春风化雨的耐心、润物无声的细腻去点亮童心；教研上，她用多年的教学经验去引领，用送教下乡传播教学技能，用"传帮带"的方式让教学技艺薪火相传。

她开设"我是女生"特别讲座，对女生进行特殊的女性教育，留给藏族居住区女生一份细腻的情，教她们做自己的骑士，做生命的斗士。

她关注藏民居住区学生的现实需求，多次对接内地学校开展"暖冬行动"，为藏民居住区的孩子筹集捐赠衣服 6000 件、药品 300 盒、生活水杯 600 个、教具 100 多件；她常常给孤儿买鞋袜、给贫困学子捐赠学费。

她关心藏民居住区孩子学习上的迷茫、倾听他们生活上的困顿，给他们送书送温暖。她给孤儿买鞋送袜，陪伴他们唱藏歌聊人生，开阔他们的视野，发掘他们的潜力，激发他们的斗志！

她热爱藏民居住区的教育事业，心系藏民居住区的孩子。她用在藏民居住区支教的素材参加了教育部举办的"教师风采短视频"大赛，获得了全国"优胜奖"（全国一等奖）。

因为情系西藏，因为师爱无疆，何普惠在西藏深耕数载、播撒爱心。她是学生们眼中的"女神"，是教师们眼中能量爆棚的"小太阳"。

在她眼里，藏民居住区是人间天堂，景美，情真，人纯。藏民居住区的冽风吹不散她浓烈的爱，雪域的荒凉掩盖不了她的执念。

天高云阔，梵音荡空谷。她期待格桑花再开时继续演绎与藏民居住区孩子关于爱的故事。她心中有爱，眼里有光。在这爱和光的沐浴下，高原上的格桑花正在次第开放。

* 阅读领航

何普惠是忠县中学的一名老师，为了深入教育一线，编织她心中教育之梦，她辞去了校党委副书记的职务，两次援藏支教。她的选择体现了教师的"精神高标"——教师不仅仅是知识的传授者，更是脚踏实地的"追梦人"。

住在时间里的人

◎ 忠县中学高 2022 届 7 班 **张圆也**

爸爸出差时给我买的电子表罢工了。

“这附近又没有专柜可以修，这下又要换手表了。”饭桌上，我有意无意地抱怨着。

“下午拿去修吧。附近有个钟表铺可以修。”平时沉默寡言的爷爷缓缓地说。

我的心中有一些怀疑，小城里的钟表铺仿佛被时间遗忘在了那些不知名的巷子里，跟我手上那块充满现代科技气息的能响能变光的手表似乎完全不沾边，他们真的可以修好吗？

午后的阳光细细碎碎地洒在地上。爷爷带我七拐八拐地走进了一条似曾相识的巷子。那一瞬间，像穿越了时空，回到我的记忆里。

前一分钟的车水马龙一下子在眼前消失，取而代之的是凹凸不平的石板路和斑驳的青墙瓦房，一只三花猫在台阶上晒太阳，见我们走来后懒洋洋地起身回到屋里。

不一会儿，屋里走出一位耄耋之年的老人。他的背微驼，但眼睛却不浑浊，反而比一些年轻人眼神更澄澈，里面像有一团跳跃的火和一束闪烁的光。

“老张，这块表坏了，你看能不能修一修。”爷爷拿着我的手表问张大爷。

“这有什么不能修的嘛。”张大爷乐呵呵地接过那块表，坐在那张有些年头的工作桌旁。

我们都不再言语，只见张大爷戴上了特制的眼镜，从桌旁摆放得整整齐齐的工具中挑选出几个放在桌上。他小心翼翼地用螺丝刀旋开表盖，再用小镊子谨慎地拨动着表盘里那些结构复杂的小齿轮……他像是正在做手术的医生，不敢有片刻松懈。

张大爷低着头，眼睛不离那块手表分毫。我抬起头悄悄打量这个面积不大的店铺。每面墙壁上几乎都挂满了时钟。它们不像商场里的时钟那样被排列成整齐的一排，而是错落有致地被安放在已经泛黄的墙面上。

那一瞬间，我仿佛置身于时光隧道，站在过去与未来的相交点上，四周只有“嘀嗒嘀嗒”时间溜走的声音。这个世界里只有张大爷和墙面上的钟表。

“戴上试试吧。”我回过神来，手表被张大爷递到我面前。

我接过手表，前后看了看，确认完全没有问题，便说道：“大爷，您真厉害。这是刚上市的手表，功能又多又复杂，看了说明书都不一定能弄明白，没想到您真能把它修好了。”

“这种表和之前那些表确实有些不一样。”张大爷呵呵一笑，“但是时代在进步，我们也得进步嘛，不然可就保不住老手艺啦。只要你买得到的表，就没有我修不好的。”他自豪地说道。

“老张，现在的维修生意不好做啊。年轻人什么东西有点问题，都是直接换新的，没有人想着修。”爷爷说，“时代变了，你这个铺子现在不好经营了吧？”

“是呢，不过总归有人要来的呀，要是我不在，你这块表去哪儿修？现在哪里还做得了好大的生意，我修了大半辈子表了，不开这个店，我还能干什么呢？我做好自己的老本行就够了。”张大爷回答道。

爷爷点了点头，算是应答。墙上的钟表还在传来“嘀嗒”声，我想，它们已经成为张大爷生活的一部分。张大爷这一辈子的经历都被刻在了这些表盘上，留在了这间钟表铺里。

我问张大爷：“您把一辈子的时间都用在修表上，不会后悔没有做其他的事吗？”

张大爷一边收拾着他的宝贝工具，一边回答我：“我这辈子虽然没有多大的成就，但我至少把一件事做好了，所以我没有什么后悔的。有的人一辈子庸庸碌碌，最后一事无成，那才会后悔呢。”

张大爷的眼神温暖又充满力量，我透过那扇心灵的窗，看到的是坚守，是执着，是热情，是对过去的无悔，是对未来的希望。

我和爷爷走出了那条小巷，张大爷佝偻的身影却在我的心中久久挥之不去。张大爷还坐在他的工作台前，守着那间古朴的铺子，看门前的桂花开了又落，日复一日，年复一年。

张大爷住进了时间里，这一住，就是一辈子。

* 阅读领航

在人心浮躁的当下，能专注于一物一事的人，似乎闪耀着一种迷人的光彩。他们的专注和坚守，是另一种“修行”。他们在修物的同时，也在修心。这种平和、专一、淡泊，既抚慰了自己的心灵，也是推动社会进步最坚实的动力。

背篓与鞋垫

◎ 忠县中学校高 2025 届 12 班 **熊婧颖**

一般来说，人对三岁之前的事是没有记忆的，但我对那时在老家的情景却异常深刻，一声一息如今也能清晰嗅到。虽然后来听家人说，我只在老家待了半年多。

在老家的储藏室里，有个圆凳大小的竹背篓，虽已微微发黄，也难以遮掩它的精致。这是爷爷当年为我量身定制的，以宽竹篾为骨架，周边粗粗细细的竹篾错落有致，形成别致的花纹，小而密的孔缝使之透光透气，又不至于漏出物品。每一处棱角都经过打磨，以免我淘气的小手被竹篾划伤，尤其特别的是背篓呈非洲鼓形，鼓腰架着块竹板做成的“凳子”，爷爷用它背着我赶场，我坐在里边稳稳当当。

后来，爷爷外出打工，奶奶则用它背着我上坡。奶奶的头发又黑又长，天热时，她把头发一甩，甩到背篓里，有时也甩到我脸上。被头发遮住的我就一缕一缕将它们甩回奶奶面前。一路折腾四五个来回。

奶奶边走边唱：“八月天哪，热得很吔！小姑儿哪，莫讨嫌吔！”奶奶钻过桑树林。桑葚“从天而降”。我打个呵欠，桑葚竟直接送到了我嘴里。

奶奶蹲下扯杂草，我俯身捡野花儿。这时奶奶便会拉拉肩带，把歪歪扭扭的背篓正过来。

夏夜总是不宁静的，蝉歇斯底里地叫，蚊虫在耳边嗡嗡作响。奶奶摇着蒲扇，架着腿侧身躺在凉席上。我睡在她软软的臂弯里，听蒲扇有节奏地呼呼作响，蝉叫声没有那么刺耳了，蚊虫也大都被赶走。

奶奶经常换手摇扇，我想夺过扇子帮她摇，可她总是不给我：“你长大了才摇得动哩！”

“什么是长大？”

“长大就是变得像我们大人一样高。”

“长大以后会怎么样？”

“会慢慢变老。”

“老了以后会怎么样？”

“被人抬到坡上去。就是死了。”

“死了以后呢？”

“变成土。”

“变成土以后呢？”

“变成树，保护庄稼。”

我瞪大双眼，恐惧与幻想充盈在脑海，向山坡飞去，向树林飞去，又向田野飞去……

蒲扇摇着，摇着，把泥土的芳香摇进鼻孔里，把树叶的歌声摇进耳朵里。

我推推准备打鼾的奶奶：“那树呢？树也会死吗？”

奶奶翻过身，嘟囔道：“哎呀——睡觉呦！晚了有毛狗听到，把你叼去！”然后她又用力摇起蒲扇。我缩了缩身子不敢再吱声。

爷爷回家后，奶奶便坐在门前绣花。

“来，看大小合适不？”奶奶把绣花鞋垫按在我的脚板上，笑盈盈地指给我看，“这是莲花呦，好看！等姑儿的脚长大了，奶奶给你绣牡丹，绣百合……”

闲暇时，爷爷奶奶也常聊些屋里屋外的事儿。一个闷热的下午，爷爷做小蒲扇，奶奶拿着一本书，噘着嘴“咕咕”地念着。

我趴在奶奶肩上问她在干什么。

“读书啊，这是你姑姑小时候读的书。”

我伸长脖子，第一次见到这么多“方块画”聚在一起，惊喜道：“我也想读书！”

奶奶仰起头哈哈大笑：“老爷子，听到了吗？姑儿要读书呢！”

爷爷奶奶经过一阵子商量，奶奶笑嘻嘻地说：“过两天带姑儿去见识见识。”

几天后，奶奶穿了件花衣裳，爷爷立起眉毛，拉住我的手腕，对我说：“村里有个学校，那里的人都会读书，要走好远好远哦，莫跟丢了哦！”

我指指背篓：“我坐那个嘛！”

奶奶为我穿上垫了“莲花鞋垫”的鞋，捏起我的脚：“姑儿能自己走路就莫用背篓了，踩着莲花鞋垫自己一定能走到学校去！”

路上，我频繁问奶奶还有多远，奶奶总说“不远了，就在前面”。

我又问奶奶，我们走了多远了，仰头想从奶奶脸上看出些破绽。

“能走多远走多远。”汗水从奶奶的眼角滑下，她抬起手在脸上抹了抹，依然坚定地向前看。

我疑惑地转过头，只好大步向前跟上她的脚步。最后我们的确是到了村小学，现在我却记不清后面的事了。

如今，我们搬进城里，奶奶乌黑的长发已经剪短了，变白了。

“现在这些针没有以前好穿了。”她把线放在嘴里抿了又抿，抱怨着，用手臂摩挲额头。

妹妹摇着小蒲扇，打趣道："奶奶一定是热了，我来给你打扇！"

奶奶乐得眼睛眯成缝："多谢！喏，妹妹的牡丹花鞋垫已经做好了！"

妹妹放下蒲扇，细细观赏，赞不绝口，又转过头去看奶奶正在绣的鞋垫。

"姐姐的鞋垫上是梅花！"

奶奶慢慢把针扎进鞋垫，用力拉紧了再穿回来。她用针挠挠头皮，喃喃念道："梅花香自苦寒来，真是一句好话啊……"

窗前，夹带着汽油味道的风扑动窗帘，奶奶把手里的鞋垫往亮处举了举，轻轻地抚摸上面金黄的小字。风牵起她头顶的白发，使阳光穿过发隙，滑进屋里，落到小蒲扇上。我捡起小蒲扇，缓缓吸了口气。

"我长得太快了……"

* 阅读领航

这篇叙写童年旧事的文章颇有"城南旧事"的味道。在不紧不慢的叙述中，将爷爷奶奶在日常生活中勤劳、平和、慈爱、淡泊、乐观的生活态度娓娓道来，展示了老一辈忠县人的乐观与从容。文章自然亲切，晶莹剔透，宛如一曲甘甜轻柔的岁月之歌。

☆延伸阅读

《大唐廉相陆贽传》

（秦勇 著，华文出版社，2019 年 5 月版）

秦勇，中国散文学会会员，重庆市作家协会会员，重庆书法家协会会员。本书带有浓厚的文学色彩，以独特的政治视角、洞微的史家笔法，全景再现一代政治家、文学家、政论家陆贽忍辱负重、公忠体国、清廉为民的传奇人生。倘若读者能够将有关陆贽的历史文本和文学文本结合起来阅读，必定能看到一个全新的、鲜活的、多维度的陆贽形象。

第十节 跨区综合

主持 / 兰焰雄老师

{ 概览 }

永川素有“海棠香国、恐龙故乡”的美誉。它山水相拥，风光秀丽，人文底蕴深厚。永川一地，巴蜀文化交融，茶竹文化共生，历经积淀，形成了“亿年恐龙、万年石松、千年古镇、百年茶竹”的特色地域文化。千年古县永川，诞生了经学名家陈鹏飞、台湾知府黄开基、革命烈士刘安恭和钟天樾、“东方凡·高”陈子庄、微生物学家陈文贵等华夏英杰。

“天地旷旷，物之熙熙。”壮美永川，英杰辈出。永川人勇立时代潮头，继续秉承开拓创新精神，深谋远虑，真抓实干，在区域高质量发展和“成渝双城记”中展现新担当，做出新贡献。

<< 人物特写

文武双全台湾公

◎ 江北巴川量子学校高 2025 届 3 班 颜子博

诗云：

骏马登程往异邦，任从胜地立纲常；
年深他境犹吾境，日久他乡即故乡。
朝夕莫忘亲命语，晨昏须荐祖前香。
但愿苍天垂庇佑，三七男儿总炽昌。

吟前人遗作，访黄开基故居。瞻仰昔人，难止遐思。

大清道光年间，依旧是歌舞升平的太平光景。黄开基自巴山蜀水间走出，拥挤在京城观望放榜的士子之间。寻觅片刻后，他便会心一笑。“黄开基”三字，赫然在榜上，这自然酬得了他这位读书人十几年的寒窗苦读。

道光二十年（1840），黄开基补任台湾彰化知县。

道光二十年，即国人刻骨铭心的1840年的鸦片战争。大英帝国的铁甲舰破开了中华陈旧的大门。黄开基虽偏居一隅，依旧心系大陆的烽火。

“迨流毒于天下，则为害甚巨，法当从严。若犹泄泄视之，是使数十年后，中原几无御敌之兵，且无可以充饷之银。”每当夜深，他仰头望见那轮同照海峡两岸的明月的时候，林则徐的进谏之言就在黄开基耳畔异常清晰。

某日，黄开基又思及时事，沉吟片刻后，不禁扼腕叹息：“林公大义，高见卓识。虎门销烟，我大清何等义正！今夷族犯我东南，黄某人虽是刀笔小吏，又怎甘无所作为……”

语未毕，忽闻一人大笑拊掌而至：“黄兄大义，心系国家，曹某佩服。”

来者原来是淡水同知曹谨。

黄开基见是曹谨，作揖答道：“位卑未敢忘忧国。只奈何无门惩治这英夷，以一解胸中郁闷。”

曹谨闻言，笑道：“黄兄勿忧。蛮夷之人古来贪得无厌，既窥东南，又怎会不谋台湾？你我二人只需以逸待劳，整顿军备。彼时若蛮夷来犯，彰化和淡水相互策应，呈掎角之势，定能扬我天朝圣威！”

黄开基大喜，思忖片刻，忽道：“曹兄，我有一计。观广州战况，英夷所恃者，不过铁舰。我们何不避其锋芒……”

曹谨听罢，捋须而笑：“黄兄果然胸陈三千精骑。”

道光二十二年（1842），英舰犯台，自淡水、彰化交界的大安港强攻。黄曹二人从定下迎敌策略一年以来，就陆陆续续建炮台，练团勇。大安港早已是旌旗猎猎，吼声如雷，一派森严壁垒之相。英军几度试探无果后，绕道猫雾矾，在当地渔民引导下进入了土地公港。英军见土地公港沿岸并无清军，大喜过望。

行进的英舰，纷纷触礁、搁浅、侧翻。炮声四起，早已埋伏好的清军同渔民一拥而上，登上英舰，狠命拼杀。这一战，英军铩羽而逃，往后几年都不敢来犯。

捷报传入营中，曹谨拱手贺道：“请君入瓮。黄公奇计，妙哉，妙哉！”

黄开基在这大败英夷之际，也按捺不住胸中的些许得意，微捋几缕银须道：“相比于奇策，百姓们抵御外侮的决心，在黄某看来更是取胜之道……”

如此谦卑，方是黄开基。得意之时尚且不忘民众。武可守国门，已然是不世之功；而文可以安民生，亦是黄开基不朽的功绩。

道光二十三年（1843），兵民械斗，黄开基严惩首恶，安抚百姓；道光二十五年，台湾地震，黄开基自筹五千两白银赈灾；道光二十八年，淡水水灾，亦是黄开基自捐薪俸赈灾。如此种种，不胜枚举。

黄开基积劳成疾辞官还乡之时，百姓联名赠送的“万民黄龙盖伞”，正是官民鱼水情最好的见证。

咸丰六年，两袖清风的黄开基病逝。消息传到台湾，百姓自发为其立碑，尊称他为“台湾公”。

黄公碑至今仍然屹立在那山海之间。世人有《清平乐》一首，盛赞黄开基：

海峡清浅，重山度洋畔。清风朗月系两岸，望洋今犹兴叹。指点干戈御侮，俯仰官民和睦。后生思揖清芬，令公桃李簇簇。

＊ 阅读领航

出生于重庆永川的“台湾公”黄开基，他的文韬武略，代表了永川人的机敏、聪慧与干练。他未雨绸缪，凭借过人的谋略，抵御了外敌，保住了祖国的宝岛。古代读书人都有强烈的家国情怀，他们总是以拳拳赤子之心，去造福一方。永川人的家国情怀，黄开基用自己的生平做了最全面的诠释。

贴近众生的泥塑家

◎ 江北巴川量子学校高 2025 届 3 班 **熊浩宇**

清朝时期的合川，叫作“合州”。合州大大小小的寺庙里，各类栩栩如生的佛像下方，都刻着三个小字“黎广修”。

1815 年，黎广修出生在一个做雕塑生意的人家。怀着美好的心愿，父亲给儿子取名黎德生。行冠礼后不久，聪慧的黎德生获得了进入国子监学习的机会，父亲毫不犹豫地把他送到京师。

在大家看来，少年黎德生前途无疑是一片光明的。谁都没想到，在京师没待多久，他就一个人偷偷跑回家，缠着父亲，要学习雕塑。

父亲自然是大发雷霆，但又非常无奈，只好收下了这个特殊的“徒弟”。

黎德生跟着父亲，用泥土捏型，以石头刻形，渐渐地，他能够塑造出栩栩如生的塑像了。他的双手，异常灵巧，似乎就是为了雕塑而生的。从事雕塑工作后，他也把自己的名字从“黎德生”改成了“黎广修”。

清道光三十年（1850），黎广修35岁。此时他的技艺已经达到炉火纯青的地步。这一年，他应成都宝光寺妙胜禅师邀请，作为领班，在寺内共塑菩萨、罗汉以及历代祖师五百五十余尊。尊尊形态不一、表情各异的塑像，使得黎广修声名大震，一下子成为川东帮的首席泥塑师，也成了四川雕塑的名家。

68岁那年，黎广修收到了一封邀请书——圆泰禅师邀请他及弟子入滇为筇竹寺塑五百罗汉像。他没有丝毫犹豫，很快就带着弟子踏上了前往云南的路。

走到人声鼎沸的马街的时候，黎广修突然停下来。一开始，弟子还以为他需要休息了，但他却是满脸微红，神采飞扬，站定后，对弟子说:“慢！且慢！快拿纸笔来摹画行人的模样，这可是极好的素材！”

于是，弟子们立刻蹲坐在路边，开始描摹那些极具特点的云南本地人。他们完成画像后，黎广修将画稿一一收好，叠齐，放在箱箧最里边。

清光绪九年（1883），黎广修一行人历经一年的艰难奔波，终于到达筇竹寺。五百罗汉，数量之多，工期之短，难度之高，实在让人担心。但黎广修不急不躁，从箱底拿出不久前描摹的画像，将突出的几张组合、重绘，又将剩下的画稿分发给弟子们，让他们依照画稿中的人物塑像。

没几天，一名弟子突然大叫起来：“不好啦，这张画稿人物五官不完整！”

黎广修接过画稿一看，上面的人像五官确实不完整，但他并没有按照自己的想法进行随意修改，而是布置好任务后，带着几个弟子下山了。他们回到了马街，开始拿着画像四处打听询问，只为找到画像的原型。

一天半的工夫，背脊佝偻的黎广修终于敲开了画中人的家门，气喘吁吁地说明来意后，亲自补全了画像。

在塑五百罗汉像的过程中，如果没有灵感了，黎广修就跑到附近的茶馆，观察本地人的特征，从衣着样貌到行为举止，他都细细地看。所以，筇竹寺的罗汉形象十分贴近云南本地的社会众生，喜怒哀乐的神态，包括不同的性格，都被刻画得惟妙惟肖。

就是凭这样的工匠精神，黎广修及弟子历时七年，终于打造出了这座“东方泥塑艺术的宝库”——筇竹寺五百罗汉。黎广修对自己的作品感到十分满意，还亲自撰写一副楹联“大道无私，玄机妙悟传灯录；仙缘有份，胜地同登选佛场”，留在了筇竹寺里的客堂上。

后来，75 岁高龄的黎广修带弟子二次入滇，为圆明寺塑造了十几尊佛像。人们说，圆明寺的雕塑是筇竹寺五百罗汉的“浓缩版”，是黎广修雕塑生涯的“绝唱”，也是他艺术水平的最高代表作。

即使是今日，如果你亲自观赏黎广修雕塑的佛像，依然会为之感到惊叹。是啊，真正的艺术品，总是创造者用心、用生命完成的。它们在经历过岁月的洗礼后，依旧能够触及人们的心灵。

* 阅读领航

出生于重庆合川的民间雕塑家黎广修，是合川人的灵性与聪颖代表。作为三江交汇之处的合川，地灵人杰，英才辈出。三江之水赋予合川人的灵气，是世人肉眼可见的。黎广修对艺术的热爱，对艺术的探索，体现出的执着精神，至今都是让人钦佩的。他不屈不挠地追寻，毫不动摇地坚持，应该缘于对生命本真的热爱吧。

烈火铸永生

◎ 江北巴川量子学校高 2025 届 1 班 **胡峻豪**

烈火燃尽，留下一堆残骸，留下感天动地的壮举。熊熊烈火烧不垮他的意志，燃不尽他的精神。在看似毫无生命力的灰烬，反而铸就他的永生。他就是战斗英雄邱少云。

邱少云，1926 年出生于铜梁（原四川省铜梁县）关溅乡玉屏村邱家沟。他早年历经很多苦难——9 岁时父亲被船上的老板砍死，11 岁时母亲又病死在床头。

14 岁，邱少云就开始了雇工的生活，跟着兄弟给地主推磨，受尽欺辱与白眼。新中国成立前夕，他又被伪乡长抓去当壮丁，卖到国民党军队。一次次的欺辱，使他在心底满是仇恨。他曾发誓说：“我将来一定要出人头地，让所有人都瞧得起我！”

1949 年 12 月，刘邓大军解放了成都，并逐步解放四川全境。邱少云所在部队被收编，他被分派到当时的解放军第 10 军 29 师 87 团 9 连。

参加人民解放军后，邱少云在四川内江的一次剿匪行动中，带病作战，深入匪穴，毙伤匪徒多名并活捉匪头。随后，师部将“剿匪先锋连”的光荣称号授予了邱少云所在的九连。这一次作战，也让他在军队中崭露头角。

渴望上进的邱少云，在部队里结识了一位识字的郭教员。郭教员说：

“他天天黏着我，让我教他认字。而且他进步得很快，没几天就可以写句子了。除了学认字，他还经常请教各位战友，让他们教他战斗技巧。”

1950 年 6 月 25 日，朝鲜战争爆发。10 月 25 日，中国人民志愿军应朝鲜请求赴朝，与朝鲜人民军并肩作战，抗击侵略者。

1951 年 3 月，邱少云参加中国人民志愿军，随部队入朝作战。同月，部队在开赴前线途中，遭遇美军战斗机的疯狂扫射。邱少云顶着弹雨，冲进着火的居民房里，将朝鲜儿童救了出来。

1952 年 10 月，他们接到一项艰难的任务：以袭击的方式攻占 391 高地，将战线向南推进。但 391 高地的下面是宽广的平原，是敌军封锁区。

他们正面突击，十分困难。指战员决定，连夜将邱少云所在的潜伏小队隐藏于敌人阵地的前沿，便于我军发起突然攻击。10 月 11 日夜晚，邱少云随潜伏小队秘密潜伏在 391 高地东面的蒿草丛里。

第二天，快到中午的时候，突然从 391 高地南边飞来几架敌机。敌机在上空侦察，然后往封锁区内机枪扫射不到的山沟里投掷了一枚燃烧弹。

燃烧弹落在了离邱少云不到两米远的草地上，燃烧液溅得到处都是。大火借着风势，迅速蔓延开来。很快，邱少云左腿的棉裤就着火了。一眨眼工夫，邱少云所处的那片草地就变成了火海。

当时，距离邱少云不到 5 米的地方就有个水坑。战友马遂群示意，让邱少云往那个水坑里移动。但邱少云紧咬牙关，双拳紧握，始终一动不动。

邱少云至死都遵守着首长的命令——不能暴露行踪。他就在潜伏的地方，一动不动，直至烧焦。傍晚的时候，进攻号角终于吹响，战士们怀着满腔怒火冲向 391 高地，全歼敌人。

1952 年 11 月 6 日，邱少云被追记特等功。之后，他又被授予“中国人民志愿军一级英雄”“朝鲜民主主义人民共和国英雄”等荣誉称号。

就在邱少云牺牲前不久，他的家人还收到了他写的一封字迹工整的信：“等我打赢了这场战争，我就回来！”

遗憾的是，家人心中的英雄再也无法回来了。

邱少云壮烈牺牲了，但他的忠诚、英勇、坚强意志，正如无情夺走他生命的烈火一般，熊熊燃烧着，燃遍大江南北，燃出战胜一切的斗志。

＊ 阅读领航

邱少云烈士的血肉之躯在烈火中实现了涅槃，他的英雄事迹早已经传遍大江南北，他的舍身报国壮举，早已经成为中华儿女砥砺前行的灯塔。他的忠诚，他的坚强，他的奉献，都是热情诚朴的铜梁人最生动的写照。

追逐历史的人

◎ 江北巴川量子学校高 2025 届 3 班 **淳泽满**

淳世华要采访的那户人家坐落在山坡上，门口是大片的田地，墙是砖头水泥砌成的，屋顶是草苫子，屋中仅有两位老人，显得甚是凄凉。

打过招呼后，他们坐在木板凳上交流起来。那位老嬢嬢边说边指着外面。淳世华的眼神里满是关怀，手中的笔快速滑动着，时而停下来哽咽。临走时，老嬢嬢想让淳世华留下来吃饭。她双手合十，说："谢谢你愿意听我讲，愿意走近我们……"

像这样的采访，不知道淳世华进行了多少次。数年间，他走访了数百名亲历者、当事人，足迹遍布彭水苗族土家族自治县所有的乡和百余个村，完成了他的第一部手稿——《粮食的历史》。它的开篇写道："这是一部实证三年饥荒的地方专题史。"从 2005 年着手准备，到 2014 年出版，十余年间，淳世华查阅了大量档案资料，深入彭水苗族土家族自治县各乡镇，走访大饥荒的亲历者，最终完成了一部沉甸甸的地方专题史著作。

淳世华，1947 年生于彭水县，自幼在善感乡长大，后考入彭水县城的中学，又到外省读大学。后来，他因教学能力出众，被任命为彭水苗族土家族自治县中学校校长。

在担任校长的十二年里，淳世华亲近学生、体谅教师，管理有方，获好评无数。直到现在，当地人都叫他"淳校长"。退休后，他居家读书写作，致力于地方当代史专题研究。

淳世华为了更好地建设社会，一直到现在仍在无私地奉献。多年来，乌江祭河神的祭文，都是他主笔。长年累月地阅读，导致他视力很差。他常常开玩笑说："如果某天起来发现世界变得漆黑，我也不感到意外。只要心里有灯，这便是另一种人生体验罢了。"

淳世华编写《粮食的历史》的过程充满艰辛，非常不易。拟定的采访对象很多，大部分都住在山里，沿途道路崎岖，运气不好的话，经常还会扑空。采访中，他还常常会因听到当年悲惨的故事而感伤落泪。为了防止遗失信息，他全程录音，以便后续确认。由于收集的资料数量过多，他没日没夜地在借阅室整理。随着年纪变大，他的体力、精力也在明显下降。好在他长年坚持游泳，身体底子打得不错。

“一方水土养一方人。”淳世华生于乌江，长于乌江，退休后坚持在乌江中游泳，无论寒暑。人人都开玩笑说：“彭水精神里啊，冬泳精神得占主头，而淳校长则是主力军！”

“我把一生都献给了教育。我研究历史与社会，这是我所热爱的事业。”淳世华如是说。他做事很认真，帮人修改文章时，每一个标点符号都要再三斟酌。他坚持写手稿，他的手稿多到可以堆成一座小山。写作时，他整日待在书房。那里有整整四面墙的书，他可以随时查阅。

淳世华经常对我说的一句话是“野蛮其体魄，文明其精神”。

他是淳校长，也是我的外公，一个热爱历史，献身教育的彭水人。时至今日，他仍然在时代的大潮里无私奉献着，坚守着初心。

* 阅读领航

出身于历史教师的“淳校长”，是一位热爱历史，追逐历史的中学校长。在他的身上，体现着彭水人特有的淳朴、务实和执着精神。作为中学教师，学术的专业水准也许不会很高，但是，他扎根乡土，热爱家乡，用自己的实际行动，为家乡彭水发掘出一段特殊的历史。这种研究精神，这种家园情怀，本身就是感人的。

☆延伸阅读

《聂荣臻回忆录》

（聂荣臻 著，解放军出版社，2007 年 8 月版）

聂荣臻，中华人民共和国著名革命家、政治家、军事家，中国人民解放军创建人和领导人之一，中华人民共和国十大元帅之一。本回忆录，全面回顾了聂荣臻投身革命的艰辛历程。聂荣臻通过详细的回顾，展现了中国人民解放事业的波澜壮阔和新中国曲折前进的过程。阅读本书，能够深切感受到聂荣臻艰难而又辉煌的革命历程。

第三章 家乡文化

{领读}

习近平总书记在文化传承发展座谈会上强调：“在新的起点上继续推动文化繁荣、建设文化强国、建设中华民族现代文明，是我们在新时代新的文化使命。要坚定文化自信、担当使命、奋发有为，共同努力创造属于我们这个时代的新文化，建设中华民族现代文明。”（央视网，2023 年 6 月 5 日）

乡村文化是中国传统文化的重要组成部分，乡村是传统文化的根基所在。在“全面推进乡村振兴战略”的背景下，乡村文化自信为乡村振兴提供持久的精神力量。

在“全面推进乡村振兴战略”的过程中，我们应把马克思主义理论精髓与乡土文化的民本思想融通，深挖乡村文化遗产的价值，找到传统文化和现代生活的连接点，推动中华优秀传统文化创造性转化和创新性发展。

因此，增强乡村文化自信，从考察、发现并记录家乡文化的精彩开始。走进生活，攀登书山，到泛着墨香的文献里，摘取一两枚红叶，让我们一起欣赏记录家乡文化的瑰丽篇章。

走出教室，到乡野去考察，发现并记录家乡文化特色吧。家乡有许多老建筑——家族宗祠、古旧宅院、小河桥梁、利农水利、农业遗迹……它们都在阳光与星光织就的长廊里，等着你用脚步去丈量。

走进市井，观察并记录家乡文化的特色吧。饮食文化、民间曲艺、手工技艺……它们都等着你用心灵去调色，用文字去描绘。

“雨里鸡鸣一两家，竹溪村路板桥斜。”家乡的一花一树、一溪一桥，都是呵护我们成长的温暖襁褓。岁月流转，襁褓变成烙印心头的朱砂。

第一节 璧山区

主持 / 王巧灵老师

{概览}

璧山区位于重庆市西部。据《璧山县志》记载：“形如柳叶，环境皆山，外高中平。”璧山自古交通发达，有“四达之冲，三巴之胜”的美誉。

自唐代至德二年（757）建县伊始，历代璧山人就在呈“东北—西南”走向的狭长区域内，精耕细作，琢璞成玉。“地无旷土，国鲜游民”，他们将“四壁皆山”打造成为“四山如璧”“田肥美、民饶富”的“巴渝名区”。

自宋代冯时行、蒲国宝两位状元之后，这里不乏儒雅风流人。他们如春风化雨，涵养着璧山这座城市的文化基底，培育出“山环水抱人如璧”的儒雅气质。

璧山区有保存较好的文庙，举国闻名的私人博物馆，散落民间的石桥、牌坊等建筑；有王氏鼓、竹笛、剪纸等非物质文化遗产；有璧山兔、来凤鱼、水八碗等地方美食……

儒雅璧山，家乡人心里最美的家园。

<< 古文寻芳

重修龙隐山福荫禅院序

——璧山区佛荫寺碑文之一

璧南四十里许，东偏龙隐山。嵂崒葱茏，峰插玉笏，壁泻帘泉，茂林修竹，中有古刹焉。创自前明，额标福荫，由来旧矣。逮经兵燹后，沧桑已易，村舍为墟。而寒山远寺，犹幸瓦全者，盖亦无几。福荫虽古兰若，亦煨烬余耳。荒烟蔓草，破屋数椽，渐至厨空香积、衣缺稻畦，淄流靡托，俱已潜踪远遁。然而鱼岭之梵呗犹闻，生公之法台尚在，有基勿坏，毋亦历劫不磨，固有颌王呵护也乎。

邑侯贻湄汤公，爰命比里绅耆，另择净修瞿昙者，俾主旃坛。断师果纯，巴江慈云释子也，蚤皈从教，立脱尘鞅，因持衣钵挂锡于兹。迩日荒凉鹿苑，难结欢喜之园。寂寞鸳林，谁睹庄严之相？师乃篱边薙草，不解清修；山畔樵苏，自安苦行。举凡煮石锄药，荷锸栽松，靡不自服。勤劳如是者有年，乃积布袋伊蒲余资，鸠工庀材，从新绀宇。阶凡三进，殿各四楹，上下层廊，左右精舍，诸已焕然改观。惜上殿未就，而断师倏圆寂西归。断敬接前修，罔敢中弃，于上重未建者续构之，四周阙者补葺之。墉垣砀砌，百废具举，期无遗憾于我师而已。然已生面顿改，芟尽法堂之草；祥轮永驻，彩凝画栋之云。虽安禅自昔有年，而阇窟于今弥光矣。

是役也，经始于道光九年己丑，迄十四年甲午，约计费资四千余金，功乃告竣。用敢胪述颠末，俾我灯传法嗣，知肇造维艰，未敢遽忘所自而。慈云远荫，法雨重沾，未必无补于十方云。

宗派：佛广了心源，思正方可贤。智慧真如妙，道果续灯传。月朗天中印，能仁体用全。清明宗大觉，性海证行圆。

住持僧续断、续昙，徒灯亮，徒孙传习，敬立。

大清道光十六年，岁在柔兆涒滩，南吕月中浣，吉旦。

思 悟 空 间

佛荫寺，明建文帝在重庆壁山的隐踪之地，位于壁山区青杠街道石河村13社龙隐山中。相传寺院始建于晋代，最初是纪念一位柏姓村姑舍身搭救成汉帝李寿而建。建成之后，当时的宰相董皎为其题名为“皇姑观”。

宋代时期，因寺周围多板栗树而易名为“金栗寺”。明代时，建文皇帝兵败避难于寺中，为长老和尚所识，请其为寺观题额，因而更名为“佛荫寺”。

寺中殿上留有李白的“寻雍尊师隐居碑”和建文帝遗墨的“梅花碑”。

佛荫寺遗址现存古碑数通，分置于上殿遗址和嵌砌于配殿山墙上。《重修龙隐山福荫禅院序》是其中之一。此碑文叙事精要，描写传神，寥寥数笔，将龙隐山福荫禅院历史、重修始末、禅院环境等一一呈现，似能让时光回溯，读来，令人拊掌长叹！

文庙探幽

◎ 璧山中学校老师 刘大川

璧山人才辈出，谚曰：“状元双及第，进士屡登科。”璧山人耕读传家，诗书济世，崇文重教，自然特别护佑文庙。璧山文庙，绿树掩映，金碧辉煌，崇隆大气。

文庙是祭祀中华儒家文化先贤孔子的庙宇，也称“圣庙、孔庙”。璧山文庙前有一座孔子圣像。此圣像由香港孔教学院院长、世界儒商联合会会长汤恩佳先生于2014年捐赠。

璧山文庙历史悠久，最早建于明朝成化年间县城南门内，万历四年（1576）改建到北门内，也就是现在的位置。清朝康熙二十五年（1686）重建在最初的南门内。雍正十一年（1733）又移到北门。总共三易其址。

璧山文庙坐西向东，在全国文庙中也是少有的朝向（一般文庙都是坐北朝南）。

为何璧山文庙最终移到现在的位置呢？清《新修璧山县学宫记》的解释是：县治南前面的水浅且直，“无深厚潆洄之气”。县治北前后左右有“龙珰、龙梭、文笔、挂榜、五峰、虎峰、状元峰，以及天生泮池，玉带清流，昭示其美”“缙云先生（冯时行）读书于此，大魁天下”。

现如今，璧山文庙前是大成广场。广场外是如玉带般缓缓流过的璧南河。从文庙远眺，可观赏缙云山色。文庙后是凤凰山，远处看去其与茅莱仙境相连，山环水抱，格局雄伟。

璧山文庙原来有两殿、棂星门、名宦乡贤祠、忠义节孝祠、石牌坊、奎阁等，今由启圣祠、大成殿、左右耳房和山门组成，建筑群规制较为完备，成南北对称格局，建筑体现了儒家的思想，是目前重庆地区保存最为完好的古文庙建筑群，也是市级文物保护单位。

古时，各个县大都有文庙，可惜多数在历史的洪流中被毁。璧山文庙主体建筑能保留下来，全因它曾作为璧山区公安局的办公场所。

文庙四周是朱红色的高墙，高大宽敞的大门上排着81个门钉，门口有雄浑的抱鼓石，门上方有一深黑色牌匾，上书“文庙”两个烫金大字，字体厚重沉稳，为重庆市书法家协会原主席周永健先生所书。

大门内左侧，有一块已裂缝的石碑，碑立于同治五年（1866），距今已有160年了。虽经沧桑，但字迹可辨。碑上刻的是《重修大成殿碑记》，为璧山双翰林王倬所撰、王象乾所书。碑文记叙了周继盛独资修建文庙以及善有善报之事。我们今天所见的大成殿就是清代周继盛出资重修的。大成殿虽历时162年，但依然气势恢宏，肃穆庄严，焕然大观。其面阔六柱五间，16米；进深3间，11米；通高14米。为重檐歇山顶，11条脊，飞檐细长高挑，似鸟展翅欲飞。上下檐施以斗拱，上檐84朵，下檐110朵，每朵斗拱均有龙凤式或兽头式木雕装饰，繁复精美。脊饰精致，中间一大宝瓶，鸱吻、鳌鱼、花饰栩栩如生。

大成殿后屋琉璃瓦上蹲踞着两雄狮。它们衔着铁链，铁链套着脊上的宝顶。揣其用意，狮子凶猛，为百兽之王，有护庙之意；另外“狮”谐音“师”，也暗指“至圣先师”“万世师表”的孔子，两狮子下面当是安放孔子像之地。

大成殿旁有一株古树，树冠参天，它与文庙一道，给这个繁华躁动的城市以特有的宁静和儒雅的气质。大成殿与山门左边的耳房今为吕凤子纪念馆。抗战时期，现代画家、书法家、美术教育家吕凤子来璧山办学。抗战胜利后，学校东迁，吕凤子把全部校舍捐给璧山政府。璧山人为感怀他，于文庙前立了一座吕凤子雕像。

大成殿右侧，有东汉画像石棺室。石棺呈长方体形状，外围四周和顶盖刻有精美的画像。画像内容丰富，常见的有伏羲女娲、天门、凤凰、车马出行、乐舞百戏、日常起居等。这些画像生动地反映了汉代人生产、生活状况，具有很高的历史、文化及艺术价值。

1988年，璧山汉画像石棺被列为重庆市文物普查成果三大发现之一，数量居全国之冠。

沿东汉画像石棺室两侧皆可拾级而上，路边岩壁，嵌砌着数十尊石雕的宗教佛像、吉祥瑞兽、古代人物雕像，以及十多通历代碑刻。碑刻大多漫漶，但石柱联“剑壁重重，四面山悬龙虎榜；油溪泼泼，一江水入凤凰池”清晰可见。此石柱原位于南门外南河西岸文鼻嘴下方魁星楼。

徜徉于这些时光碎片中，璧山的风俗习惯、历史人物就渐渐苏醒过来。

启圣祠在文庙后，处于文庙最高处，也名“崇圣祠”，主祀孔子之父叔梁纥。今启圣祠为新建。站在启圣祠，追昔抚今。脚下是千年璧山的文化之根，一座城以此为中心，向四下延伸、再延伸。

文庙是一方净土，它以历史的沧桑融入现代，于开放中历久弥新，也必将在田园都市里焕发新的光彩，成为一代代人心中朝拜的圣地。

* 阅读领航

壁山文庙的文化价值不言而喻。走进文庙，古色古香的建筑风格，氤氲其间的文化神韵，都让我们感受到历史底蕴的厚重与文化的博大精深。

何氏百岁坊

◎ 壁山中学校老师 **刘大川**

璧山古牌坊现存有四座。朝元寺的两座牌坊如同得道的高僧，耐得住寂寞，高高地在山野中打坐；八塘狮子桥牌坊最有烟火味，它位于场口，又一头伸进屋里，村民来来往往从下面经过，倒也热热闹闹；来凤安乐村的何氏百岁坊最有亲切感，它位于原成渝古道上，迎接来往客人。虽今已无人走，只剩鸡、猫、狗穿梭，但它与两三户人家形成了一个小院，也算干净清幽。

其中，何氏百岁坊最让我记忆深刻。

我每次去看何氏百岁坊，都要被坊顶巨大的“寿”字震撼。“寿”是变形的样式，对称着，很有艺术感。其经风吹雨打，历严寒酷暑，看革故鼎新，依然如青松，骨骼坚实而精气神十足。

“人生不满百，常怀千岁忧。”长寿，为千百年来世人不变的追求。特别是在生活条件富足的今天，人们追求健康、追求长寿已成为时尚。何氏百岁坊把“寿”高高耸起，人们从四面朝寿而来，视之若寿星，欲得寿喜、沾寿气。

但并非长寿就能让何氏有此牌坊，另一个重要的因素是她的德行。

“此持家之矩，共仰精详。考积庆之行，尤征慈惠。竭绵以赒穷乏，阖境欢恬；捐饷以给军粮，通都叹息。河虞乘涉，聿修雁齿，以题桥路，讶蚕丛旋辟羊肠于坦道。赈饥馑于沟壑，不假乞籴之求；施棺椁于巷途，若识解骖之训。”

十年前，我在文管所看到了《何氏百岁坊序》的拓片。从序文的褒奖来看，何氏的善行主要有济穷、捐款、修路修桥、赈灾、施棺材等。

我边抄边读，反复吟诵，推敲琢磨，还做了注释，上传新浪博客，以让更多的人了解。写此文时，我以“来凤何氏百岁坊”为词条在网上搜索，竟没想到序文和注释还是我上传的那份。

何氏相夫教子，其善行影响子孙。受她影响，孙周继盛成了璧邑一个大善人。道光十二年（1832），其捐银七千八百余两修来凤凉桥；道光十八年（1838），四川峨边、马边县发生叛乱，其捐饷银一千两支持平叛；道光十九年（1839），其与兄周继贤捐款维修城隍庙大殿和廊道；咸丰四年（1854），其捐银五千八百七十八两修璧山文庙大成殿。

三代人善行昭著，福泽一方，婆亦以孙贵。

在何氏百岁诞辰前，地方官向朝廷申请旌表。道光二十五年（1845），朝廷下旨修建何氏百岁坊。

何氏百岁坊，是周家几代人善行的结果，而何氏以百岁得其坊名。

高高的“寿”建立在坚实的德基上。行走在东大路的旧时商旅、贩夫走卒从牌坊下经过，抬头一望，一座庄严精美的牌坊映入眼帘，道德的力量无形中浸入心里。而今，冷落了一些时日后，参观的人渐渐多了，都想鉴赏一番这难得的市级文物。

也许周家有着雄厚的经济实力，修建的何氏百岁坊在璧山仅存的四座古牌坊中，最高大最气派。牌坊高 11.7 米，宽 7.88 米，四柱三间六楼，四角八翘，鱼龙飞吻，人物形象栩栩如生，青狮、白象、麒麟等威而不猛、稳重吉祥。

正面匾额题“升平人瑞”，背面题“贞寿之门”。“贞寿之门”下面是序文，序文下的额枋楷题“旌表例赠奉直大夫周绍熙之妻何氏百岁坊”。整个牌坊，有八仙圆雕神话故事、戏曲人物等浮雕和题刻共 20 幅。图案既有人间烟火，又充满匠人想象，造型庄重华丽，保存得非常完好。

鉴赏之余，睹坊思远，寿德并有，两全其美，自是人间幸事。如果寿与德不能兼顾，如同鱼与熊掌不能兼得时，那会如何呢？

一声枪响穿过历史的时空，响在我耳畔。

1913 年，宜宾筠连县人陈先沅驻防万县。适逢袁世凯背叛共和理想，遣李纯率旅进窥西江，图取南方。陈先沅对此深恶痛绝，急走渝州，促熊克武独立，又慨然率部奔赴前线，冲锋陷阵，历三十昼夜目不交睫。因南军失利，渝亦动摇，所部抵璧山来凤驿安乐村时，饷尽粮缺，士兵鼓噪欲哗变，扬言洗劫来凤驿。

陈先沅坦诚相告：“我军本为救民而来，如此举动，实为扰民劫民，我不忍见。”

然而，军心已乱，陈先沅自知事已不济，痛哭竟日，召集所部于何氏百岁坊前，誓以救民之意，悲愤激昂，全军感泣，忽拔出枪饮弹自尽，用自己的死阻止了士兵的洗劫。所部感其壮烈，四散而去。

在鱼与熊掌不能兼得时，陈先沅一声枪响，做出了悲壮选择。他自戕救民，德感天地，如同何氏百岁坊一样，巍巍地耸立于来凤驿民众的心中。

当地民众感其德，以香花供奉并给予厚葬；代代口耳相传，已至于今。

那一声枪响，未尝没有受到来凤三道牌坊的影响，特别是何氏百岁坊。

那么，何氏百岁坊，还仅仅属于何氏？仅仅只是表彰高寿之人？

* 阅读领航

求仙问道求长生的君王及百姓史上多见，然纵费尽心机，也不过寿数百年；倒是慷慨奉献、励精图治、功高德广，甚至为民捐躯的“风流人物”，不仅生前绚烂，身后亦活在人们心里、活在史书中，活成一个个封神的传说。

阅读此文，我们不仅能看到的一个朝廷旌表的牌坊，还能感受到善良、奉献等浩然正气在历史与天地间升腾。

少年向上，吾爱吾乡

◎ 璧山中学校高 2023 届 A08 班 李金霞

家乡，那个孕育了一代代雏鹰青云直上，治愈了一页页夕阳绚烂落幕的地方。它是王熙凤心心念念的金陵，是沈从文魂牵梦萦的吊脚湘西，是斯嘉丽涅槃重生的力量源泉泰拉，也是我心中那个“山出白石，明润如玉”的璧山。

向上的少年，热爱着这方钟灵毓秀的水土，这里的一切大有可为，万物明媚！

在过去的几十年里，这里发生了太多变化。我从一座半隐于田野间的大圆祥博物馆窥见了这片土地的昨日与明天。

故事要从我即将研学旅行前的一个周末晚上讲起。

那天，我回乡下爷爷家吃饭。进门时，爷爷正在黝黑的灶边佝着背烧火。饭好后，我们一家人在饭桌上闲聊东长西短。聊到今年我的研学旅行目的地在璧山健龙，连区都没出时，我表现出一点小失落。爷爷听我细讲后，才知道我要去的璧山大圆祥博物馆的前身就是天福碗厂。

爷爷回忆说：“我们原先还在那里做过工的。那个厂天天都在做碗呀瓷砖呀，多得很。现在那五六根高烟囱怕都还在呦。老板也换了好几个。

这几年听那些人说又搞成了啥子旅游区，还放了不少老古董。你们这些小娃娃怕还没见过，去看哈嘛，怕还是比游乐园安怡点哟。”

爷爷的话像一颗石子掷进了我的心潭，泛起圈圈涟漪。我似乎不那么羡慕那些其他年级去乐和乐都景区的同学了，反而有一丝为自己对这片土地的无知和陌生而愧怍。

去旅行那天，有我久违的深秋暖阳。我坐在果绿色电动大巴车上看着窗外金黄柿子。一下车我便投入苍翠青山的怀抱，细嗅着微甜的山风和泥土的芬芳，聆听着几年前还无法想象的啁啾鸟鸣。

走在平整的乡道上，不拘泥它的曲折悠长。远处可见的三两个砖红色烟囱依旧高高矗立，它不冒出滚滚黑烟已经许久许久了。风雨的淋溶最终使它与青山和解。一切变得相宜，留住它的静默去述说祖辈们迎澜直上、负重前行的功勋。

通过爬满红铁锈的大门，走进这座曾经的碗厂，依稀可见墙上“努力搞生产”的字样，不难发觉这字里行间中乡亲们对生产的积极性和家乡经济发展的渴求。

导游姐姐说：“这个碗厂也曾从江西招引制瓷人才，引进先进技术，从做土碗到做细瓷再到做瓷砖，不断满足市场需求，而且在本地也小有名气，也确确实实改善了乡亲们的生活。但作为一个规模不大的乡镇企业，想要靠单一的产业发展经济，培养市场竞争力，那也是困难重重的，所以碗厂常年处在亏损状态，因此几经转手。”

是呀，不管是烧柴窑还是烧煤窑，从烟囱里排出的废气都会破坏这一方可爱的水土，让人百般痛心，只剩沉沉叹息。

今天这里不再是天福碗厂，而是大圆祥博物馆。正如它的新名字一般，它圆满祥和地记录和守望着这片土地的历史和未来。

在馆长的重置和改造下，原来的旧厂房变成宽敞明亮的展厅，陈列着上万件古色古香的牌匾、古门、雕花家具、汉砖、家训字板、佛像、神龛……

我在一扇扇精雕细琢的窗前缓缓徐行，暖黄的灯光照在古朴的匾额上让人神回过往，凝望菩萨慈祥的双眼，问一句路在何方。你可以放空同学之间的闲聊嬉戏，细细触摸时间尘封的厚重历史。

寻根堂，一个可以追根溯源找你先辈姓甚名谁的地方。我从林林总总的神龛中找到了我想看的那个牌位，好像是飞入青云的小鸟找到了归途。我似乎明白了爷爷为什么说这里值得我来看看的原因了。

就像斯嘉丽的父亲所说：“世上唯有土地与明天同在。”唯有这一片热土可作我为明天奋斗的精神支柱。

“近年来，我们致力于打造集文化艺术品交易、餐饮、休闲娱乐、旅游住宿等为一体的巴渝风貌街区和特色旅游景区，为传统文化的传承及产业化发展奠定了丰厚、坚实的基础，现在这里已经成为西南地区古建收藏规模最大、藏品最为丰富的民间博物馆。”导游话音刚落，同学们一阵欢呼鼓掌声，拉回了我的思绪。

我想在平衡生态保护与经济发展的时代命题上，家乡这座博物馆已然给出了可作范例的优秀答卷。在这个城市化发展迅猛的时代，守正创新才是立足的根本。

吾爱吾乡，不仅爱这座藏着过去的博物馆，还爱这片穿插着梦想的林立高楼。扎根于这片充满灵气与机遇的沃土，少年将在这里拥抱明朗的未来！

*阅读领航

少年“于田野间的博物馆窥见了这片土地的昨日与明天”，我们从少年的文章里看见了家乡和民族的希望。家乡的文化涤荡了少年的灵魂，少年用热爱与奋斗创造家乡更美好的明天。

家乡的童谣

◎ 壁山中学校高 2023 届 A08 班 **谢莹荧**

“呦呦鹿鸣，食野之苹”。我的家乡在鹿鸣乡，在那里流传了一首童谣。那是她呦呦的鸣叫，呼唤着游子的心回到家乡。

清明祭祖

“清明时节雨纷纷，路上行人欲断魂。”清明节是真的会下纷纷小雨的。

我家的祖坟在一片桃林里面。那里漫山遍野的桃花已被春雨浇得越淡越粉，叶芽已被染得愈深愈绿。淡淡的烟雨中升起一缕淡淡的灰烟。外公一边添加着纸钱，一边细细地叮嘱在那边的人一定要好好生活。纸灰乘着气流慢悠悠地上升到高空，又随着细雨慢悠悠地降落下来，给桃树和外公花白的头顶点上一朵朵灰色的小花。

桃林里绵长的小道消失在远处粉红色的海洋，一个老婆婆背着小孙女路过我们身边，一边摇一边唱着：“推磨，摇磨，请嘎嘎，吃粑粑，请舅母，吃豆腐……”

那首童谣，外婆也教我唱过——

童年酣梦

童年时候，我暑假一般在乡下度过。那时候外公外婆还有水田需要打理。他们在已经放干水的田里面劳作，把稻草整理成一捆，码成一垛。我在老宅里面看电视，看腻了就去捉弄小狗、外公捉来的虾蟹泥鳅，也会去纵横交错田埂玩，在路边的灌木丛里面折一根树枝当自己的尚方宝剑。小狗是我忠诚的随从，和路边趴在叶子上的仇敌——长得吓人的虫子，用绝世武功决一死战。

一条田埂旁有一座凿在石头里的小菩萨庙。庙里供奉着三座石头菩萨，其中一座是送子菩萨。在供桌前面的一个石罐里，露出来石制的小孩脑袋。对于这个“罐子菩萨”我是很害怕的，因此，我每次都是匆匆而过，连看也不敢看一眼。

我喜欢在草垛里找到小鸟编织的巢，拾走鸟蛋，小心地捧在手里回家。一进院子，趾高气扬的大公鸡就相中我的小花裙子和红皮鞋，朝我飞扑而来。我撒开腿就跑进了卧室，反锁上门，把鸟蛋塞到被子下面孵化。

傍晚时分，外公外婆回家，还没有进院子就开始呼唤我。我从沙发上跳起来，跑向屋外拥抱他们。晚饭过后，院子里，外婆抱着我，乘着凉风给我唱那首童谣：“推磨，摇磨，请嘎嘎，吃粑粑，请舅母，吃豆腐，婆婆不吃菜豆腐，杀个肥鸡母，大锅煨稀饭，小锅煨粑肉，煨又煨不熟，幺狗儿抱到罐罐哭。”

然而教我这首歌颂人们丰衣足食的歌谣的外婆，并不是没有苦过。

艰苦岁月

外婆是家里的第六个女孩，她还有一个大哥。那时候又穷又有饥荒，除去那些吃黄土的日子，连平常的一日三餐，都是靠姊妹们挖野菜维系。

一餐里可能只有一盆青菜汤，煮两个捡拾到的芋头。这两个芋头一个给舅公，因为他是家里的大儿子，承担了大部分劳作任务；一个给外婆，家里的小女儿，是大家最疼爱的。到现在外婆最喜欢吃的还是芋头。

外公没有读过书，在采石场工作，费尽心力才修筑了老宅。

当地人的日子过得很艰苦，但是他们从来没有抱怨过，依旧微笑着面对生活，唱着那首童谣，期待着锦衣玉食的日子。

到了母亲读书的年代，家里人能吃上饱饭，一个星期吃一顿肉，在承包的池塘里面捞鱼虾吃。那种鱼吃起来是苦的，拇指大小，母亲却天天盼着吃。吃婚酒的时候，还有白味瓜子，瓜子壳都要在嘴里嚼上好一阵才吐出来。

这样的家乡是留不住人才的。母亲那一代人，在读完初高中后，都想着去沿海城市赚钱。随着青壮年离开，家乡发展慢慢停滞，只剩下老一辈人还在唱着那首童谣，做着家乡富足的梦。

无限前程

家乡采取基层自治政策后，乡亲们踊跃地参与到家乡的治理活动中来。老宅的泥土墙变成了石墙、砖墙、水泥墙。乡政府为了促进经济发展，还引入了大量经济作物。

外公干起了葡萄种植。家里的园圃种上了西瓜、火龙果、猕猴桃等以前村民听说过没见过的作物。有别于其他地方的工业致富，我的家乡全靠经济林和渔业来建设美丽乡村。

家乡还注重环境和文化建设。从开办“整洁庭院”的评选活动以来，现在每家每户的院落都干净整洁。新农村的粉墙黛瓦和桃花形成靓丽的风景线。童年时令我恐惧的菩萨庙早已不见。乡民的文化生活逐渐丰富——露天电影、防诈骗讲座等活动不定期举办。

时至今日，我站在家乡的土地上，看着遍地的桃林、葡萄园，错落有致的屋舍，也仿佛看到了家乡的明天。童谣里的生活成为现实，在衣食富足的今日仍然被传唱。我发自肺腑地想要大声呼喊，想要从山丘的这头跑向那头。

我常想，这首小小的歌谣是有魔力的。它不仅仅是一个逗乐孩童的小调，更反映了家乡劳动人民吃苦耐劳的乐观精神。

一代人会消逝，但是一代人的精神以通俗易懂的歌谣形式，会一代又一代地传承下去，承载劳动人民对美好的向往。这样的歌谣必定会传承下去，因为它扎根在家乡人的心里。

我的家乡，现在以崭新的风貌，以歌谣的形式呦呦地呼唤着那些离开她的、思念她的人回归。

*阅读领航

一首童谣，串起了几代人关于家和家乡的记忆。听过这首童谣的人们，谁不会被唤醒心底最温软的亲情呢？你的家乡有没有流传很广的童谣？走到乡间，去拾取令人难忘的音符吧！

☆文化生活谏言

天湖邻里公约

◎ 璧山中学校高 2024 届 A01 班 刘翔睿

社会进入新时代，天湖党组建起来。
小区业主共承诺，共美家园记明白。

装修房屋须谨慎，尽量不扰我四邻，
固有结构我不改，乱搭乱建绝不行。
公共空间我不占，绿植绿地我爱怜。
家居房屋不商用，对外出租合法安。

我居高处不抛物，我住底层不占地。
高处置物防坠落，阳台晾晒防水滴。
垃圾废物要分装，扎紧袋口放入箱。
油污残渣不乱倒，堵塞管道会遭殃。

宠物办证要打针，遛狗戴罩牵绳行。
燃气水电多隐患，关好才能出远门。
车辆进出须缓行，时速五码笛禁鸣。
消防通道不能占，车入位置熄火停。

环卫保安多劳苦，夙兴夜寐冒寒风。
尊重劳动多点赞，不可为难服务工。
小区秩序我维护，切不肇事起纠纷。
棋牌娱乐不扰邻，夜半三更话语轻。

安全卫生我有责，邻里有难我帮忙。
物业费用我先缴，大事小事我商量。
聊天 QQ 微信群，群里也是一家人。
人人传递正能量，处处和睦添温馨。

党建引领我跟上，示范小区我先行。
心心相印天湖美，邻里守望喜盈盈。

*点评

刘翔睿同学家住天湖花园小区，这是他以顺口溜的形式为小区写的邻里公约，结构整齐，朗朗上口，利于宣传，雅俗共赏。内容涉及小区生活的方方面面，倡导文明交往，邻里友爱，和谐共存，有比较全面的考虑，勉德劝善，积极向上。个别地方再考究一下押韵和平仄，会更出彩。

第二节 大渡口区

主持 / 蔡兴红老师

{ 概览 }

大渡口区地处重庆市主城区西南部，面积 103 平方公里，现辖五街三镇。大渡口区历史悠久、人文厚重，距今两万多年的马王场旧石器时代遗址，印证了大渡口区是重庆中心城区最早有人类活动的地方；义渡古镇、小南海“龟亭”见证了古代巴人往来贸易的繁荣；麦草艺画、堰兴剪纸、跳磴石工号子等“非遗”技艺凝聚了大渡口区人民千百年的勤劳和智慧。

大渡口因义渡得名。清朝道光年间，长江北岸设有义渡，为沿江数十里渡口之首。一湾渡口扬起大义风帆。1938 年，汉阳铁厂西迁至大渡口，保存了中国工业命脉，为抗战胜利后民族工业的恢复，以及新中国成立后民族工业体系的重建打下了基础，挺起了共和国的钢铁脊梁，4A 级重庆工业文化博览园再现了近百年的“钢城”辉煌史和义渡人钢铁一般的精神。

曾任重钢副总工程师的黄荣昌研制出新中国第一台机械化锯木机，“现代鲁班”“北有王进喜，南有黄荣昌”的美誉流传至今。奥运冠军李雪芮出生于此，时代楷模、优秀教师王红旭曾在此任教。

“崇善尚义、创新奋进”的大渡口精神在新时代继续传承和弘扬。

<< 古文寻芳

金鳌寺

◎ 清・刘道开

古寺藏山凹，到门方始知。
山荒常畏虎，径窄不容骑。
酿添家家酒，蒙尘壁壁诗。
读书随处可，借榻一何痴。

思悟空间

提到大渡口，绕不开金鳌寺。虽然金鳌寺具体建于哪一年已无法考证，但其绝美的风光吸引了大批文人骚客，同时让他们趋之若鹜的还有一个原因，那就是当地流传的一句谚语：“十载金鳌九进士。”

曾有哪些文人骚客来过金鳌寺呢？最有名的应该是明末清初巴县举人刘道开。刘道开是九龙坡人和场人，他家距离金鳌寺只有十里路。在他看来，金鳌寺环境清幽，正适合读书。这似乎印证了“十载金鳌九进士”的传说。

<< 文化探幽

文化发源地——义渡古镇

茄子溪中学高 2024 届 7 班 **朱啟鑫**

滚滚长江东逝水，浪花淘尽英雄。一百多年前，这里江宽水缓，过江者众，形成多个渡口。有富绅在此雇船免费摆渡过江百姓，其善举广为流传，遂形成“义渡”的美名。

大渡口之名，源自长江边的知名义渡。从石器时代先人便已在此地留下印记。战国至秦汉，唐宋到明清，以大渡口古镇为代表的长江渡口记录着这里千百年来的兴衰史。近代以来，大渡口又因重钢而兴，因工业而盛，铸造了抗战时期和新中国成立以后的中国重工业建设的一段辉煌。

义渡古镇总建筑面积约一万七千平方米，为典型的长江上游码头山地街镇地貌。整个街区临江而建，分为四级台阶，共有三街九巷。古镇景区除了传统建筑，还有马桑溪大桥、老成渝铁路、老码头等景观。

其中，大渡口古镇老街原有三百多米，于 2015 年 4 月开始复建。修复工程坚持“四原原则”，即原面积、原高度、原基础、原范围，对古镇原有路网架构、李竹山民居、马桑溪供销合作社等历史景观原封不动地保留，维持古镇山石竹桥、一草一木的原汁原味。

义渡古镇自古以“吃鱼”闻名周边，在正式营业的三十多家商铺中，就有专门吃酸菜鱼的餐馆。此外，还有轻酒吧、咖啡厅、茶楼，以及烤香肠、玉米粑、麻糖等传统风味小吃。

漫步在义渡古镇中，街巷仍保留着百年前的古韵。过街楼、凉亭等古色古香的建筑，与现代的民宿等和谐共处。据了解，为突出义渡古镇特色，大渡口区政府与四川美术学院合作设计，最终形成了义渡古镇历史与当代相融合的当代园林风格。

驻足于义渡古镇，抬头可眺望宏伟的马桑溪大桥，身边呼啸而过的是成渝铁路上飞驰的火车；脚下，则是一望无际的长江。

今天的大渡口，既传承了义渡的崇德向善，又从更深远、更广阔的意义上，成为重庆连接四面八方，迎送天下来客的交通枢纽的缩影。在这里，历史与当代、城市与自然有机融合。

建设山清水秀美丽之地、打造高品质生活等理念，在大渡口得到了充分体现。

义渡古镇，并不能助人看穿滚滚红尘，而是让人洞悉岁月过往的真相，同时，在它多舛的往昔里，感受当下的温馨。

* 阅读领航

人称“小凤凰”的义渡古镇，是人少、景美、承载着千年历史的滨江古镇，有着凤凰古城的古老、丽江的风情、乌镇的毓秀、西塘的秀丽。

晚照金鳌寺

◎ 茄子溪中学高2024届1班 **马佳悦**

“蹑步寻幽径，金鳌最上层。石梁横跨涧，老树倒垂藤。”清代贡生苗济所赋《金鳌寺》，让人为之心动，于是在日过头顶时，我又一次登金鳌山。

不过这次，我心里的滋味却大不相同。

金鳌山不高，却也非常陡峭。沿着步道，至半山腰，回望身后，便是一片壮阔的景象。清代武官程远在《金鳌寺》中写道，“削成太华千寻矗，绕出长江一带澄”，倒是十分贴切。回过头来，极目远眺，隐隐可见金鳌山寨外留存百米的围墙。我儿时同奶奶来时，曾听闻那围墙是为了保护山上的金鳌寺所建，现今已被树林掩藏，心中不觉有些可惜。

再上几级石阶，远远可见寺庙明黄的外壁，于是我加快了脚步。

历史上，金鳌寺曾多次损毁和重建，如今金鳌寺昔日辉煌早已不在，比起香火旺盛的华岩寺，抑或是其他几座同样悠久的寺庙，也显得简陋。主殿大雄宝殿供奉佛像二十余尊，中间供奉本师释迦牟尼佛、迦叶、阿难尊者，两边分别供奉消灾延寿药师佛、文殊、普贤、观音地藏和药王普萨等。

出了庙门，门口有块文物介绍碑，上面陈述着金鳌寺的由来：“金鳌寺，因观音莲足下金鳌鱼奋翼归长江故日‘金鳌’之得名。始建于公元 100 至 400 年间，唐朝就被佛教取代，宋朝大规模扩建。”

刘道开碑记：“寺之创建，元以前不可考矣，至元间。有僧曰：大川才，唐妙清，经营于西山新屋坪。厥后有至光真，古心仟……”

辉煌的过去，如今再难看到，好在近年大渡口文物局的努力下，这座寺庙正在缓缓抹去厚尘。

转到东侧，走过举人刘道开走过的小径，“状元井”就出现在我面前。金鳌寺出了二十多位举人、进士。据传用此井水研墨写字可以中状元。

我抬头看天，夕阳西下，皎月将至，便默默下山。再行至半山腰，远望长江，想到清代举人周开丰的《晚宿金鳌寺》，诗词全部摘集唐代诗仙李白的千古名句，竟句句应情应景：“明月看欲坠，流光灭远山。”

今日，再无法晚宿于金鳌寺，无法久久欣赏周开丰看过的美景。月光下的金鳌山，已有暮年之感。我久久站于半山腰，舌尖微苦，暗暗许下再复文明辉煌的心愿。

* 阅读领航

在重庆，有很多著名的佛教寺庙，成为善男信女日常去寻求精神寄托的所在。

同样，重庆也有很多不太知名的小寺庙，也有固定的人群前往。有的小寺庙藏在深山鲜为人知，却极有历史底蕴、独特的韵味和禅意。藏在跳磴镇金鳌山上的金鳌寺，就是这样一个让人向往的地方。

马王场遗址

◎ 茹子溪中学高 2024 届 7 班 王苗

家乡，那是每个人心中最温暖、最亲切的地方。它承载着我们的童年回忆，见证了我们的成长，也深深地烙印在我们的心灵深处。而家乡文化，更是独有的瑰宝，代表着家乡的历史、传统和精神。

我的家乡坐落在重庆市中心城区西南部，是一个充满生机和活力的城市。这里有悠久的历史和丰厚的文化底蕴，古老的建筑、传统的习俗和独特的方言都让人感受到浓浓的家乡味道。

在我的家乡，最具代表性的文化遗产就是马王场遗址，其位于大渡口区跃进村街道的马王场及桃花溪流域。这个遗址是在 1987 年的一次河流整治过程中偶然发现的。通过对地层的剖面分析，确认这是一个旧石器时代的遗址。马王场遗址从上到下可以分为六层，其中出土的石器有锤击石核、刮削器、砍砸器等。这些石器粗大且加工粗糙，显示出当时的石器制作技术尚处于人类发展的初级阶段。

这些发现对于了解重庆中心城区以及整个重庆地区的远古文化和早期文化发展序列具有重要的意义。它为我们提供了一个窗口，通过这个窗口，我们可以窥探到重庆中心城区的远古原始文化。此外，马王场遗址的石器在一定程度上代表了当时中国南方旧石器时代晚期石器的主工业系统。

值得一提的是，马王场遗址中的一件石器——手斧。这件手斧被认为是重庆主城区发现的最早的旧石器时代遗物之一。2013 年，手斧被送到澳大利亚进行土壤年代检测分析，得出的结果显示，马王场遗址的实际年代大约在 80 万至 100 万年前。这一发现将重庆中心城区的人类历史追溯到了 80 万至 100 万年前。

这件珍贵的石器被列为重庆市馆藏文物“镇馆之宝”。作为重庆地区发现的唯一的旧石器时代早期手斧，证明了大渡口区是重庆中心城区最早有人类活动的地方。

除了文物，马王场遗址中还发现了许多古代建筑的基础和墙壁。这些建筑虽然已经残破不堪，但依然能够看出当时的宏伟气势和精湛技艺。站在这些建筑前，我不禁感叹古人的智慧和力量。

马王场遗址的发现，对于大渡口区来说，具有重要的文化和历史研究价值。它还有助于我们了解古代人类的生活方式、社会结构和生产力水平，为研究人类进化史提供了宝贵的实物证据。

此外，马王场遗址的发现，也对大渡口区的旅游业产生了积极影响。通过对马王场遗址的保护和合理开发，可以吸引游客前来参观，从而带动当地的旅游经济发展。

站在马王场遗址中，我仿佛能听到历史的回声，感受到这里蕴藏的深厚文化底蕴。这里曾经繁荣一时，如今虽然只剩下断壁残垣，但依然散发着迷人的魅力。这里不仅有悠久的历史和灿烂的文化遗产，还有独特的自然风光和人文景观。我相信，随着考古工作不断深入和旅游业不断发展，马王场遗址将会成为一处更加著名的旅游胜地。

* 阅读领航

大渡口因山而瑰丽，因水而灵秀，岁月为这座美丽的城市留下了许多珍贵的历史古迹。此刻，让我们从马王场遗址开始，寻觅大渡口的往日故事，感受大渡口的历史文化底蕴。

☆文化生活谏言

家训韵悠长

◎ 茄子溪中学高 2024 届 1 班 胡雨欣

孟母三迁、祖昌教孙、曾子杀猪、藏书教子……从古至今，优秀的家风家训潜移默化地浸染人们的思想，这种无形的力量如春风带来的细雨，润物细无声。正如《大学之道》中“欲治其国者，先齐其家。欲齐其家者，先修其身”所言，身为传承中华五千年优秀传统文化的华夏子孙，应当做到修身齐家。

提及修身齐家，家训便是最重要的要素。家训是指对子孙立身处世、持家治业的教诲。小到《弟子规》中的“父母教，须敬听。父母责，须顺承”，大到《论语》中的“躬自厚而薄责于人，则远怨矣”，至今影响深远。

在我家虽然没有形成如《颜渊家训》《朱子家训》般系统性的家训家规，但经祖辈父辈口口相传，谆谆教诲，又何尝不算是家训？

“以和为贵”是我家的祖训，也是一条古训。我的父母一辈子都是谦恭待人，以和为贵，也要求我在为人处世上要谦恭、讲和气。

“谦恭待人”则奠定了我家的待人之道。谦恭是一种对待他人的态度，要求我们对他人保持谦逊和尊重。不管与长辈、朋友还是晚辈相处，都应该保持谦恭的态度。

“赠人玫瑰，手有余香”，一件很平凡微小的事情，哪怕如同赠人一枝玫瑰般微不足道，但它带来的温馨都会在赠花人和受花人的心底慢慢升腾、弥漫、覆盖。

如此家训，所传授的都是先辈们为人处世的智慧结晶，是我家最宝贵的精神财富，更是每家的“非物质文化遗产”。良好的家风家训可以塑造人高尚的品格、高雅的举止，成为人人尊重的道德典范，更对家族的发展和延续起到不可言表的重大作用，是家庭文化的支柱，是家庭精神的浓缩和精华，更是国家繁荣昌盛的基础。

著名法国作家罗曼·罗兰曾言：“环境给一个人的影响，除了有形的模仿以外，更重要的是无形的塑造。”

态度决定高度，每个家庭都应该构建各具特色的新家训，作为家庭成员的行为准则，并以此促进社会进步、祖国蒸蒸日上！

*点评

古人云：“家之兴替，在于礼仪，不在于富贵贫贱。”“以和为贵”不仅仅是家庭言行的准则，也是共筑和谐社会的规范。

|第三节 垫江县|

主持 / 刘春荣老师

{概览}

鹤游坪，是世界最大山寨式古城堡，位于重庆市垫江县坪山镇（南部区域中心）和鹤游镇之间，其城垣遍布重庆市垫江县坪山镇、鹤游镇、白家镇、包家镇等乡镇，长度超过 80 公里，是一个宽 15 公里、面积约 167 平方公里的台地，与长寿湖相邻。台地上下高差 100 米至 150 米，东、西、南三面是长寿湖水域。

鹤游坪原叫“徐坪”，改名称缘于两则神话般的传说：

其一为《涪州志·锦里新编》载“张修归葬三老人化大鹤”说；其二为当代鹤游坪人、通俗文学作家谭云风撰写的“白鹤将军考察皇城建址”的神话传说。

现在鹤游坪的东南沿，一座山崖上还留有棋盘石，上云：

鹤仙一去不复返，棋盘冷落向青天！

佳地还须人勤劳，盛世方保美家园。

<< 古文寻芳

鹤游坪赋（节选）

◎ 清·汪渔渭

高砦坪百丈，大坪砦一陬（zóu）。虎归塞口卡，犊叱铧卡头。扼洪河之断岸，埒（liè）绿洞水之芳洲。孤鹤横江东来，龙塘寺菱藻。二鹤从亭上放，龙潭寺松楸。石硖卡棋盘卡之趣，枇杷卡杨柳寺之幽。听鹤门卡开，瓜坪卡与树坝场一色；鸣鹤书院院敞，狮坪砦共狐洞寺齐留。高峰砦翠接，湍水河清流。庆园寺峨月过，堆垛石蜀云浮。追胡卡瑗孙卡绰芳声，挹半崖卡之花笑；思包卡拯郝卡贤遗爱，荫七股卡之树稠。夏葱卡香蕴，冬简卡斑抽。寒飞梅崖卡鹤堪守坪，烟破柴林卡鹤自游坪。

纵搜玛瑙砦一窠，遮莫跨来猴岭；即负金钱卡万贯何须骑上扬州。种菜子卡于兰田，堪笑明皇幸蜀；探枫香卡于丹陛，最憐山谷谪涪。

原我鹤游坪，尖山卡蜀镇，大井地星留。人和砦百族，天福砦一州。莲药①芳而莲崖地韻，天船②泛而天星砦浮。岂出谷人皇，溯岷水则山王卡早甚；抑开疆神禹，蜀山则川主庙来不？面临白马坪、背控青牛石。柳生黄葛卡之庭，横扫一支文笔砦；苏子黄泥卡之版，别开半幅诗楼③。三磴卡、双碑卡，固称天府；八仙卡、七贤庙，亦列地球。惨遭作乱，独脚砦之摇贼④；喜煞振威，三角卡之勒候⑤。守永平砦、清平砦、太平砦之朝，羡聚和砦，问石门卡谁称；赴严场、白场、沈场之市，要合兴场，说沙坪场自由。三伏卡天净，万家坪人稠。看峭壁八九百步之形，跃兔儿山兮足不住；说周围六七百里之状，飞鹞子坪兮翅难收。

卡，小则七十二门，大则四十八门，能供保宁砦一属；地，横则四十余里，纵则百二十里，克资景福砦千秋。

注释：

①莲药：坪下诸山拱伏如莲瓣，坪居其中为莲药。

②天船：远观鹤游坪如船浮天海。

③诗楼：原分州牧张翊唐始建。已圮。

④摇贼：指明末张献忠部属摇黄十三家。

⑤勒候：清勒宫保之弟，驻坪镇乱。

思悟空间

汪渔渭的《鹤游坪赋》是一篇深情描绘鹤游坪地域风光与人文情怀的辞赋佳作。汪渔渭以细腻的笔触，将鹤游坪的自然美景与深厚文化底蕴巧妙融合，展现出一片充满诗意与神秘的土地。

在赋中，汪渔渭不仅描绘了鹤游坪的山川名胜、古迹遗风，还深入挖掘了其背后的历史文化内涵。他运用丰富的想象力和独特的艺术手法，将鹤游坪的壮丽景色与淳朴民风展现得淋漓尽致，让读者仿佛置身于那片古老而神奇的土地上。

此外，汪渔渭的《鹤游坪赋》还体现了他对家乡的深厚情感和对传统文化的热爱。他以文字为媒介，传承和弘扬了鹤游坪的文化精髓，让读者在领略自然美景的同时，也深刻感受到了中华民族悠久的历史与灿烂的文化。

总之，汪渔渭的《鹤游坪赋》是一篇值得阅读的佳作，它不仅让我们领略了鹤游坪的自然风光与人文景观，更让我们感受到了汪渔渭对家乡和传统文化的挚爱。

心中的“天地君亲师”位

◎ 垫江中学校高 2024 届 21 班 白秋汾

我的家乡的民居布置，多在中心之处设有堂屋。堂屋正面墙壁中央，普遍设置“香火龛”。它和庙宇神龛不同，没有雕塑神像，而是一块楷书字体的“天地君亲师”位。这五个字，一般写在一张大红纸上，少数人家亦有木刻描金的。每逢节日或婚嫁寿喜之日，家长总要率领家人，面向“天地君亲师”位叩拜。在焚香、明烛、献筵、敲磬、放炮的氛围下，很是肃穆。

看来，“天地君亲师”已成为人们精神上的信仰与皈依。敬畏它、依恋它，力求自己的人生无愧于天地君亲师。

这种崇拜，类似宗教却无宗教的玄秘色彩。天地是人们生存的自然环境；君是国家社会的代表；亲是血统的传承；师是文化科技的传承。五个方面包含了自然力和人力，同人们的生活息息相关，理应受到尊崇。它很实在，绝不虚无。是让人入世而非出世，积极而非消极。这种崇拜是有益的。

这种崇拜起源于何时何地，今尚无考。但家乡人对它的崇敬，让我想到孔子的“仁义礼智信”；让我追溯自汉代罢黜百家，独尊儒术以来，儒学已深入人心，它讲究忠孝仁义礼法（法家从儒家派生），主张“诚意、正心、修身、齐家、治国、平天下”。

这些精神落实到黎民百姓身上，就凝结成敬畏天地，忠君、孝亲、尊师等处世规则。

家乡人对天地君亲师的崇拜，传承已久。随着时代的进步，即使生活条件不断改善，住进了现代化楼房，家乡人还是要在显要处设立“天地君亲师”位。

或许，“天地君亲师”位早已住进了每一个家乡人的心里。

* 阅读领航

家乡在作者的眼中，是每一户人家的堂屋；家乡在作者的笔下，是融入特色文化的文字；家乡在作者的心底，是心血印出的图案。

巫　风

◎ 垫江中学校高 2024 届 19 班 **左倩荣**

“巫”的历史，早于其他宗教或学说，它诞生于人类蒙昧时代，是人们对许多当时不可知的问题的反映。人们试图对风雨雷电、地震、山火，以及人们苦恼的病伤等现象做出解释或解脱，但它没有走唯物之路，而钻进了唯心神秘之塔。

中国人把那些占卜吉凶祸福并声称能禳解消灾的人称为“巫”。最初和医并称作“巫医”。“人而无恒，不可以作巫医”这句话在两千年前就流行了。可知那时巫和医都是为病人服务的。可能巫用的是精神疗法，而医则在探索病因病理和药物疗效。

医学是人类对科学研究的起步。所以有“医学是科学的祖宗”的说法。但最初的科学却是神学的奴婢，医的地位是次于巫。

史载黄帝有个巫臣叫“巫咸”，他的封地在三峡地区，巫山因他而得名。他的后人以巫为业，传播很广、很久。随着科技进步，人类逐渐了解和掌握许多自然规律。巫术已不那么盛行了，但还没有绝迹。家乡垫江现在还有“看水碗”者，也是一种巫术。

家乡的巫风。二十世纪上半叶还很炽盛。坪人把巫师称为“端公”。家有病人，多请端公来家里做法事禳解。打钹、烧纸、占卜之后，在病人的脖子、手腕、脚踝处各拴一个红绳套，声称鬼已走，魂已归，生命已经套牢。这是简单的法事。有的法事耗时两三昼夜，深夜还要外出“喊山”，即在山野中连续呼唤一个模糊的名字。

如果有人在睡梦中答应了，便称找到了替死鬼。如果病人自己答应了，则有两说——病好了则称是喊回了魂魄，病死了则称病人自己要走死亡之路。遁词总是有的。

请端公做法事，除用以祛病，还用以酬神。每年秋收之后的十冬腊月，一些人家可能带着丰收之后的喜悦心情或更多的祈福愿望，便请端公去酬神，也借此聚会亲友（亲友赴会是要带礼物的）。

酬神的法事叫作“打傩（nuó）”。我少年时不解打傩真意，以为是锣声响起，所以叫打锣。前些年见到关于江西某县打傩的报道，其情景与故乡酬神极似，才知“傩”是指傩神，一种巫师用的神像面具。戴着傩神面具、跳傩神舞、唱傩神歌，确有使在场人心情松快的感觉。

我所在的垫江南部地区，打傩内容很丰富，除了跳傩神舞之外，端公还请出了壇神（平时闲置某处的两块凹形石头被神化）。他们扛着燃着纸钱火花的石头，在牛角号、海螺号的呜呜声中，强劲地绕步独舞，更显古风古韵。还有小端公上场，手持燃烧的小蜡烛或香火，拉着当家小主人迈着转圈舞步，烛光、人影、童态，令人忍俊不禁。

打傩，其实就是家庭举办的晚会，是借以庆丰收、祈福、会亲友，从而放松紧张心情的娱乐晚会。它和西方家庭举办的假面舞会、灯光舞会有相似之处。

如果巫师们抛弃玄虚色彩，就成了歌舞演员。

* 阅读领航

“一草一木皆风景，一事一物均含情。”作者把发现的眼光集中在家乡的巫术上，有平日细心的观察，有多年成长的积累，有心智成熟的历程，更有始终不变的对家乡习俗的爱。

嫁娶掠影

◎ 垫江第五中学校办公室主任 **胡勇权**

男婚女嫁，人生大事。旧社会时，儿女长大之前，父母就为他们的婚事操心。求助于亲友媒妁，寻找合适的对象。人品、家风、生辰八字等，都是双方考察的对象。双方满意了要履行订婚仪式（俗称“插香”）。之后，两家开始为结婚准备——修房屋，办嫁妆。

家乡人是鄙薄买卖婚姻的，视卖女儿为耻辱。而且习俗称女方为输家，男方为赢家，因为女方不仅送出女儿，还要送出陪奁（嫁妆）。

陪奁规模，随家庭经济实力而异。清贫人家，也要为女儿做套新衣服、新铺盖。有钱人家的陪奁则品种纷繁了。床柜桌椅凳、梳妆台、大盆、小盆、便盆等叫作行嫁，于结婚正日前，通知男方搬运过去，以便布置新房。

结婚正日的陪奁则是比较耀眼的物品。如双铺双盖、四铺四盖、八铺八盖、四季衣服、全套瓷器、自鸣钟及留声机（当年的奢侈品有如今日用电器）等，琳琅满目，五彩缤纷，旨在炫富。有的迎亲队伍长达数里，伴以乐队唢呐声、锣声，很是热闹。

女儿出嫁，上轿前，要在堂屋哭泣着拜辞祖宗、父母，还要将一把筷子举过肩头，扔给背后接应的兄弟，此举含意是“我走了，不吃娘家饭了，兄弟好好侍奉父母吧”。此情景，令父母兄友心痛不已。

女儿带着哭声上轿，有的离家几里路后，旁观者还能听到轿内的哭声，于是路边顽皮的儿童就齐声呼叫：“新媳妇，莫要哭，转个弯弯是你屋。”于是轿中新媳妇，便转变心情，怀着对新生活的憧憬走进新家。

为了结婚，男方要事先布置洞房，洒扫庭院，备酒迎宾。在性教育十分忌讳的年代，在结婚正日前夜，父兄要指导新郎学习婚礼仪式及性知识，叫作“教郎”。此事，多由新郎的兄、堂兄、表兄等已婚人负责。

结婚正日，家乡人多行迎亲之礼。即新郎在带礼先生、媒人等陪同下，带着花轿、新衣、礼物、乐队等去女家迎接新妇。迎亲人到了女方家要拜女方的祖宗父母，献上礼品，然后接受女方的招待。与女方的尊贵亲朋同桌就餐后，才在喜乐声中，带着新妇花轿、陪奁和送亲队伍返回。

以后的礼仪如今日影视所演不赘述。小异的是新妇踏进堂屋时，有人高唱喜歌，所谓四言八句，如“吉日良辰、天地开昌、三多五福、喜气洋洋”之类。还有一些忌讳，如在大门旁写着“姜太公在此，诸神回避”，意思是“哪路神仙，都莫来扰乱婚礼”。还有避姑、避某之说，即拜堂时，有的人不能在场，要主动回避。

结婚是喜事，也给某些人提供发小财的机会。铺床、架帐、开门都发赏钱，多由新妇支付。所以女儿出嫁时，父母要为她准备些零钱，以免尴尬。

* 阅读领航

生活的味道在哪里？作者用生活中最平凡、最普通，但又是人生中最大的事件告诉你。无论时代如何变迁，生活如何变化，结婚的流程如何改变，但“姻缘和喜庆”始终是不变的主题。作者描写家乡的婚俗，让你听得见，摸得到，暖在心。

☆文化生活谏言

戴氏族训

训者，教导也。家族之训，即本族大家庭之教导原则。族繁丁广，非教无以凝其心，非教无以励其志，非教无以广其识，非教无以厚其德。故自古豪门望族皆立训以为则，令举族阖家遵循不渝也！自吾族发祥以来，以家法之严而威望久传直至唐宋，其功名垂诸青史，何其伟哉！今世虽不当以官爵财积论人，然德才兼美者充族，则非独族之望，实亦国之望也。今戴氏有后学者贯吾族之祖传，摄古今之要义，撰为九十六言族训，以为戴氏子孙行为立极，而广树大气磅礴之才耳！先人有德有才，文韬武略；子孙再接再厉，光宗耀祖，为吾族扬威，为中华争光。

光宗耀祖，博读好书；学做志士，严己宽恕；
孝亲敬老，团结友善；见善思齐，视恶不为；
道之以德，有耻且格；修身成己，自强不息；
诚信做事，以德为范；和家兴业，宽心仁厚；
治国理政，忠诚公正；取财正道，厚德载物；
穷则有志，富达仁义；忠孝传家，经世致用。

| 第四节 合川区 |

主持 / 田波英老师

{ **概览** }

合川古名“褺江”，取嘉、涪二江在城北鸭咀的汇合之水如衣重叠之意。合川在巴人入川前是濮族人主要居住地，合川古城邑“巴子城”曾是巴国别都。濮文化、巴文化和后来的蜀文化交汇融合，铸就了合川以巴濮文化为特质的强悍而精明、进取而包容、英雄又平民的文化性格。

<< 古文寻芳

游龙多山

◎ 清 • 刘泰三

一日驱驰百里程，翠微深处踏云行。
烟开鹫岭飞丹阁，雾散龙山耸赤城。
石乳香流泉滑滑，松风响动鸟嘤嘤。
凭高不阻登云路，好待前溪月色明。

思 悟 空 间

龙多山是古代巴国、蜀国的必争之地和分界线。山下有旧赤水县遗址，山上有佛、道两教庙宇，历史古迹众多。相传西晋永嘉三年（309），有广汉仙人冯盖罗在山上炼丹，一日全家 17 人飞升仙去，从此龙多山闻名于世。

武则天称帝时曾“钦敕”山僧在龙多山建放生池。龙多山古建筑多为寺庙，最早为西晋，最晚为民国时期，但均已毁坏，或存地基残殿或作农房。

1985 年合川县文物保管所设保管小组于此，拨款进行维修。龙多山的清新宁静让人释怀，山中的唐砖宋瓦、摩崖题刻讲述着无穷尽的故事，引来五湖四海之朝拜者、文人墨客，留下灿烂的诗文，再现了龙多山的雄伟、神奇。

龙多山传奇（节选）

◎ 合川区文联副主席 兰梦宁

“山深风物美，秋日更宜人。云锁千年寺，峰环一片茵。檀香清肺腑，碑刻载经纶。自古钟灵秀，禅心涤垢尘。”龙多山以古城寺庙、摩崖造像、石刻题记和自然风光浑然一体而饮誉巴蜀。

1. 山如蟠龙——曾是古代巴国蜀国分界线

据清乾隆《合州志》记载：“龙多山，在州西北一百里，委蛇如蟠龙，故名。”

清道光《蓬溪县志·山川》记载：“龙多山，县东南二百里，接合州界，绵亘深远，峰峦秀拔，为蜀名山。”

合州即今之合川。龙多山位于重庆市合川区龙凤镇与潼南区龙形镇的接壤处，主峰在合川境内，海拔 624 米。其山北有一巨石，中部断裂，自古为巴蜀分界线。

据载，唐宋时期，龙多山属合州赤水县辖境，立于巨石上，可眺望重庆潼南、四川武胜。山上公鸡啼鸣，山下邻近四围之三县村民均可听到，故有“鸡鸣三县”一说。

清嘉庆三年（1798）山上修建了龙多山寨。龙多山寨有四个城门八个山头，东南西北四个城门分别为永镇门、瑞映门、太平门、迎恩门，四个城门都修建在绝壁之上，有着“峥嵘而崔嵬，一夫当关，万夫莫开”之气势。迄今城寨虽毁，遗址尚存。

2. 石刻碑林——精妙绝伦镌刻历史印记

从永镇门进城往右转，便到了东面的二岩。在长达 1000 米的峻峭二岩上，至今仍保留着自唐咸通时期以来，数以千计的摩崖佛像，众多的题刻珍品让人应接不暇。

据介绍，龙多山现存摩崖造像 94 龛，造像 1742 座（含千佛龛），碑林题记 93 通。

1946 年，著名史学家顾颉刚、杨家骆、傅振伦所著《大足石刻图征录》称：“合川多唐代造像，龙多山跳珠洞咸通五年弥勒佛龛，其最早也。”

位于二岩长廊中的千佛龛由唐代咸通五年（864）合州赤水县主簿赵行捐造，刻浮雕迭坐佛像 1000 余座，每尊高约 0.10 米，弥勒佛龛高 1.08 米、宽 1.05 米，内存佛像 19 座；半浮雕，造型丰硕，衣褶流畅，有“吴带当风，曹衣出水”之态。

据考，千佛龛比世界著名的大足宝顶石刻还要早 320 年，为龙多山摩崖造像最早石刻，雕刻精细，形象生动，是重庆地区众多千佛崖造像中建造时间最早、保存最完好的一龛。

二岩吸引古往今来众多墨客骚人前来游览。在二岩摩崖佛像之间，有大量的文字碑刻。

据《龙多山碑刻选》记载：“龙多山现有石刻 91 块，保存较好、字迹清晰的有 53 块，有《天宝年题记》《知县程公政事记》《张夫人梦佛记》《龙多山题记》等佳作名篇。”

这些精妙绝伦的碑刻作品，为古老而神奇的龙多山，增添了厚重的文化底蕴。

3. 道佛并存——“和合”文化的完美体现

据《合川县志》记载：“西晋永嘉三年（309）有四川广汉仙人冯盖罗在龙多山上炼丹。一日，全家 17 人从巨石上飞升仙去，从此龙多山闻名于世。”

后人称此巨石为“飞仙石”。后人在飞仙石附近修建了冯仙祠，即如今的玉清宫，宫里仍供奉着冯盖罗的塑像。

据被誉为“缙云才子”的重庆人、宋朝宣和六年状元冯时行的《龙多山鹫台院记》载：“山负于一道宫，三佛刹，而鹫台为之冠。”由此足可以见，龙多山上道佛两教并存。据考，一山有道佛二教并存的现象，在全国实属罕见也。

据清光绪《合州志》载：“武则天称帝时曾‘钦敕’山僧在龙多山上建放生池。唐玄宗时山僧曾‘奉旨醮祭’。”足以彰显龙多山在宗教界的崇高地位。

放生池面积约一亩，是武则天在位时所建的最大放生池。近视，水平如镜，农家房舍倒映在水中，仿佛水底迷宫，令人飘然神往。拾级而上，远眺放生池，浩渺的水天一色，青螺浮水，白鹤低飞轻掠池面，泛起涟漪。

龙多山的西面为道教区域，东面为佛教区域。龙多山上道教兴盛的历史，要比佛教久远数百年。

据山中道观居士介绍，每年农历三月初一至初三，数万名来自四面八方的游客虔诚地扶老携幼，登临龙多山。香客、游客队伍像一条矫健的长龙自山脚一直延伸到山顶。他们有的在“飞仙石”登高远眺，有的在“七步弹琴”踩着节奏听悠扬的琴声，有的掬一捧山泉入口……

* 阅读领航

蟠龙降地，界分巴蜀；千佛挂壁，道佛合一。传奇的龙多山，携着旖旎的风景，托着历史的印记向我们走来。它以其独特的山水自然美、石刻人文美，让每一位流连忘返的游客在古韵悠悠中洗涤心灵的尘埃。

合州：一座廉政文化资源的富矿

◎ 合川区文联副主席 兰梦宁

“播爱殷民，持清若水；明心立镜，鉴德如风。”廉政文化，在我国有着非常悠久的历史传统，是中华民族优秀传统文化的重要组成部分。

屈原《楚辞·招魂》有云：“朕幼清以廉洁兮，身服义尔未沫。”

欧阳修在《廉耻论》提出：“公正清廉，乃‘士君子之大节’。”

明朝的郭允礼撰写《官箴》，系统而明确地提出的“吏不畏吾严而畏吾廉，民不服吾能而服吾公；公则民不敢慢；廉则吏不敢欺”成为对“公廉”的经典阐释，对中华廉政文化的丰富和发展产生了重要影响。

2013 年 4 月 19 日，习近平总书记在主持十八届中央政治局第五次集体学习时强调：“研究我国反腐倡廉历史，了解我国古代廉政文化，考察我国历史上反腐倡廉的成败得失，可以给人以深刻启迪，有利于我们运用历史智慧推进反腐倡廉建设。”（新华网，2013 年 4 月 20 日）

在合州悠远的历史长河中，拥有丰富的廉政文化资源。

“出淤泥而不染，濯清涟而不妖”表达了北宋著名理学家周敦颐不与世俗同流合污的高尚情操。

周敦颐，字茂叔，于 1056 年至 1060 年间，在合州任通判，鉴于当时合州文化相对落后，读书人不多，周敦颐决定请乡绅张宗范主持学政，在学士山兴办州学，并带头讲学，同时邀请巴蜀饱学之士来授课。一时合州州学名声大振，为当地培养了大批人才。

周敦颐传播理学，推动了巴渝地区文化学术的发展，余风所向，波及川西及周边地区。当时诗人任大中有《送周茂叔赴合州佥判》诗：“一帆风雪别南昌，路出涪陵莫恨长。绿水泛莲天与秀，蜀中何处不闻香。”表达对周敦颐的送别之情。

如今，在合州境内有“养心亭”“濂溪祠”“爱莲巷”“书院街”“瑞映山房”“合宗书院”“周子书院”等纪念周敦颐的场所。随后有州官刘象功、唐珣、金祺、常学易重建学宫；曹自重修建周子书院；施廷�、宋锦留心文化，创修尊经阁。

清道光年间合州陈廷钰描写合州考棚：“在考棚封门后，危坐堂皇，终日不离，每得一卷，躬自校阅，十场考试毕，人无闲言。”

陈廷钰尤其留意培育人才，订聘两院合宗书院山长，必采访出众品学兼优者居之，在任两年，恒如一日，士民敬而服。

刘铭常，清道光年间合州知州，在任期间，倡修考棚，补修书院，培植学校，竭尽心力。卒于任上，士民哀之，灵柩发出之日，遮道奠祭者以千百数，哭声震野，观者蹙然。

公正断案，是封建社会一个地方官能否清廉为民的最具体的体现。周敦颐到合州任通判伊始，不顾舟车劳顿，立即对属地进行多日的实地调研考察，很快熟悉了合州的社情民情。《合州志》载其“一讯立办”。

华国英，清光绪五年知合州，初至，问民疾苦，求所以利济之。在任三年，治化大洽。前政交案卷盈千，华国英危坐堂皇，日决狱数十，不到半年积案为清。曾署题州衙大堂楹联云：“能听讼平得眼前争，未必循良作吏只如此；不要钱亦是分内事，当思父母斯民之谓何。”

其主持风教如此，光绪八年调离合州。州民走送者相属于道，华国英依依不忍别。

董淳知州在任年余，百废俱兴，南津街文峰塔为其所创建也，基础刚成，被调往巴县，后曹遽继任，塔修成，州人以其有振兴气象，故名为“振兴塔”。唐珣、段琪维修合州城墙，曾嘉表修葺邹公祠等。单煦修筑“单公堤”；萧埙效仿单煦修堤于涪江两岸；州人、工部侍郎胡士赏从倡捐集资维修堤岸，百姓号曰“胡公堤”。

清康熙六年（1667），于成龙升任合州知州，由于明末清初战乱纷争等原因，此时的合州战后萧条，已是十室九空，遗民百余，州中财政收入田赋、丁银总共才有 14 两。于成龙赴任之途，所见尽是荒草丛生之地、鸠形鹄面之人。于成龙上任从廉政抓起，仁义施政，并且不顾个人的进退荣辱，上书直陈，尽瘁为民，一心为公，在合州，民众与他鱼水相依，乃至他调任后还为他立生祠永志感念。

《合州志·宦绩》对其评价："于成龙……居官清正廉明，多善政，州人号于青天。"两年后，于成龙因政绩出色被调任湖广黄州府同知。

"廉政出，世风清，常将惠雨洒民生。"

《孟子·梁惠王下》有句："乐民之乐者，民亦乐其乐；忧民之忧者，民亦忧其忧。"

合州知州屠大山："以实心爱民，而性特廉介，每岁征粮有羡余，历政皆取以入己，大山辄用以抵穷民逋赋，一尘不染，百姓称之。"

刘士逵在任合州知州期间，"恰值岁灾，亲往履勘，见贫不能自存者，乃捐俸禄赈灾之，多所全活，颂声载道。"合州知州姚孔镛"催科不扰，民乐输将"。合州知州张鼎生"好士爱才，于月课所得，皆用于培植有才之人。州学子早逝，还抚恤其妻儿，依依有故人情"。

李宗沆，清道光十二年至十八年，三任合州知州，前后七年。在任期间，为地方公益善事，做了很多工作。特别是办"六政（育婴、宾兴、恤嫠、拯水、栖流、泽骨施棺）、三费（厅费、厂费、解费）"，为群众减轻负担，为州人所拥护，为外地所仿行，不失为地方善政。

道光十四年，李宗沆带头捐银 1400 两，再向城乡乡绅商户劝捐，后共募捐 26700 银两，收养孤儿。合州"三费"措施得到四川总督的表彰，并向全省推广。

"政声人去后，民意闲谈中。"合州，三江汇聚，有着道不完的廉政故事，独特的廉政文化，是一座"精神富矿"。其既蕴含着可贵的为官智慧，又具有良好的教化和警示作用。

当今，我们应该继承和发扬珍贵的廉洁文化遗产，用廉洁文化始终涵养自己的勤政之心、廉洁之心、爱民之心，用行动来演绎和诠释。

* 阅读领航

莲因洁而尊，人因廉而正。做官像莲花一样洁白做事可谓廉洁，把全州放在心上做事可谓廉政。在三江汇聚的合州，廉政故事源源不断，廉政文化一脉相承，爱才、公正、惠民这些美好的精神品质流传至今，滋养了每一位合州官员的灵魂。

占得人间一味青

◎ 合川中学校高 2024 届 24 班 吴若茜

把手放在镌刻南风印记的石墙上，感受历史的余温。远山的青黛，流水的幽绿，清静的安居古城恰如经年的古画，在眼前徐徐铺开。

1. 怀古 · 山清水秀

安居古城东起飞凤山，南绕化龙山，西跨乌木溪，北临涪江，走势蜿蜒，壁立江岸，青山抱城，绿水绕膝。

从山脚拾级而上，绕过星辉门，便进入火神庙街。

山岚未散，街道上零星地缀着两三行人。街上的店铺还未开张，青苔已自顾自地占领街道。

檐角飞翘，窗棂雕花，石兽昂扬，灯笼轻晃，清香幽远，蒙蒙雾色中，似能窥见古城万年前的光景。

悠扬的晨钟唤醒沉睡的古城。雾气在老寺的屋檐、台阶、廊柱穿梭，卷着幽幽的木香，轻诉着古老的传说。屋檐盘旋的两条巨龙仿佛从史书中苏醒，抖抖胡须，伸伸懒腰，昂首欲飞。站在巨龙身下，仿佛听到来自远古的召唤，情不自禁地抬头仰望。

2. 溯源 · 底蕴深厚

沿着街道而行，安居古城的全貌便赫然在目。

早在两千年前，便有先民在此定居，汉代逐渐形成村落，隋唐成为水陆要冲，见证风云变幻，历经时光雕琢，古城融巴渝文化、宗教文化、书香文化、移民文化、抗战文化和龙文化于一体，书写一页又一页的璀璨辉煌。

民居、古巷、吊脚楼演绎县城故事；县衙、文庙、城隍庙记录巴渝风貌；古寺、天宫、妈祖庙书写宗教信仰。

行会、商会、哥老会群雄林立，宗祠、书院、科书场璀璨夺目，补锅、龙舞、县令出巡妙趣横生，巡抚、进士、礼部尚书人才辈出。

翰林世家，唐宋文豪，封疆大吏，湖广移民，南北商客，抗战烈士都在此留下足迹。

玩龙灯，抢龙宝，板龙角，赛龙舟，经久不衰；大儒龙、稻草龙、黄荆龙、扁担龙，丰富多彩。

3. 抚今·盛世之音

华灯初上，明月的清辉也染上几分秾丽的意味。

乘船漫溯，你会有片刻的疑心。脚下江水的波光，天上星辰的清光，江岸古城的灯光，在水面交织，是天上宫阙？是人间胜景？恍惚间也就迷迷糊糊下了船，上了岸。

盛大绚烂的烟花打破古城的寂静，一呼百应；各色的彩灯铺满古城，铺成十里灯火长街。此刻，你才真切地体会到“玉壶光转，一夜鱼龙舞”的繁华景象。

火龙起舞，寓意风调雨顺；锣鼓齐鸣，奏出五谷丰登；八音合乐，镌刻岁月痕迹；铁花献瑞，绽放盛世绚烂。

长达数十米的火龙队伍在火花中往来穿梭，好一幅惊险奇特之景！龙头前，一人高举元宝而出，好一招引龙出海！舞龙手高举火龙登台，好一出先声夺人！舞手身着红衣，脚踩红鞋，头绑红绸，好一个英武汉子！在火焰的围绕中旋转腾挪，在铁花的绽放中舞动跳跃。

炉火熊熊，铁水滚烫，只见威风凛凛的打铁花师傅一声大喝，手一抛，再一击，铁花便飞上夜空，漫天洒落。

点点星火汇聚瞬间，填补人生空白页，那一瞬间的绚烂多彩，将永远镌刻岁月之间。

在润碧黛绿的茫茫山影中，在古朴陈旧的无穷岁月之间，安居古城独占人间一味青。

* 阅读领航

《青玉案·元夕》中的“东风夜放花千树。更吹落、星如雨”“凤箫声动，玉壶光转，一夜鱼龙舞”，用来形容安居古城的夜景再合适不过。安居是铜梁民间彩扎工艺的发源地之一。当然白天的安居古城也颇吸引人，置身“安居八景”之中，能让人顷刻间忘掉城市的烦扰，仿若穿越到另一个世界。

☆文化生活谏言

江畔吴家大院公约

◎ 合川中学校高 2024 届 24 班 吴若茜

尊亲长，守孝悌，传统美德代代传
友同辈，亲睦邻，热忱慷慨人人欢
老自尊，幼自谦，其乐融融是关键

履职责，敢担当，家和事兴最美满
勤劳作，乐耕耘，勤以持家运亨通
戒奢侈，明淡泊，俭以养德风气正

居良善，存仁厚，律己宽人天地广
守诚信，践诺言，品质卓越赢未来
持宁静，养性情，沉淀自我生慧心

日三省，守四箴，醒世名言常相伴
谨言行，慎细微，讷言敏行防祸患
立正直，守底线，光明之家日月悬

整六闾，扫庭院，独善自养有内涵
奉家规，循礼节，行事有度不自专
想人民，怀家国，格局广大人心暖

*点评

家训是对个人从德行修养上进行规劝向善的教诲。作者围绕传统美德的传承，从勤俭持家、诚信良善、谨言慎行、家国天下几个方面进行了倡导劝诫，句式整齐，朗朗上口，颇有古风雅韵！

第五节 江津区

主持 / 龚梅老师

概览

江津，中国长寿之乡、武术之乡、楹联之乡、花椒之乡、富硒美食之乡，是中国生态硒城、国家新型工业化示范基地、国家现代农业示范区、全国双拥模范城。

1992 年江津撤县设市，2006 年撤市设区。古往今来，江津孕育了名人文化、爱情文化、长寿文化、诗联文化、古镇文化、抗战文化等特色文化，获评重庆首个市级历史文化名城。

古文寻芳

过蜀龙门

◎ 唐 • 沈佺琪

龙门非禹凿，诡怪乃天功。
西南出巴峡，不与众山同。
长窦亘五里，宛转复嵌空。
伏湍煦潜石，瀑水生轮风。
流水无昼夜，喷薄龙门中。
潭河势不测，藻葩垂彩虹。
我行当季月，烟景共春融。
江关勤亦甚，巇崿意难穷。
势将息机事，炼药此山东。

思 悟 空 间

诗人以诗歌的形式描绘了龙门滩的景观，使得龙门滩的壮丽景象被载入《全唐诗》，成为江津唯一进入唐诗视野的景观。

青堰“双生”水文化（节选）

◎ 江津第二中学校退休教师 李定超

近年来，到江津区四屏镇青堰村旅游的各地游客越来越多。我无意中发现了一种特殊奇怪的现象：有不少游客都带着大小不一的塑料水壶，离开时壶内都要灌满泉水。

原来这里有一眼泉水叫“双胞胎泉”，据说喝了能怀上双胞胎。

喝双生泉会怀双胞胎，听来让人感到有点好笑，似乎是痴人说梦，但“双胞胎泉”的神奇功效却是有出处、有实实在在根据的。

1. 青堰村的变迁

重庆市江津区四屏镇青堰村，在撤乡并镇前属沙河乡的行政村。2014年四屏镇成立后划归四屏镇。后来，村政府修通了连接四屏镇到双凤村的公路——屏凤路，从此青堰村村民走上了小康之路，过上了幸福生活。

在明朝末年，青堰村不叫青堰村，而是叫青草坝，是川盐进入贵州的古盐道必经之地。

因此，从历史的角度说，青草坝的发展历程浓缩着时代的变迁和古盐道的兴衰。

我的老家在四面山镇双凤村。我从小就对青堰村的山形地貌、风土人情很了解，加之近几年来先后多次到青堰村观光旅游、走亲访友、实地采访，因而对青堰村有了更深刻的认识和了解。

在几年前的一次采访中，我惊奇地发现，这里的双胞胎真不少。后经媒体报道，青堰村因盛产“双胞胎”而闻名全国。而“双胞胎”的频频出现，原因是这里有眼泉水——双生泉。

2. “双生泉”的故事

明朝末年的古盐道空前繁盛，成千上万的马帮客和背脚子来来往往，络绎不绝。很多青草坝人和双凤村人为改善生计，也加入运盐队伍。青草坝有一个年轻的马夫陈郎，与妻子陈氏青梅竹马，恩爱无比。但唯一遗憾的是，二人结婚多年，膝下却没有一儿半女。夫妻俩为求子散尽家财。陈郎在运盐途中听说哪里有良医，都要登门拜访，途经寺庙都要烧香磕头请愿。他的虔诚之心，令人感叹。

川盐入贵，千里迢迢，马帮走一趟就是一月半旬，甚是辛苦。陈氏深感陈郎运盐艰辛，除了在家侍奉公婆、操持家务外，时常登山遥望，祈求陈郎平安归来。

然而，天有不测风云，人有旦夕祸福。一天，陈氏如往常一样登上山头，盼来的却是担架上昏迷不醒的丈夫。

原来陈郎在归家途中不慎失足掉落山崖，致头部重伤。郎中断言，陈郎如三日内不苏醒，恐有性命之忧。陈氏闻之，悲痛交加，不眠不休守在陈郎身旁照顾，如是三天。

那夜月朗星稀，陈氏神情恍惚间，一个手持竹杖的老者飘然而至，对她说道："村头竹林边有口泉眼，此泉有灵，可助你得偿所愿。"话音刚落老人就悄然离去了。

陈氏猛然惊醒，急忙赶至村头竹林边，果真看见竹林边有口泉眼。她当即跪到泉边，取水带回。

陈郎饮泉醒来，如大梦一场。夫妻俩历经大难后更觉得生命之可贵，恩爱更甚。一年后陈氏生下龙凤胎，自此儿女双全。

陈氏感念上苍，掘泉为井，取名"双生泉"，并引水筑堰，灌溉良田，造福百姓，名曰"青堰"。

3．"双胞胎"的盛况

据不完全统计，1915 年至 2015 年百年间，在青堰村出生的人口中，双胞胎有 240 多对，平均一年出生的双胞胎超两对。目前，全村有双胞胎 44 对。其中，最大的 80 岁，最小的 3 个月。这个奇特的村庄，甚至连村民养的鸡鸭鹅都有接连产下双黄蛋的情况，不得不令人惊叹。更神奇的是，村里一户人家祖孙三代都是双胞胎。

为揭开青堰盛产双胞胎之谜，有关专家对青堰的泉水做了检测。结果表明，青堰的水每千克中硒含量达 0.3187 毫克，明显高于正常标准；90.21% 土壤的硒含量远远高于全国平均值。水土中高含量的硒元素在一定程度上和"双生"现象有关。因硒元素可以促进排卵，提高卵细胞分裂能力。

村民长期食用富硒土壤种植的大米、大豆等食物，饮用硒含量较高的泉水，对于育龄夫妇怀双胞胎都有一定影响。

另外，青堰村空气负离子浓度平均值达 1570 个 /cm^3，超过世界卫生组织规定的清新空气标准；空气氧含量平均值达 22.58%，超出正常空气氧含量水平（20.95%）1.63 个百分点。这说明青堰是名副其实的富氧环境、天然氧吧。

毫无疑问，青堰村的生态环境有利于人们的生殖健康，对于双胞胎的生产起到正向的促进作用。

这是一个科学的奇迹。

* 阅读领航

青堰村位于江津区四屏镇，有着“重庆第一双胞胎村”的美誉，全村 367 户中就有 44 对双胞胎。青堰村的神奇也吸引全国各地游客前来“打卡”。作者走入青堰村，探寻“双胞胎”的秘密，介绍了青堰村的“前世”和“今生”，使文章颇有传奇色彩和浓厚的文化气息。

探寻江津文化，品味故乡历史

◎江津第二中学校高 2025 届 8 班 张诗航

这里没有波涛汹涌的大海，只有育人一方的长江；这里没有高耸入云的高峰，只有绵延起伏的山峦；这里没有光彩夺目的领先科技，只有 3200 平方公里上朴实无华的文化。这里不是他处，正是我的家乡——江津。

时光荏苒，奔涌的时间改变了这里许多事物，但其中万古不变的便是江津经久不衰的传统文化。今日，就让我为大家领路，我们一同走进江津独一无二的文化吧！

古镇溪水潺潺，农家炊烟袅袅。五千年文明的薪火相传，为华夏儿女留下了灿如星河的宝贵文化财产。江津的古建筑可谓不胜枚举，如石佛寺遗址、朱沱古镇、石门大佛寺摩崖造像等。而令我印象深刻的便是坐落在江津西部的一座拥有 600 多年历史的全国历史文化名镇——石蟆镇。

石蟆镇有“津西明珠”“长江入渝第一镇”等美誉。这里，大大小小的古建筑中，当属清源宫最有名。清源宫是为了纪念战国时期治水功臣李冰而建，占地 1700 平方米，是西南地区保存最完整、规模最大的明清建筑；主要由戏台、川主大殿、灵官殿、玉皇殿、日月亭、清风亭，以及有 20 多株百年古树的花园组成。其中，正门广场右侧的一棵香樟古树，与清源宫同龄，距今已经有 500 多年，被称为“500 年香樟王”，需要五六个人才能合抱。

每逢春节，这里都会举办庙会。届时，日常平静祥和的宫内便会热闹非凡，其中宫内表演的节目多种多样，如打钱枪、莲花闹、舞龙舞狮、唱大戏等，直至“灯杆会”达到高潮，以此以酬神灵，以慰乡邻。

每当我在此时来到清源宫，都会被里面热闹的气氛裹挟，切身感受着老祖宗给我们留下来的宝贵财富。

秋风起兮木叶飞，吴江水兮鲈正肥。江津人的先辈留下来的不仅有古建筑，还有与人们生活息息相关的丰富的饮食文化，其中江津米花糖可谓人尽皆知。

米花糖是江津区传统食品，已有近百年历史。当年在江津城区经营太和斋糖杂铺的陈汉卿、陈丽泉兄弟，觉得米花糖色味不佳，改用白糖自制米花糖出售，随后又对炒米工艺进行大胆改革，加入上等桃仁、花生、冰糖、芝麻等辅料，制成了油酥米花糖这一新食品。

此后，江津米花糖名扬天下。20 世纪 50 年代后期，江津米花糖开始进入国际市场，远销中国香港和东南亚。将一块米花糖放入口中，酥脆化渣，不松散，不砂不化，待细细咀嚼之后，一股米花清香便会在口中荡漾，似乎真的来到了无边无际的稻田之中，感受着清风携带着浓厚而不油腻的米香吹拂身上。那味道，并非如山珍海味般汹涌，而是慢慢地沁人心脾，让人细细感受着先祖留下来的配方中所蕴含的厚重“乡味”。

新寒中酒敲窗雨，残香细袅秋情绪。谈起历史文化，在中国这片土地上，酒绝对是不可抹去的一环。江津白酒恰恰能够体现中国酒文化中地道的特点。在众多的酿酒师中，就包括非常值得大家了解的江津老白干酒创始人樊志洪先生。

1917 年，樊志洪出生于白沙的一个酿酒制曲世家，其父母以制酿酒米曲而闻名巴蜀。樊志洪以祖传酿酒制曲的配方为基础，结合其他配方进行优化，成功探索出以 100 多味中草药为配方的酒曲，使江津老白干酒的品质大为增色。江津老白干酒酒液清澈透明，纯净无杂，醇厚芳香，回味甘爽，是江津人每逢好友聚会的必需品。

在科技蓬勃发展、时代风云激荡的当下，一方面要抵御西方文化入侵，一方面又要思考如何让本土文化更好地延续下去，让其在新时代焕发生机。青年人更应该巧借创新活水，为传统文化赋能，才能为传统文化拂去历史尘埃，让其更加贴近当今时代。

在了解了江津丰富的传统文化后，让我们争做传统文化的传承者，把家乡的传统文化发扬光大吧！

* 阅读领航

在江津儿女的心中，家乡有美景、美食、美酒，还有代代传承的传统文化。本文深情地描绘了江津传统文化的独特魅力。文章从江津的自然风光、古建筑、饮食文化到酒文化，展现了江津的历史底蕴与人文风情。通过对石蟆镇、清源宫、江津米花糖和江津老白干的细致描述，让读者能够感受到江津传统文化的厚重与丰富。

古镇深处廷重祠

◎ 江津第二中学校高 2025 届 11 班 **周鑫悦**

文物古迹，凝结着一个民族、一个国家的历史文明。借由它，我们深刻了解人类的过去，从中汲取智慧，以便更加理智地面对未来。山城边境，群山环绕，聚族而居，族必有祠。在古朴苍劲的塘河古镇里，隐藏着一个徽派建筑的古祠堂——廷重祠。

廷重祠又名“孙家祠堂”，建于清光绪十八年，系江西孙氏移民家族修建的宗族祠堂，是重庆客家宗祠建筑的典型代表作。廷重祠前有照山，后有靠山，周围还有玉带水环绕，在充分继承清代川东民居简洁、雄浑的同时，还融合了江南建筑的灵秀。廷重祠以起伏地形为基础，坐北朝南，三进两院布局，砖、木、石结构，主要由正殿、中殿、戏楼、厢房四部分组成，制式严谨，古朴典雅。

祠内所有地坝均用条石铺就，屋脊由镂空琉璃砖砌成。

十米高的围墙让廷重祠显得威严肃穆，两边是非比寻常的风火墙，精致巧妙，气势恢宏。后厅两侧拱形的猫弓背墙，多见于当时的湖广地区；前厅两侧的平脊重檐叠簸式马头墙，多见于徽州等地。它们见证了一个家族的迁徙过程。

祠堂作为重要的宗族聚会场所，一直担负着家族繁衍、宗族精神传承的重任。祠堂越大，就意味着家族人丁越兴旺。据《孙氏家乘》记载，塘河孙家原籍江西太和县，后来迁到湖北麻城孝感乡，明末时入川，再几经迁徙，最后在江津塘河扎下根来。

廷重祠建好后，孙家在祠堂内办学，历代出了很多读书人。

如今，经文物部门批准，廷重祠现已经成为市级文物保护单位，是目前重庆市保存最完好的宗祠建筑，更是巴蜀宗祠文化的活化石。经过修葺后的廷重祠风华再现，正以全新的姿态，向世人展示着历史的厚重与沧桑。

抬头是千里江山，垂眸是翠樾万重。回望历史长河，华夏文明余韵悠远，耀古烁今。在廷重祠里，在孙氏族谱的红纸上，历史的笔墨勾勒一个个名字，见证一代代传承。

“华夏芬芳自古来，守正出新透酒香。”吾辈青年，争做活水之源，懂历史、看未来，传千年之经义，燃万古之明灯。

* 阅读领航

本文以廷重祠为切入点，深入探讨了传统文化的价值和意义。廷重祠是重庆客家宗祠建筑的代表，见证了孙氏族人的迁徙与繁衍，同时也是巴蜀宗祠文化的活化石。文章通过描绘廷重祠的历史背景、建筑风格和文化内涵，展示了中国传统文化的博大精深和独特魅力。文章强调了传统文化的价值，以及当代青年传承和发扬传统文化的重要性；同时也阐释了华夏文明的深厚底蕴与现代生活结合的必要性。

☆文化生活谏言

家风无“痕”亦有“恒”

◎ 江津第二中学校高 2025 届 4 班 **曾福涛**

家风是什么？

家风是山重水复时的柳暗花明，是干涸沙漠中的一眼清泉，是人生道路上的一盏明灯。在成长过程有家风陪伴，有家训陪伴，就注定不再孤单。

家训产生于先秦，并成熟于两晋至隋唐，繁盛于宋元明清时期，至今已有两千年历史。身修而后家齐，家齐而后国治。强调先齐家才能治国，而家风又是齐家的关键。良好家风是家族长辈对后辈的要求，是后辈立身做人的行为准则，是社会和谐的基础。

律己修身

“行止于人，务在饶之。言思乃出，行详乃动。”与人交往务必宽容，言语虽轻，需经过思考再说。行动之前要周密计划，不妄动。

清代曾国藩曾借讲述书法的机会，与其子曾纪鸿讨论如何培养进取精神：“困时切莫间断，熬过此关，便可少进。再进再困，再熬再奋，自有亨通精进之日。”

凡事皆有极困极难之时，打得通便是好汉。

清代康熙皇帝则在家训中强调培养居安思危习惯：“凡人于无事之时，常如有事而防范其未然，则自然事不生。若有事之时，却如无事以定其虑，则其事亦自然消失矣。”

读书治学

“将教天下，必定其家，必正其身。”学之道可谓无穷矣。弘扬学习的家风是一种责任，是一种使命。人生亦如此，没有人会因为学问而成为智者。学问，或许会由勤奋而得来，而智慧增长却有赖于耳濡目染。奋发新征程，秉持家国情怀的赤子之心，踔厉奋发，笃行不怠，每个家庭前进的脚步，终将汇聚成国家的进步。

“合抱之木，生于毫末；九层之台，起于累土。”用积土成山的精神，一步一个脚印，携手推进家风建设。少年应了解百年之未有大变局，青年应承担中华民族伟大复兴主要责任。

普惠互助

中国古代一直强调“仁政”思想，“老吾老，以及人之老；幼吾幼，以及人之幼”的观念深入人心。不少家族都提倡在力所能及的范围内，设立义庄、义学、义田、义冢。

当代中国青年应当与他人互利共赢，在如江河入海的聚力下共融，实现自我价值。

魏源有言：“孤举者难起，众行者易趋。”个人与集体的关系从来不是相悖的，而是经由时代认证的互相成全。倘若个体离开了集体，便犹如离开大海的水滴，不足以滋润生灵。唯有将自我融入集体，方可凝聚微光成星海。

当代中国应当开和而不同之路，燃互利合作之灯。

家风与国风一脉相承，交相辉映。家风的好坏不仅关系一个家庭的未来，还与国家风气如何息息相关。

家风是根，国风是茎，家和筑起国兴；家风是源，国风是流，源远才能流长；家风是溪，国风是海，万溪汇聚便是海洋。

＊点评

“家”字既指代具体的家庭，也寓意着国家这一大家庭的宏观概念。强调家风，实质上是对个体家庭文化的关注，而深层的意义则在于对整体社会风尚的塑造。

本文作者以独特的视角，以高中生身份深入探讨家风对个人品行、家庭和谐乃至国家发展的深远影响，展现了其对传统文化的深刻理解和独到见解。

在文中，作者从律己修身、读书治学、普惠互助三个维度进行了详尽分析，将家风建设与国风塑造紧密相连，凸显了家风在国家风气塑造中的核心作用。

第六节 黔江区

主持 / 张尉老师

概览

巴楚后裔在自成一脉的生产生活中养成了独特的生活习惯和独有的生产方式，使处于北纬 30 度的重庆市东南部、武陵山腹地的黔江处处彰显着淳朴浓郁的民族文化。集革命老区、少数民族地区、边远地区、国家扶贫开发重点地区于一体的黔江，同时也集自然资源、人文资源、气候资源于一体，集巴楚建筑文化、农耕文化、土家族文化于一体，集独具风格的民间文学、极具特色的土家族音乐和舞蹈于一体，集古镇文化、码头文化、商贾文化、场镇文化于一体。

<< 古文寻芳

送王十五判官扶侍还黔中（得开字）

◎ 唐·杜甫

大家东征逐子回，风生洲渚锦帆开。
青青竹笋迎船出，日日江鱼入馔来。
离别不堪无限意，艰危深仗济时才。
黔阳信使应稀少，莫怪频频劝酒杯。

思悟空间

唐代宗年间，王十五从四川三台辞职侍奉母亲还乡黔阳。离别宴上，仕途不顺的王十五有些郁郁寡欢。前来送别的杜甫看出了王十五的无奈，同样仕途坎坷的杜甫不禁触景生情，写下此诗。

杜甫自言承受不了无限的离别之意，表达了送别友人的惜别、留恋之情；杜甫称王十五有济世救时的才干，表达了自己对堪为济世之才的王十五的赞赏和钦佩；同时杜甫希望有人能力挽艰危的时局，表达了对艰危时局的忧虑。

据文史专家考证，此诗是现有文献中最早提到黔江区的诗歌。

<< 文化探幽

凝望石刻（节选）

◎ 重庆市散文学会会员、黔江区作协会员 **周灿**

秋雨霏霏，我又一次伫立石家镇关口石刻前，细细端详面前石壁上的那方摩崖石刻。

石壁宽约 10 米，高约 6 米，上方一行隶书阴刻“砥砺廉隅”四个大字，笔力雄健，刚劲雄浑。秋雨尚未染尽石壁，那些字迹有些斑驳模糊，“张九章书”的落款却让我的思绪在这斑驳模糊的光影里蹁跹起来。

轻轻拨开近代黔江的历史烟云，100 多年前的黔江迎来了新任县令——山西平定州人、光绪九年癸未科进士张九章。谁也未曾料到，这看似一起普通的官员任命，会给黔江带来如此深刻的改变。

史载，彼时黔江县城，册山河与大木溪在城西交汇。每当夏秋，则有洪水暴发，多决堤而冲没良田、房舍，百姓深受其害。张九章刚一到任，便遇山洪暴发，亲见百姓流离失所，于是决心筑堤安民。他先是筹款筑堤，不料河水汹汹，旋筑旋冲。继又变卖船田，发动群众以工代赈。历时 5 年终于筑就了牢固的河堤，缓解了黔城水患。

张九章体恤人民疾苦，在洪灾袭来，粮食歉收，粮商囤粮涨价时，他开放仓储，低价卖粮，施粥给饥民，并动员米商平价售粮，终于使百姓成功度过劫难。

他热心教育，重视培育人才，常说：“人才乃国家之元气，人才盛则国家元气固，而所以作育栽成，宜不遗余力。”

他于是兴办墨香书院，拨款整修学舍，捐银 200 两购买图书、置买学田，并亲自讲学。

他以“修县志为己任”，先以旧志考据欠精，组织人力，补修县志若干篇。旋又自嫌其简陋，聘请 36 人，并亲自执笔，终于完成了 5 卷、22 个分志、14 万余字的《黔江县志》……

秋雨淅沥，缠绵悱恻，浸润了山崖上的草木、坚挺巍峨的山石和我面前的这方石刻。“砥砺廉隅”四个大字经秋雨浸染，渐渐清晰起来。

“廉”本指房屋的边，“隅”本指房屋的角，摘自苏东坡诗词的这一词语意，即通过修炼使品行端正。张九章把这四个大字刻于石壁上，意义是很明了的——警诫自己，也教育世人做一个有节操、重品行的人。

秋雨淅沥，轻敲慢击片片绿叶，沙沙作响，仿佛在诉说着某些话语。

……

在这幽幽的历史光芒中，张九章清正廉洁、一心为民的质朴情怀宛若眼前。

想那张九章所处时代，正是清朝王权大厦即将倾覆，内忧外患不断叠加的时节。放眼神州，官吏腐败，狼烟四起，民不聊生，国将不国。而地瘠、人贫的黔江竟然有这么一位清官、好官，实在是黔江万千平民的大幸！

张九章主持修建的黔城河堤，一次又一次阻挡了泛滥的洪水，至今依旧福泽黔城百姓；他主持修编的《黔江县志》仍是人们了解和研究黔江历史文化的重要文献；他主持兴建的墨香书院，以及在此基础上建设起来的学校，成为黔江境内学校之翘楚，以其独特的文化魅力，滋养了一代又一代为国家、民族奋斗的栋梁之材……

我并不知道张九章的仕途在那混乱的年代里最终怎样。我只知道，张九章奉旨离京赴任黔江，祭先祖时曾誓言：“此行倘受一文枉法钱，先灵殛之……”

我也知道，张九章以“卓异”的考察结果从黔江调任四川屏山县令后，调防军，督团练，剿抚兼施，几个月就使民族杂居、相互仇杀的县境转为平安。

我还知道，100 多年后，修建金沙江向家坝水电站的设计人员在张九章编修的《屏山县续志》中查阅到该地历史洪水重现期可考证至 1813 年的珍贵资料，而根据该水文资料做出的设计，为项目节约了 1000 多万元的经费……

一个封建社会末期偏远小县的县令，百余年光阴过去了，其政绩依旧福荫后人，治地人民依旧对其感恩戴德，不就因为其“壁立千仞无欲则刚”的廉洁品质和一心为民的质朴情怀吗？

一个地方官员，只有始终把人民装在心中，立足本职，脚踏实地地为人民服务，人民才不会忘记他，历史的星空才会留下他的一抹亮光。

关口石刻，成为石家镇厚重的历史文化底蕴一部分。石家镇所有干部也正在新时代里用自己的行为践行“砥砺廉隅”四个大字的含义，并赋予它新的历史内涵。我相信，经年之后，后人检视这段历史，必定有更加丰富的收获。

风歇雨住，空气清新，沁人心脾，我再次把目光投向那方摩崖石刻，又仔仔细细地端详了一遍。

* 阅读领航

国有贤良之士众，则国家之治厚；贤良之士寡，则国家之治薄。贤者担大任，克时艰。德才兼备、砥砺行廉的父母官，方能流芳百世，永垂不朽。

“深山故宫”张氏民居

◎ 黔江民族中学校高 2025 届 12 班 龚敏

一泓溪水绕城郭，十万青山翠不黄。这里是黔江西北的一个中心小镇——黄溪。从黔江城区一路向西，沿着蜿蜒的道路颠簸七十余公里，我们来到了素有“深山故宫”美称的市级文物保护单位——张氏民居，探寻它的庐山真面目。

张氏民居，因民居主人为大地主张合卿而得名，始建于 1911 年。百年沧桑，这座隐秘于黔江深山、占地 1071 平方米的建筑，至今保存完好，在春日暖阳的照射下熠熠生辉。它背靠逶迤大山，常伴茂林修竹，面临集镇和黄溪河。

拾级而上，张氏民居大门外的门槛石在百年风雨的洗礼下被磨得光滑，大门两边石柱上雕刻的文字和图案清晰可见。推开张氏民居那两扇两吨多重的青石大门，气势恢宏的五个小四合院组成的古建筑群便映入眼帘。该建筑为一楼一底，整个院落呈现的是一个复四合院建筑样式。土家族的吊脚楼厢房配置于三面，四周以土墙封之。整座张氏民居，由前厅、正厅、左右厢房、地下室、绣楼、碉楼、门楼、踏道、后花园、内外围墙、石拱桥等组成。据了解，共有房屋一百零八间，大小天井五个，水井三口，鱼池一个。

井然有序的布局让人感叹古人的建筑智慧，完美科学的结构令人惊叹古人的匠心巧思。前厅为长辈居住，左厢房为张氏男子居住，右厢房为张氏女子居住，无不体现礼仪秩序、纲常伦理，男女有别、长幼有序的传统文化。

登临绣楼，黄溪古镇尽收眼底，可想见百年以前张家女子曾在此挑花绣朵，歇息观望；爬上庭院四角夯土筑成的三层碉楼，可想见百年前张家男儿曾在此防御与居住的日常。

石板地面的五个四合天井，封闭的庭院接受四方的雨水，“四水归堂”寓意四方来财，聚财积善。由内而外的围墙如同一座堡垒，保障着里面人的安全；东北角后花园，鱼池和花台呼应，百花争艳、鱼翔浅底，充满了诗情画意；水井四季清水充盈、清凉甘甜；东南方黄溪河上的石拱桥，是张氏民居与黄溪古镇的交流纽带。

驻足凝望，精美的石雕工艺令人叹为观止。门楼、后花园、地角石、柱础的雕刻工艺有“堪比故宫”的美誉。

八字形悬于山顶的门楼左右门柱，由两块巨型条石构成，柱础以花草纹、兽面纹、万字纹为主，额枋上也雕刻栩栩如生的精彩图案，弧形卷门上刻有鸾凤朝阳、八仙过海神仙像，或吹箫，或弹琵琶，衣袂飘飘，情态万千。门楣底座，龙、鱼、狮、碟、花，出双入对，与方几案和花巾形图案遥相呼应，出神入化、惟妙惟肖。

十多个石花钵点缀在后花园，六边形、四边形和圆形，形态各异。花钵雕有万字、卷云、卷草、翠竹、菊花、松竹及梅花、兰花、飞鸟等纹饰及楷书雕刻的优美诗词：竹映幽窗里、风吹影动摇、方名称君子、任意乐逍遥；皓月松间草、冰鸥水上浮、名称大夫志、耐久把寒留……使人如置身诗境之中，传统的文化因子让人数不胜数。

石雕是张氏民居装饰艺术的精华，更精致的是柱础。因柱础非常接近人们在厅前院坝内的水平视线，除了承重防潮，防腐防碰的实用功能外，它还成了匠人们施展技艺的好地方。天井内的柱础被技艺精湛的工匠们雕刻山水人物、喜鹊梅枝、麒麟送子、犀牛望月等图案，创意新奇、工艺精湛。位于前厅廊道两侧四座柱础，均以一块完整的青石为底，分上中下三部分，通高1.2米左右。只见石狮雄雌骈俪，威风凛凛；大象神态可掬，共享天伦。雕刻线条清晰流畅，图案造型自然逼真。

散存在张氏民居院落各处的柱础造型也各不相同，除雕刻方桌、动物外，还杂雕着佛家八宝、民间八宝、道家八宝，以及琴棋书画、麒麟送子、狮子滚绣球、苏武牧羊等，它们互相穿插，主次搭配，形象生动，变化多端。院内还有大量就地取材雕刻的青石凳子、花盆等。

张氏民居的木雕装饰艺术主要表现在门窗的雕刻工艺上。匠人们通过精雕细刻，将木雕技艺发挥得淋漓尽致。张氏民居的礅、枋、窗、廊上的那些千姿百态、造型繁多的精美木雕，足以让人观宇宙之大，察品类之盛，品文化之博。

无孔无缝的天井为何不积水？井水为何能恒定在“固定”水位？交通不便，如何将三吨以上的石块运进道路崎岖、山高林密的深山？关于张氏民居的三大谜团，和其堪比故宫的精美工艺，一直氤氲在我们回城的路上。

* 阅读领航

张氏民居作为土家族民居建筑的典型代表，是清末民初民居建筑石雕艺术的集大成者，是渝东南民居建筑的一颗璀璨明珠。其整体布局科学合理，功能设施完备齐全，木雕石刻艺术精妙绝伦，民族特色十分鲜明，对于研究清末民初渝东南地区土家族民居建筑形制、民风民俗、民族工艺具有十分重要的历史、艺术和科学价值。而张氏民居存在的三大谜团，我们期待未来能有更多相关领域专家深入研究张氏民居建筑构造，逐步揭开其神秘面纱。

南溪号子（节选）

◎ 重庆市散文学会会员、黔江区作协会员 周灿

这是一条极易被人遗忘的幽深峡谷，谷底是一条蜿蜒曲折不甚宽广的河流，唤作“南溪河”。南溪河里仿佛永远都流淌着清亮透底的河水。溯河寻源几十里，是渺无人烟峰峦层叠的莽莽群山；顺流而下几里地，是一江碧水向西去的阿蓬江。沿南溪河两岸是足有四五百米高的山崖：一边是巍峨挺拔连绵不绝的麒麟盖，一边是山势雄奇陡壁如墙的断崖。

南溪河就这样静悄悄地蜿蜒在麒麟盖的一侧，最后注入阿蓬江，鲜被外人知，几乎被世人遗忘。

然而，就在这几乎与世隔绝的深山峡谷中，一种只吼给自己、吼给大山的古老南溪号子却悄然诞生了。

在南溪河边的田地里，在巴掌大的石旮旯里，在峭峻的山崖边，当老水牛拖着沉重的枷担疲惫地低头茫然行走时，当薅锄在石旮旯里撞击出一个个耀眼的火星后，当紧握柴刀的手感到无尽酸软时，劳作的人停歇了下来，抹去额头的汗珠，往前看，是黝黑陡峭的山壁；往上看，是被峡谷切割的一线窄窄的蓝天，顿时一种莫名的憋屈，或者是渴望，从心底泛起，涌上喉头，于是扯起嗓子，朝着对面的山坡，朝着一条缝的蓝天，朝着高

耸的山崖，用随便而简单的方式，吼出一串自己也不明就里的音韵来。

旁边的或是对面的人，也因相同或是不相同的缘由，跟着应和几声。

这一呼一应，一唱一和的劳动解乏声，不料竟在山沟沟里流行了。千百年来，不断回旋婉转，连绵起伏，融进那高耸冷峻的山崖、婉转多情的河水，融进沟里老人、孩童、姑娘和小伙的喜怒哀乐；融进了土家族、苗族的民俗文化。最终定型为与深山峡谷融合一体，极具民族特色的音乐奇葩——南溪号子。

一次偶然机缘，让我领略了南溪号子的真正魅力。

那是冬天的农闲时节，七八个老者聚到其中某一家的火塘旁，火塘中的杂木疙瘩噼噼啪啪地燃着，不时窜起尺把高的火苗子，偶尔“啪”地炸起一片金红的火星。

围坐火塘旁的老者被缭绕的柴烟熏得眼睛眯成一条缝。黝黑的脸庞在火光的闪烁映照下，闪出金色的光亮。一个大土碗盛着满满的苞谷烧在每个人面前逗留。门窗外的河风“嚯嚯”地吼，整个峡谷仿佛一个巨大的牛角号，风更大些，号声就更响亮。屋中老者偎着烧得正旺的柴火，依靠在柴烟熏得发黑的板壁上，静静地坐着。

此时，你绝难想象眼前这些头缠白布帕、喝着自家小灶酿造的刮人喉咙的苞谷烧，吧嗒着辛辣呛得眼泪横流的老者与音乐有丝毫干系。

可一个不经意间，南溪号子从他们口中吼出来。

一位老者一口喝完碗中的苞谷烧，“呼”地站起来，“吔嘿……”一声拉开了吼号子的序幕。那调子，起得极高，尾音处又反复回旋拖得好长，仿佛一只苍鹰从峡谷底一下蹿升至峡谷上空的一线蓝天里，在天空中展翅翱翔。又不时抖翅调节高度，忽又敛翅陡然往下俯冲，旋又立身急停，复又盘旋于天际。

此时，只见那老者的胸口在微微起伏抖动，布满青筋的脸上满是庄重肃穆的神色。嘴唇轻轻颤动，唇边胡须跟着一起激动不安地轻轻抖跳。那只苍鹰还没有完全停歇的意思，一旁的几位老者不失时机地应和。

“唉……唉哎唉……”声音低沉雄浑又婉转回环，仿佛大山的回声，浑浊而充满力量感。哦！是高崖边的一块巨石不堪岁月侵蚀，从山巅一路翻滚而下，轰隆隆一路无拘无束，在某一处撞上了一块拦路的巨石，即又疾速旋转着凌空几丈。

巨石尚未落定，“依哟嗬……依哟”清越高亢的应和声又响了起来。那是几位老妇人一齐开口应和高声，声音清澈，仿佛南溪河水，不染纤尘，又似峡谷上方的一线蓝天，高远而明亮。

此时，领唱声，低音声，高音声，此起彼伏，连绵不绝，似群山；曲折婉转，回旋不息，似南溪河水。那悠长、婉转的号子呀，领唱声、高音、低音相附相和又彼此独立，初听只是几位老者在酒精的作用下，敞开喉咙大喊大叫的一片缭乱声，细听又觉得这一声未息一声又起，雄浑中夹着清越，高亢中含着低沉的声音是那般玄妙无穷！

啊！这传承千百年的南溪号子，在这个冬夜，在这堆杂木疙瘩火堆畔，在这住了好多辈人的吊脚楼里，被南溪河的子孙用世代相传的方式演绎得如此动听……

（此文原发于《民族文学》2018 年第三期）

＊ 阅读领航

黔江人世世代代乐观豁达，擅长歌舞。其劳动号子、薅草锣鼓歌、山歌、哭嫁歌、木叶情歌等皆即兴创作，出口成歌，构思精巧，充满浓郁的乡土气息。驰名黔江区内外的摆手舞、花灯舞、年宵舞、铜铃舞、毛古斯舞、板凳龙舞等极具群众性，旋律轻快，动作原始质朴，给人爽心悦目的感受。

扭扁担、抵杠、竹玲球、抢花炮、打三棋、踢毽、和尚棋等民间体育竞技活动精彩纷呈。打镏子、吹长号、打锣鼓、奏咚咚奎等民间文艺喜闻乐见。

2006 年南溪号子被列入第一批国家级非物质文化遗产名录。通过本文，我们能全面了解南溪号子的产生的地域背景、创作特点、演唱形式、发展现状及传承策略。

人间至味黔江鸡杂

◎ 黔江民族中学校高 2025 届 12 班 张议匀

有一种味道，是时间冲不淡、琐事淹不没、距离拉不远的，即使走遍了大江南北，吃遍山珍海味，但记忆犹新、念念不忘的仍是自己家乡的味道。家乡的味道，陪伴着一代又一代的人成长。

语文课上，一句“休说鲈鱼堪脍，尽西风，季鹰归未”，让我知道了张翰的莼鲈之思，也勾起了我对家乡黔江鸡杂的回味。黔江的烟火气中，四处弥漫着的，定是那令人垂涎的鸡杂味道。

黔江鸡杂，顾名思义，就是黔江人用鸡的内脏，包括鸡心、鸡肝、鸡肠等为主要食材而烹制的一道菜品。勤劳质朴的黔江人将这些看似不起眼的食材，在他们的巧思善工之下，变废为宝，化身为一道独具特色的美味佳肴。

周末回家，“妈妈”牌爱心菜单上，黔江鸡杂必是“大厨热推”，更是“顾客首选”。

清早，妈妈从菜市场买来刚刚宰杀清理好的鸡心、鸡肝、鸡肠等鸡的内脏，在面粉的裹挟之下，一遍遍精心清洗。除掉腥味和杂质，洗净后的鸡肠通透粉嫩、鸡胗紧致而富有弹性；而巧手的妈妈便接着将鸡内脏切成大小均匀的块状，然后用料酒、生姜、大葱等调料腌制十分钟左右。趁鸡杂吸收调料的香味的间隙，“推拿高手”的我也要利用周末的间隙，给劳累一周的妈妈按摩按摩啦。

当然，妈妈是不能躺下的，因为此时的她还得准备“独家秘方”——“妈妈”牌泡菜。这泡菜可不是生物课上老师教我们用玻璃瓶子制作的应景产品，而是选用密封性极好的土陶坛子，用陈年的“老母子水”浸泡的豇豆、生姜、红萝卜、小米辣等农家有机蔬菜，其酸辣适度、颜色红艳，如同我那位人到中年的妈妈还是一枝花呢。

三下五除二，妈妈便麻利地将这些泡菜切成均匀的条状，与蒜瓣、干花椒、干辣椒、香菜、大葱、土豆条等一起整齐均匀地摆在盘子里。

“幺儿，背一下黔江鸡杂的产生背景呀！”“语文老师体”的妈妈又给我出道题。

“大约在1800年前，鸡肉、鸡蛋成为人类的食物，却少有人吃鸡杂，直到清光绪年间。《黔江县志》记载，‘光绪五年（1879）夏四月……大木乡……疾疫果作，人死过半。田地荒芜，饿殍遍野。有不择食者炙食动物内脏，倍觉鸡杂味美，由是流传。”我背诵课文都没这么认真过。

“还有一个秘诀哦，只加油，不加水哦！”抓住我的漏洞便洋洋得意的妈妈，此时正举起油壶往烧热的铁锅里倒油。等油烧开，洋葱切块，芹菜切段，下锅炒至九成熟捞出待用。重新热锅烧油放入泡姜、泡椒、蒜瓣、花椒粒，翻炒几下，放入豆瓣和醪糟继续翻炒，然后放一瓶啤酒，将泡椒和蒜味道完全熬制出来。

太多不行，太少也不行。熬好汤汁前放入白糖、鸡精、味精等调味品，再放入腌制的鸡杂，火候的掌握也是制作黔江鸡杂的关键。火候过大，鸡杂容易炒焦；火候过小，则无法将调料的味道充分融入鸡杂之中。因此，烹饪过程中需要不断翻炒，调整火候，以保证鸡杂的口感和味道。

在妈妈熟练的翻炒之下，热与辣相互碰撞，酸与麻相互结合，鸡杂的酸辣鲜香跳动在空气之中，故意往人鼻孔里钻，只引得我垂涎三尺。幸亏爆炒时间仅需几分钟，不然我的口水真就掉进锅里啦。

爱美的妈妈如同打扮自己一样，每次都会精心地将几把葱花和香菜郑重地铺在热气腾腾的鸡杂上。盛以煨锅，锅底继续加热，越煮越辣，诱人胃口大开。夹起一块鸡杂轻咬，那鲜嫩的口感、浓郁的香味，瞬间在口腔中暴发，让人陶醉其中。无须其他配菜，只需一碗热气腾腾的米饭，便能大快朵颐。

酣畅淋漓地大饱口福后，携着妈妈去看黔江城的万家灯火。

“黔江鸡杂”的广告灯箱永远是最多最亮拥趸最多的那个。那也是属于我的家乡味道，更是妈妈的味道。

* 阅读领航

黔江鸡杂是一道传统美食，是一道唤醒味蕾的传奇佳肴。对于黔江人来说，这道菜不仅是一种味觉的享受，更是一种社交的媒介。无论朋友聚餐、家庭聚会，黔江鸡杂都是餐桌上不可或缺的佳肴。它传递人与人之间的温情，拉近人与人之间的距离。

☆文化生活谏言

黔江濯水濯河坝道德公约

忠字当头，热爱中华，不辱国格，报效国家；
孝字为先，赡养父母，尊老爱幼，弘扬美德；
崇文重教，见贤思齐，公平公正，胸怀坦荡；
天理良心，信誉至上，诚信为本，童叟无欺；
夫妻恩爱，相敬如宾，兄弟姐妹，手足情深；
妯娌姑嫂，和睦相处，婆媳之间，情同母女；
为人厚道，仁义当先，邻里友好，相互帮助；
热心慈善，助人为乐，致富思源，回报社会；

不做亏心事，不贪不义财；
不欺行霸市，不强买强卖；
不嫌贫爱富，不欺善怕恶；
不以多欺少，不以熟欺生；
不伤人害人，不溺爱子女；
不铺张浪费，不好吃懒做；
不虚度年华，不骄傲自满。

| 第七节 万州区 |

主持 / 方雯娟老师

{ **概览** }

万州区，地处重庆市主城区东北部、三峡库区腹地，是三峡库区经济中心。其因“万川毕汇”而得名，因“万商云集”而闻名，因“万客来游”而扬名。

东邻云阳县，西连忠县、梁平区；南与石柱土家族自治县和湖北省利川市接壤，北接开州区和四川省开江县，总面积 3453 平方公里。

截至 2024 年 4 月，万州区常住人口 154.59 万人，户籍总人口 169.92 万人。万州区下辖 14 个街道、27 个镇、11 个乡。

万州历史悠久，文化厚重。自东汉建县，已有 1800 多年建城历史，是三峡文明大通道的重要节点，巴渝文化、三峡文化、抗战文化、移民文化交融发展。

李白、杜甫、黄庭坚等历史名人曾在此驻足流连。还是三国名将甘宁、无产阶级革命家林铁、现代诗人何其芳和教育家杨吉甫故里。

中华人民共和国成立后为万县专（地）区行署所在地，1992 年设立地级万县市，辖八县三区；重庆市直辖后设立万州区。

万州区有西山钟楼、天生城等国家级和市级文物保护单位 18 处；有四川竹琴、金钱板等各级非物质文化遗产代表性项目 147 项；有三峡平湖旅游区、万州大瀑布群旅游区、重庆三峡移民纪念馆等国家级旅游景区。

万州区是渝东北三峡库区城镇群区域中心城市和成渝地区东向开放门户，是“一带一路”和长江经济带重要战略节点、全国性综合交通枢纽城市。

<< 古文寻芳

西山题记

◎ 北宋·黄庭坚

庭坚蒙恩东归，道出南浦。太守高仲本置酒西山，实与其从事谭处道俱来。西山者，盖郡西。渡大壑，稍陟山半，竹栢荟翳之门，水泉潴为大湖，亭榭环之。有僧舍五区，其都名名曰“勒封院”，楼观重复，出没烟霏之间，而光影在水。此邦之人，岁修禊事于此。凡夔州一道，东望巫峡，西尽郁鄢，林泉之胜，莫与南浦争长者也！寺僧文照喜事，作东、西二堂于茂林修竹之间，仲以为不奢不陋，冬燠而夏凉，宜于游观也。建中靖国元年二月辛酉，江西黄鲁直题。

思悟空间

黄庭坚，诗人、书法家，于北宋建中靖国元年（1101）二月，被贬至涪州（今重庆涪陵）、戎州（今四川宜宾）后，时遇宋徽宗大赦东归，路经南浦（今重庆万州），受太守高本仲之邀游南浦西山，作《西山记》，后刻于石上，即为著名的西山碑，又称《西山题记》。

其融记事、写景、抒情于一炉，极自然、精炼，对万州风光竭尽赞美。本文共173字，被人题刻于岩石之上，高1米，宽2.6米，21行，字径大都在10厘米左右，为黄庭坚行书中的鸿篇巨制，后世以“西山碑”名之。

西山碑保留了黄体行书真迹。碑文中有“凡夔州一道，东望巫峡”等词句走笔圆劲飞动，神韵绝俗，又有潇洒妩媚之气，被后人誉为“海内存世黄书第一”。清代又修了一座六角亭，将碑文覆盖保护起来。旁有北宋治平三年（1066）邑令作的《万州西山亭记》。

<< 文化探幽

重庆三峡移民纪念馆：铭记百万移民的故事

◎ 人民日报社记者 **蒋云龙**

正是三峡库区最美的时节，高峡出平湖，碧绿长江滚滚而来。江水之畔，矗立着一座巨石般的建筑，这就是重庆三峡移民纪念馆（重庆市万州区博物馆）。

三十多年前，举世瞩目的三峡水利枢纽工程动工。因工程建设需要，库区 131 万人迁离家乡，到新的地方定居。为了纪念这一批人的付出，在重庆市万州区，三峡移民纪念馆拔地而起，珍藏着这段感人的历史。

1. 泛舟于历史长河

重庆三峡移民纪念馆是三峡库区重要的历史文化和移民文化收藏、保护研究和展示中心，建筑面积 1.5 万平方米，展区面积 7000 平方米，2016 年 10 月开馆运行。

“外观采用江边岩石的造型，象征着三峡移民的坚强和勇毅。”重庆三峡移民纪念馆馆长岳宗英说。

以收藏、研究、展示三峡历史文物、民风民俗为主题的万州区博物馆，2016 年迁往江南新区，与新成立的重庆三峡移民纪念馆合并运行。

“一层是万州区博物馆的展览内容‘万川汇流——万州历史文化陈列’，按历史顺序分为‘迈向文明’‘巴风楚雨’‘羊渠华彩’‘南浦盛事’‘川江门户’‘万商之城’六个部分。”岳宗英介绍。

濒临长江的地理环境和温暖湿润的气候，使万州成为人类生存繁衍的理想之地。距今7000年前，人类文明已经在这片土地上出现。展厅里，实物、模型与场景复原、多媒体方式结合，展现出万州各个历史时期的风貌。展品以万州乃至峡江地区历年考古出土文物为主，其中有不少来自“三峡库区文物抢救保护工程”的考古发现。

粗眉大眼，双耳招风，面带微笑。这件造型逼真的东汉灰陶庖厨俑，2005 年出土于万州区武陵镇天丘墓群，是“三峡库区文物抢救保护工程”中发掘的珍品。陶庖厨俑呈跪坐姿态，头戴无檐圆冠，身穿右衽灯笼袖布衫，双袖挽起，身前的案板上放置着鱼、葱、姜、蒜等食材，充分体现了汉代工匠在塑造人物的神情、服饰及姿态等方面的娴熟技巧。

高鼻深目，面容严肃，头戴盔胄，身着铠甲战袍。眼前这件青瓷俑，表现了一个孔武有力的胡人武士形象。

“它是 1978 年在四川省万县（今重庆市万州区）出土的，来自唐初刺史冉仁才夫妻合葬墓。”岳宗英说。此俑制作精美，纹饰多样，寓意丰富。武士身着护具上有大量宝相花纹，是唐代服饰流行的纹样。其左手按长方形盾，盾牌上部饰夔牛纹，下部配以神龟纹，寓意持盾人能威震四方、长寿安康。

“这件武士俑是唐代青瓷中不可多得的佳品，也为研究唐史提供了宝贵的实物依据。”战国虎纹青铜戈、东晋龙饰石磨扇、王氏“日入千万”

铜方壶……行走在展厅，如同泛舟于历史长河中，数千年来万州的各个侧面在眼前逐一展现。

2. 词中愿景成为现实

万州区处于三峡库区腹心地带，是第一移民大区，累计动迁人口26.3万人，移民规模占重庆总量的1/4，占库区总量的1/5。为镌刻三峡工程及百万大移民这一重大历史事件，国务院三峡办规划在万州建设三峡移民纪念馆。

重庆三峡移民纪念馆的二层和三层为“伟大壮举辉煌历程”基本陈列，通过沙盘、浮雕、壁画、照片、投影、多媒体互动等多种方式，展示了三峡工程和百万移民“舍小家为国家”的故事。

走进序厅，一面数字墙引人注目。“最上方的131万，是三峡移民的总人数。我们给观众介绍的时候会提到一个比例，1000个中国人中，就有一个三峡移民。”岳宗英介绍说，“175米，是长江目前最高水位。两座城市、10座县城、106座集镇，这就是我们所说的三峡库区以及移民的基本范围。”

一旁的壁挂地形模型，直观展示了三峡库区的范围。而另一侧的《峡江图考》，完成于清光绪年间，以山水图的形式描绘了原始三峡的风貌，是中国第一部系统的长江三峡河道图。

穿过序厅，进入展览的第一部分“百年宏愿，筑梦三峡”。“孙中山先生在‘建国方略’之《实业计划》中首次提出在三峡建造大坝的设想。”岳宗英说。

民国时期，也有人提出过三峡建设计划，但当时修大坝的目的侧重于发电带来经济效益，而现在的三峡大坝则以防洪作为首要出发点。

展出的资料显示，自汉代末年到建设三峡工程之前，长江中下游一带每十年左右就有一次较大规模的洪灾。1954年的长江大洪水，围困武汉市整整100天，京广铁路也被截断了整整100天。

此刻，透过博物馆的一扇观景窗向外望去，高峡出平湖，长江已不像旧日那般奔放不羁。岳宗英告诉记者，这里模拟的是在长江上乘船时透过船舱窗户看到的景观。狭长的玻璃窗上方，雕刻着毛泽东当年考察长江时写下的词句“更立西江石壁，截断巫山云雨，高峡出平湖”。如今，词中的愿景成为现实。

接下来的复原场景，是1992年4月3日第七届全国人民代表大会第五次会议的表决现场，长江三峡工程方案以1767票的赞成票获得通过。

历史性的瞬间在这里定格，宣告了三峡工程将从纸上走进现实。

3. 他们的付出没有白费

三峡工程建设历时17年，迁徙移民131万，其时间跨度之长，任务之艰巨浩繁，在中外水利建设史和工程移民史上前所未有。

“经过长达8年的移民试点工作，国家逐步确定了开发性移民的方针。不是说让移民搬出去就完事了，而是要确保他们在新家园扎稳脚跟，要搬得出、稳得住、逐步能致富。”岳宗英说。

1993年，国务院颁布《长江三峡工程建设移民条例》，标志着开发性移民方针正式确立。上百万移民里，有的是后靠安置，有的是本省安置，还有很多迁到了山东、江苏、上海、浙江、福建、广东等11个经济较为发达的沿江和沿海地区。

对于安土重迁的中国人来说，离开家乡需要极大的决心和勇气。重庆三峡移民纪念馆征集了大量移民搬迁时的照片，布满了整整一面墙。

“这个农民带走了自家所有的农具，虽说到了新家用不上了，但这是他对于故乡的念想。”岳宗英指着照片墙说，“这是徐继波，三峡外迁移民的第一人。他怀里抱着一盆黄桷树，是重庆的市树。”展厅里还陈列着徐继波一家人外迁时的车船票，一张张带着岁月痕迹的票据，诉说着一段不平凡的旅程。

对于三峡移民，迁入地政府关怀备至，除了为他们安排工作和住房，还把迎接移民的准备物资细化到一壶热水、一盘水果、5斤猪肉、100斤柴火……展柜里的移民生活物资配备计划表，移民干部为移民准备的第一顿饭的照片，细细看来，让人为之动容。

“移民工作的顺利推进，离不开广大移民干部的热忱付出。很多干部牺牲在工作一线，有的是积劳成疾，有的是遭遇意外，他们同样值得铭记。”岳宗英说。

到2008年8月，长江三峡移民工程通过了国家阶段性验收，累计迁移131万人，提前一年完成移民安置规划规定的全部任务。

搬迁的结束，并没有为三峡移民的故事画上句号。“接下来的几个部分，展现了今天三峡库区的经济社会发展情况和三峡移民的生活状态。”岳宗英指着一组城市对比图说，“这是2016年库区县城市风貌与十多年前的对比，发展进步一目了然。这两年又有好多观众反映，对比图该换了，现在的库区城市与2016年相比，又有了很大的发展。”

“好多移民回来参观，看到前面没流泪，看到今天库区翻天覆地的变化流泪了。他们说，自己的付出没有白费。”岳宗英说。这些变化，靠的是库区人民的不懈奋斗，也离不开国家专项资金的持续投入和对口支援省份的无私援助。

“三峡是全国人民的三峡，这在我们纪念馆筹建过程中也体现得淋漓尽致。”岳宗英告诉记者，三峡移民纪念馆收藏有三峡移民工程的各类实物资料 4806 件（套）、照片 3156 幅、音视频资料 150 余部，绝大部分来自社会捐赠，如《峡江图考》就是一名迁往云南的重庆万州市民无偿捐赠给纪念馆的。

“我们纪念三峡移民，就是为了铭记这段激荡人心的峥嵘岁月，致敬一个感动中国的英雄群体，同时传承‘同心许国、负重自强’的伟大精神，凝聚‘建设新三峡、共襄中国梦’的前行力量。”岳宗英说。

* 阅读领航

通过观览文物史话，寻回移民历史，在纪念馆里，记者漫步在历史与现实之间，陈列的文物，悬挂的壁画，移民干部生前的草帽、手电筒、笔、绿色帆布高帮胶鞋……“移民工作的顺利推进，离不开广大移民干部的热忱付出。很多干部牺牲在工作一线，有的是积劳成疾，有的是遭遇意外，他们同样值得铭记。”在长江三峡水利枢纽工程建设进程中百万人民群众为了国家建设而移民搬迁、开创新生活的高尚精神激励后辈继续探索三峡移民纪念馆、三峡工程，展望万州、中国的快速发展。

一座山和一座城（节选）

◎ 万州区文化旅游委 **梅万林**

1

石径有尘雨洗，玄门无锁云封。

多年以前，我还是一名某大学中文系的大学生，一个烟雨迷蒙的午后，与恋爱中的女友牵手去攀爬云雾缭绕中的太白岩。那是我第一次与太白岩亲密接触。时光流逝，雾岚蒸腾，昔日攀爬的情景，以及与女友牵手的感觉大多远去，但刻在石门上的那副对联却深刻地记忆在脑海中。

山，古称西山；城，今称万州城。可以说，生活在万州城的市民，大多都有攀爬太白岩的经历，甚至对刚刚开始写作文的三年级小学生而言，太白岩也是方格本上一个绕不开的题目。如果上网搜索，有关太白岩游记的文章用“汗牛充栋”来形容也不为过。

登山健身，四季郊游，半山吊嗓子，山顶赏明月，太白岩早已融入了万州市民的生活，成了他们日常生活不可或缺的一部分。攀爬登临，有人体会快乐和力量，有人领悟艰辛和未来，有人感叹人生和机遇，有人表达历史和高度，也有人寄托相思和友情。

可是，很多人都疏于从文化的角度去细细体味一座山，静静感悟一座城。

2

太白岩成为万州城的文化符号，最早起源于魏晋时代。有关古时太白岩的美丽风光，在宋代著名文学家、书法家黄庭坚《西山题记》中有这样的句子：“西山者，盖郡西。渡大壑，稍陟山半，竹柏荟翳之门，水泉潴为大湖，亭榭环之。”

“楼观重复，出没烟霏之间，而光影在水。”

“凡夔州一道，东望巫峡，西尽郁鄢，林泉之胜，莫与南浦争长者也！”

这里的郁鄢，就是今天的宜宾；南浦就是今天的万州。也就是说，在黄庭坚看来，上自宜宾，下至巫山，自然风光没有一处可与万州媲美。

因此，风光旖旎、面向长江的太白岩自然会被南来北往的传道修行者看作是一块不可多得的风水宝地。如今石壁上“绝尘龛”题刻之处，相传建于东晋孝武帝年间，就是东晋卓庵道人的修道之地，距今已有1600多年的历史了。诞生于自然天地之间的一座山就这样播下了文化的种子，这大概就是太白岩成为名山的开端吧。

此后，儒教、佛教的传道修行者也相继来到这里。直到今天我们还能看到的就有灵官、三清、清水祖师三殿，观音殿和仨教堂。观音殿是佛堂，灵官、三清、清水祖师三殿都是道观。这些殿堂都是倚岩而建，虽然规模都不太大，但在前往膜拜的芸芸众生眼中却自有其蔚然、高远、神圣之处。而最值得称道的则是仨教堂，竟然是儒、释、道三教合一的殿堂。同时，还题有三教同源诗：“三教源头理本通，潜心向善总相同。道人日在蒲团坐，妄念消时即是功。”

此后，太白岩逐渐成了蜀中名山，前往传道修行的历代高人更多。

明末清初的高僧破山海明就曾多次前来修行讲法，并留下《题太白岩》诗：“太白危岩路，凌云独杖藜。家家松影合，处处竹烟迷。云傲归秋壑，风高落晚溪。骚坛诗骨在，传与夜乌啼。”诗中描写的太白岩美景与布道修行者那种野鹤闲云的心境如出一辙，天人暗合。

清代光绪年间，太白岩上的鹤龄道长九十大寿时，他的好友亚拙山人作《恭为鹤龄道长九旬上寿》诗以拜寿：“曾闻仙子住天台，此地便是小蓬莱。今日多情惟我到，明日依旧为君来。鱼含嫩草浮池面，鹤舞琼筵献寿杯。惟愿无事常相见，留欢不畏夕阳催。”

* 阅读领航

“西山迎爽气，霁景夕阳殷。散绮收前壑，余霞浸一湾。”太白岩，面临长江，雄险奇幽，巍然屹立，魏晋时期已成蜀中名山。自晋代以来，太白岩便是儒释道三教圣地，其兴盛的宗教活动、绮丽的自然风光和厚重的人文积淀，被列为万州名胜。历史上万州“古八景”在太白岩就有“西山夕照”“白岩仙迹”两景。千百年来，太白岩一直为名人文士所吟咏，有“万州文山”之美称。

万州烤鱼

◎ 万州高级中学校高 2025 届 20 班 王芳源

一江碧水向东流，两岸青山满眼春。万州，地处重庆市东北部，三峡库区腹地，一座依江而建的城市，自古便是水陆要津。这里山川秀美、人文历史厚重，自古便是文人墨客心中的诗与远方。这里不仅有流传千古的华美诗篇，也有香飘万里的特色美食……

我的家乡万州烤鱼可是出了名的。黑铁架子，冒着点点火花的黑炭，可谁知道，就这些东西，竟能烤出金灿灿的万州烤鱼。

万州烤鱼如今已经被列为区级非物质文化遗产项目，它是秉承传统小吃技艺，沿袭火锅特色，采用无烟杠炭烘烤，调料多样，工序繁杂；上桌之后，可边吃边煨，香味浓郁，辣而不燥，营养丰富。

据万州区非物质文化遗产保护中心考证，万州烤鱼制作技艺起源于南宋景炎元年（1276），距今已有 700 多年的历史。

据记载，南宋景炎元年，元军南下，攻占了中原很多城池，但打到万州天生城时，却久攻不下，只得将天生城围困。天生城城中断粮，守军饥饿难耐，守城将军上官夔便派兵丁在后山打通一条暗道，到苎溪河取水。兵丁乘机捕鱼，在河边架起柴火烤鱼，并从怀中拿出食盐，边烤边撒，顿觉异香扑鼻，食之，十分美味，便在军中流传开来。这便是万州烤鱼技艺最早的记载。

后来，历朝历代的万州人在天生城内修建祠堂祭祀上官夔。上官夔宁死不屈的气节和爱国情怀，至今深深感染、激励着万州人续写新的奋斗故事。

现代，万州烤鱼已经走出国门，走向世界。许多外国友人来到万州品尝这道美食后，都被其独特的口感和富有地域特色的烹饪方式折服。万州烤鱼已经成为中国美食文化的一颗璀璨明珠，向世界展示着中国美食的魅力。

万州烤鱼不仅仅是一道美食，更是一种文化传承。每一个品尝过这道菜的人，都会被其独特的味道倾倒。而在这背后，则是历经千百年的历史沉淀和文化传承。

* 阅读领航

在万州，人们依水而生、烤鱼而富。从小就有食鱼习惯的万州人，亦善烹鱼，烤鱼更是一绝。万州烤鱼历史源远流长。鲜为人知的是万州烤鱼背后隐藏着一段感天动地的故事，见证了一位爱国将领宁死不屈的气节。

☆文化生活谏言

家乡白土村村规民约

爱国爱党守法纪，村民公约要记牢；
见面互行作揖礼，用语文明礼相迎；
孝敬长辈严子女，夫妻互敬好家风。

公筷公勺上餐桌，文明用餐不翻菜；
公共场所不喧哗，不发噪音不扰民；
公共楼道不占用，违法建筑不搭建；
公共场所不吸烟，小小烟头不落地。

垃圾分类不乱丢，乱涂乱贴不可行；
斑马线前“车让人”，自觉排队守秩序；
文明养宠要牵绳，宠物粪便及时清；
消防通道不占用，车辆停进车位里。

私拉乱接要不得，消防安全宁记心；
随地吐痰传疾病，随地便溺惹人嫌；
文明创城齐参与，爱护公物净环境；
传销致富路不通，铲除邪教讲科学。

以诚待人不失信，理性上网不传谣；
邻里互助多商量，对待客人要热情；
争做有礼仁和人，共建美丽大万州。

|第八节 渝中区|

主持/刘会兰老师

{概览}

渝中区，长江上游一颗璀璨的明珠；奔腾的长江与嘉陵江在此交汇，激荡出山水与人文的独特风光；因地处重庆中心城区而得名，古为巴国都。公元前1027年，周武王灭殷，分封姬姓周王族宗亲于巴国，巴国江州，较长时间为巴国国都所在地。公元前316年，秦灭巴国。两年后，张仪在江州（今重庆渝中区）筑城，设置巴郡。

作为重庆母城，渝中区浓缩着山城、江城、不夜城的精华，积淀和孕育了重庆的人文底蕴。渝中区，铸就了重庆的“根”和“源”，渝中文化，即为重庆文化。

<< 古文寻芳

巴蔓子墓

◎ 清·王尔鉴

穹窿哉，蔓子墓，渝城颠，石封固。
多少王侯将相陵寝穴，
樵儿独此屹立，
两江虹势迴盘护。
头断头不断，万古须眉宛然见。
城许城还存，年年春草青墓门。
君不见，背弱主，降强主，断主之头献其土。
又不见，明奉君，暗通邻，求和割地荣其身。
惜哉不识蔓子坟。

踏青过巴蔓子墓

◎ 清·龙为霖

刎颈高风悬日月，存城旧事邈山河。
行经西路孤坟惯，思入东风芳草多。
得如此臣真足矣，无降将军更如何。
廉颇生懦归忠魄，岁岁游人莫浪过。

思 悟 空 间

巴蔓子是战国中期的巴国将军。据《华阳国志·巴志》记载，当时巴国发生了内乱。巴蔓子情急之下求救于楚国，借兵平乱，并许诺割让三座城池给楚国作为酬报。叛乱平定后，割让国土为不忠，不履行承诺为无信。两难之选，必有一损，因此才有巴蔓子"将吾头往谢之，城不可得也"的悲壮之举，进而成就一个忠义两全的英雄。

巴蔓子的故事在后世广为流传，不少地方还有巴蔓子遗迹。重庆渝中区七星岗莲花池也有一座巴蔓子墓。据《蜀中名胜记》记载："（重庆）郡学后莲花坝，有石麟石虎，相传为古时巴君冢。"

<< 文化探幽

渝中·解放碑·精神堡垒

◎ 巴蜀中学校老师 刘会兰

渝中区，这座历史悠久的城区，其心脏地带矗立着一座不朽的纪念碑——解放碑。这座被誉为"精神堡垒"的纪念碑，不仅是重庆的标志性建筑，更是无数中华儿女追思先烈的精神寄托。

解放碑，全称"抗战胜利纪功碑暨人民解放纪念碑"。它的历史可以追溯到 1940 年 3 月 12 日。人们选择在孙中山逝世纪念日这一天开始筹建。1941 年 12 月 30 日，纪念碑正式落成，并被命名为"精神堡垒"，寓意以此激励中华民族奋力抗争以取得抗战胜利。

抗战胜利后，为了彰显重庆在抗战中的重要地位，并确保这种地位能在战后继续延伸下去，重庆市第二届第五次临时参议会决定在"精神堡垒"的旧址上建立"抗战胜利纪功碑"。它见证了中华民族从苦难中崛起、从屈辱中奋起的伟大历程。它高耸入云，气势磅礴，仿佛一位不屈的战士，守护着这片土地，守望着这座城市的繁荣与昌盛。

每当夜幕降临，华灯初上，解放碑便熠熠生辉，照亮了整个渝中半岛。它上面的灯光不仅照亮了城市的每一个角落，更照亮了人们的未来。在这座“精神堡垒”的指引下，无数人怀揣着对未来的憧憬，奋力前行，不断追求着自己的理想。

解放碑的精神内涵是丰富的，它代表了坚韧不拔、勇往直前的民族精神，也体现了中国人民对于和平、自由与幸福的向往与追求。它告诉我们，在历史的长河中，无论遇到多少艰难险阻，只要坚定信念、团结一心，就一定能够战胜一切困难，实现中华民族的伟大复兴。

站在解放碑下，我深感自己的渺小与微不足道。然而，正是这座“精神堡垒”给予了我无尽的力量与勇气。它让我明白，每一个人都是历史的一部分，都有为国家繁荣与富强贡献自己力量的责任。

渝中区解放碑，这座“精神堡垒”，将永远矗立在我们心中，成为我们前行的灯塔。让我们携手共进，共同书写新时代的辉煌篇章！

* 阅读领航

没有到过解放碑，就等于没有到过重庆。解放碑是重庆母城的地理坐标，更是重庆人的精神支柱。它所代表的坚韧不拔、勇往直前的民族精神如同灯塔，照亮了渝中区，照亮你我的未来。

渝中·朝天门·母城文化

◎巴蜀中学校老师 刘会兰

在繁华的渝中半岛，朝天门静静地矗立，仿佛一位历经沧桑的老者，诉说着重庆的过往与辉煌。这里，是重庆的“母城”，是巴渝文化的发源地，是历史与现代文明的交汇点，更是情感与记忆的交织之地。

朝天门，古朴而庄重，犹如一本厚重的历史书卷，每一章每一页都承载着重庆的记忆。站在城门前，仿佛能听到远古巴渝儿女的欢声笑语，看到他们勤劳、智慧、勇敢的模样。这里，见证了重庆的兴衰变迁，也见证了重庆人民的坚韧不拔和奋发向前的英姿。

清晨，当第一缕阳光洒落在朝天门的城楼上，那斑驳的石砖仿佛被赋予了生命，讲述着过往的辉煌与沧桑。城楼上，古老的烽火台依旧屹立，仿佛在诉说着那段烽火连天的岁月。你可以感受到微风拂过面颊的温柔，听到江水拍打岸边礁石的激昂旋律。每当夕阳西下，金色的余晖洒向朝天门，那古老的城墙仿佛被镀上了一层金，显得更加庄严而神圣。此时，俯瞰两江交汇的壮丽景象，心中不禁涌起一股莫名的情感。那是对重庆的热爱，对历史的敬畏，对未来的憧憬。

当华灯初上，整个朝天门区域被五彩斑斓的灯光包围。城楼上的灯光璀璨夺目，与江面上的倒影交相辉映，形成一幅美丽的画卷。此时，你可以登上城楼，俯瞰整个渝中半岛的夜景。灯火辉煌的城市在眼前铺展开来，仿佛一颗璀璨的宝石镶嵌在长江与嘉陵江之间。

走进朝天门，仿佛穿越了时空的隧道，回到了那个古老而神秘的时代。步入朝天门附近的街巷，你会被那种独特的古韵吸引。青石板路蜿蜒曲折，两旁是古色古香的建筑，飞檐翘角、雕梁画栋，尽显巴渝建筑的独特魅力。沿街巷而行，不时可以听到茶馆里传来的谈笑声，那是老重庆人的声音，是重庆独有的韵味。

如今的朝天门，已经不再是单一的古城门，更是一个集购物、旅游于一体的综合性景区。在这里，可以欣赏到现代化的城市景观，也可以领略到传统文化的魅力。

朝天门，是重庆母城的象征，是巴渝文化的载体。在这里，我们不仅可以感受到历史的厚重和文化底蕴的深厚，更可以体验到那份对重庆的深深眷恋和无尽热爱。让我们携手共进，共同守护这份宝贵的文化遗产，让朝天门永远熠熠生辉！

* 阅读领航

朝天门，不仅仅是一座古城门。控扼两江、气势雄伟、历史悠久的朝天门，既是重庆从古至今历史之门，也是重庆海纳百川开放之门；它既是古代重庆交通枢纽和重要埠口，也是巴渝文化的发源地，还是历史与现代文明的交汇点，更是情感与记忆的交织之地，更是当今重庆递给世界的一张精美名片。

渝中“非遗”——周氏烙画

◎ 巴蜀中学校老师 刘会兰

渝中区周氏烙画，作为重庆市一个独特的非物质文化遗产代表性项目，承载着丰富的历史底蕴和深厚的文化内涵。这项技艺以其独特的艺术形式和精湛的工艺技巧，在众多的非物质文化遗产代表性项目中独树一帜。

周氏烙画，不仅是一项传统的手工技艺，更是重庆地域文化的重要载体。它以其独特的艺术魅力和历史底蕴，吸引着无数人的目光。在烙画的过程中，每一笔都蕴含着匠人的情感与智慧，每一画都讲述着重庆的故事与传奇。这种将情感与技艺融为一体的创作形式，使得周氏烙画不仅具有很高的艺术价值，更承载着深厚的历史文化内涵。在传承与发扬的过程中，周氏烙画不断吸收现代元素，融入新的创意，使得这一古老技艺焕发出新的生机与活力。它不仅是重庆人民的骄傲，更是中华优秀传统文化的瑰宝。

周氏烙画以烙铁为笔，以木板或竹板为纸，通过高温的烙铁在板材上烙制出精美的画作。它融合了绘画、雕刻、烙烫等多种艺术手法，形成了一种独特的艺术风格。在烙制过程中，烙铁的温度、力度和速度都要严格掌控，才能呈现出细腻而富有层次感的画面。

周氏烙画的作品内容广泛，既有山水、花鸟等传统题材，也有现代人物、风景等流行元素。这些作品不仅展示了周氏烙画匠人独特的艺术才华，更传递着他们对生活的热爱和对美的追求。

每一幅烙画都是匠人心血的结晶，他们用自己的双手和智慧，将生活中的美好瞬间定格在板材上，让观者能够感受到那份独特的艺术魅力，进而引发情感共鸣。

周氏烙画的传承历史悠久，经过几代人的不懈努力和传承创新，已经形成了独特的艺术体系和风格。如今，这项技艺已经得到了广泛的认可和赞誉，成为重庆市一张亮丽的文化名片。

在现代化的浪潮中，周氏烙画依然保持着传统的制作工艺和艺术特色，不断推陈出新，创新发展。它以其独特的艺术魅力和文化价值，吸引着越来越多的人前来观摩和学习。

* 阅读领航

周氏烙画以烙铁为笔，以木板或竹板为纸作画。它以其独特的艺术魅力和文化价值，吸引着越来越多的人前来观摩和学习。非物质文化遗产项目活跃在山城小巷，活跃在山城人的生活中。

巴渝，读你千万遍

◎ 巴蜀中学校高 2023 届 7 班 **马嘉成**

嘉陵江畔、长江渡口，嘹亮的汽笛声冲破时空屏障，在长空回荡，在江面回响，掠过桥梁，穿过楼房，见证着我家乡重庆的蒸蒸日上。这是巴山蜀水的自信呐喊、古老山城的美丽亮相。

“两岸青山相对出”的李白，怀着天造地设的“双重喜庆”，叩开渝都大门，这便是我家乡的初次登场。自此，古时通渝之路——三峡，就以她壮美风姿揽尽八方宾客。“夔门天下雄”这块浑然天成的牌匾使三峡在千山万水中脱颖而出，彰显出巴渝雄浑磅礴的底色。沧桑爬上了斑驳的石壁，枫叶绚烂了几度春秋，仍不改“英雄当年”容颜。

无论归人还是过客，但凡听闻纤夫响彻山谷的呐喊声，你的灵魂，定会被我家乡人从骨子里透出的拼搏韧劲震撼，定会抵不住好奇心，去饱览这一辈辈纤夫“拉扯”出的壮丽山河。

摆渡的船只载着薪火相传的希望，越险的索道传递进步的接力棒，纵横交错的轻轨构建起有序的交通网。

如今，家乡人可以对“蜀道难，难于上青天”的感慨嫣然一笑，更能对“巴山蜀水凄凉地”的印象有力回绝！闲时漫步横架山间的山城步道，游览璀璨耀眼的夜景；“咔嚓”一声，就将这山的苍翠、水的灵动、城的繁华尽收“画中”。不妨来次“网红打卡”，此情此景，怎能不博得最为广泛的关注，收获满满的赞许呢？

热情好客的重庆正敞开怀抱，欢迎四海嘉宾。我的家乡，是祖国大西南的代言人，将美好与活力镌刻在时代的脉搏中。

对家乡的挚爱驱使着我们，浇灌每一片绿色，呵护每一抹红色，修建一栋栋楼，培养一代代人，去追寻葳蕤灿烂的前景。这是新时代重庆人的形象，更是祖国面向世界一以贯之的鲜明品格。

家乡的美，是一首奋进自强的现代诗，是一部响彻云霄的交响曲，是一部徜徉岁月的编年史。

巴渝，读你千万遍！

* 阅读领航

作者并没有集中写家乡的某一种文化，而是如泼开的水墨，写了三峡的水、摆渡的船、网红轻轨……每种事物都散发着巴渝的气息，混合着家乡的味道。

这种“综合”型的谋篇布局，把多种事物串起来，确实是构思的一大亮点。

留存，城市地名记忆

◎ 巴蜀中学校老师 刘会兰

城市，犹如一部厚重的史书，每一页都镌刻着岁月的痕迹。而地名，恰是这部史书的目录，指引着我们穿梭于城市的往昔与今朝，探寻城市的文化脉络与历史底蕴。在重庆这座充满魔幻与魅力的山城，地名不仅仅是简单的地理标识，更是城市记忆的一部分，是山城文化与山城历史的生动注脚。

重庆，这座坐落在中国西南地区的直辖市，拥有着独特的地理资源和悠久的历史。它依山而建，傍水而居，山峦起伏，江水环绕，独特的地形地貌孕育了丰富多彩的城市文化。而重庆的地名，犹如镶嵌在这座城市文化画卷首页上的璀璨明珠，闪耀着历史的光辉，承载着人们的情感与记忆。

地名，城市记忆

漫步在渝中区的街头巷尾，那些熟悉的地名如同一幅幅生动的画卷，在我们眼前徐徐展开。

黄沙溪，一个听起来充满诗意的地名，竟然承载着厚重的历史。黄沙溪，位于长江之畔，据史料记载，在古代，这里是长江上游重要的货物集散地。每当江水上涨，泥沙俱下，在岸边形成一片金黄的沙滩，故而得名“黄沙溪”。在过去的岁月里，黄沙溪见证了无数商船的往来穿梭，见证了重庆与外界的贸易交流，也见证了重庆的兴衰荣辱。如今，黄沙溪已不再是繁华的水运码头，但它的名字却依然承载着那段辉煌的历史，成为重庆记忆中不可或缺的一部分。

马家堡，一个充满生活气息的地名，同样有着独特的历史渊源。据说，在清朝时期，这里是一位马姓官员的辖区，因其在此修建了城堡，故而得名“马家堡”。随着时间的推移，马家堡逐渐发展成繁华的商业区和居民区。

在过去，人们日出而作，日落而息，过着平凡而又充实的生活。如今的马家堡，高楼林立，车水马龙，现代化的气息扑面而来。然而，每当人们提起“马家堡”这个名字，依然能够感受到那份历史的厚重感。

九坑子，这个名字或许对于外地人来说有些陌生，但对于重庆人来说，却是再熟悉不过了。在过去，九坑子是一片棚户区，地势低洼，坑洼不平，故而得名“九坑子”。这里曾经居住着许多贫苦的百姓，他们在这里辛勤劳作，努力生活。虽然生活条件艰苦，但他们却依然保持着乐观向上的精神。

随着城市的发展与建设，九坑子地区发生了翻天覆地的变化，昔日的棚户区已被现代化的住宅小区取代。然而，九坑子这个名字却依然被人们铭记在心。它见证了重庆人民不屈不挠的奋斗精神，也见证了这座城市的发展与变迁。

十八梯，一个充满人间烟火气的地名，承载着外地重庆人的乡愁。十八梯，连接着重庆的上半城与下半城，是重庆最具代表性的老街之一。在过去，这里是重庆最繁华的商业区之一，商铺林立，人来人往，热闹非凡。沿着狭窄的石板路逐级而下，两旁是古老的民居和传统的店铺，弥漫着浓浓的烟火气息。

在这里，你可以听到此起彼伏的吆喝声，可以品尝到地道的重庆小吃，可以感受到重庆人民最真实的生活状态。然而，随着城市现代化进程不断加快，十八梯也面临着拆迁与改造。如今，虽然十八梯的旧貌已不复存在，但它的名字却永远留在了重庆人民的心中，成为重庆历史文化的象征。

这些具有厚重历史底蕴的地名，不仅见证了重庆的发展与变迁，更承载着重庆人民的情感与记忆。它们是重庆城市文化的重要组成部分，是重庆人民的精神家园。每当我们提起这些地名，心中都会涌起一股浓浓的亲切感和归属感，仿佛那些曾经的岁月又浮现在眼前。

地名，是城市的记忆，是历史的足迹。它们如同城市的灵魂，赋予了城市独特的个性与魅力。在重庆这座城市里，每一个地名都有着自己的故事，每一个故事都蕴含着丰富的文化内涵。它们是重庆人民智慧的结晶，是重庆历史文化的瑰宝。

留存，城市文化传承

然而，在城市化进程不断加快的今天，许多古老的地名正面临消失的危险。一些新建的道路、小区、建筑物被赋予了毫无特色的名称，失去了原有的历史文化底蕴。这种现象不仅让城市失去了个性，也让我们的城市记忆变得模糊。因此，保护和传承城市的地名文化，成了我们义不容辞的责任。

我们应该加强对城市地名文化的研究与保护，深入挖掘每一个地名背后的历史故事和文化内涵，让这些地名所承载的历史文化得以传承和发扬。同时，我们也应该在城市建设与发展过程中，注重对地名文化的保护与利用，让新的地名能够与城市的历史文化相融合，展现出城市的独特魅力。

让我们珍惜这些充满历史底蕴的地名，让它们成为我们城市记忆的永恒符号。让我们在这些地名的指引下，追寻历史的足迹，感受城市的文化脉络，共同书写城市发展的新篇章。因为，这些地名不仅是城市的记忆，更是我们的根，是我们心灵的归宿。

当我们在重庆的街头巷尾穿梭，那些熟悉的地名如同一首首动人的诗篇，吟诵着这座城市的过去与现在。黄沙溪的江水，流淌着岁月的故事；马家堡的街道，承载着生活的记忆；九坑子的坑洼，见证了奋斗的历程；十八梯的石阶，映射着人间的烟火。它们是这座城市的文化瑰宝，是我们心中永恒的家园。

在未来的日子里，无论城市如何发展变化，无论时光如何流转飞逝，这些地名都将永远镶嵌在重庆的历史长河中，熠熠生辉。它们将继续见证这座城市的繁荣与发展，见证重庆人民的幸福与安康。

让我们携手共进，共同守护这些城市记忆的文化烙印，让重庆的地名文化在新时代焕发出更加绚烂的光彩，为重庆的发展注入源源不断的精神动力。

愿重庆的地名，如同璀璨的星辰，照亮我们前行的道路；愿重庆的历史文化，如同奔腾的江水，生生不息。让我们在这片充满希望与梦想的土地上，续写城市发展的辉煌篇章，创造更加美好的未来！

第九节 忠县

主持 / 王大可老师

概览

忠县位于重庆市中部，地处三峡库区腹地，东邻石柱土家族自治县，南连丰都县，西接垫江县，北靠万州区、梁平区，面积2187平方公里。

忠县，简称“忠”，历史文化厚重，有文字记载的历史2300多年，有文物佐证的历史近6000年，被白居易誉为“巫峡中心郡”，历史上涌现出巴蔓子、严颜、秦良玉等一大批忠臣良将，唐代“四贤”白居易、刘晏、陆贽、李吉甫曾在忠州为官，以忠义、忠诚、忠信、忠勇、忠孝为内涵的“忠文化”享誉华夏，是中国历史上唯一以“忠”命名的县级行政区。

李白、杜甫、苏轼、苏辙、陆游、王士祯等诗人或路过忠州，或专门探访忠州，留下了众多熠熠生辉的灿烂诗篇。

忠县境内拥有世界八大奇异建筑之一的石宝寨、全国两座白居易祠庙之一的白公祠、堪称“中华一绝”的汉阙、“江中仙岛”皇华城等文化旅游胜地。

同时，忠县拥有丰富多彩的民间文化。截至2021年，忠县有市级非物质文化遗产代表性项目5类16个：民间文学类石宝寨的传说、咸说忠文化，传统音乐类忠州石工号子、忠县吹打乐；传统舞蹈类忠州矮人舞、左家坪高台狮舞；传统美术类忠州朽木虫雕、邱氏泥塑；传统技艺类土法造纸技艺、石宝蒸豆腐制作技艺、忠州豆腐乳制作技艺、忠州传统制盐技艺、乌杨白酒传统酿造技艺、谢氏铁匠传统锻造技艺、良玉汤圆粉传统制作技艺、香山蜜饼传统制作技艺。

明忠州知州贺国桢

昔在周季，列国纷争。维我蔓公，守此巴人。敌至力竭，援兵楚邻。许以城偿，既获谧宁。楚王徇信，遣使来请。我公刎首，付使留城。楚王感动，忠烈魂惊。葬以王礼，千古垂名。历代以来，石阙在门，左碑忽圮，守土聿新。愿言笃祜，佑此忠民。忠州忠州，惟神是称。子孝臣忠，万载长馨。

——乾隆《忠州志·艺文》

清忠州知州成（烈）文运

于兹蔓公，正气高风。舍身取义，亘古靡同。为国为民，泽被无穷。报以王礼，堙祀城东。甲申兵燹，遗迹蒿蓬。留城城在，享祀祀空。士民陨涕，无力鸠工。幸值守土，父母武公。捐资重建，庙貌崇隆。黎老怀仁，子弟作忠。一日千古，在在编氓。惟兹民牧，何去何从。

——同治《忠州直隶州志·艺文》

明忠州知州倪（有箎）伯鯕

维兹忠郡，峨峨俯江。襟带涪万，辉映垫梁。有神烜赫，隆号巴王。御灾捍患，崇祀乡邦。百年圮蚀，侵没豪强。曰予治之，庙貌重光。隆碣在上，双塔在傍。作镇作固，地久天长。

——同治《忠州直隶州志·艺文》

思 悟 空 间

如果用一个词来概括忠县最有代表性精神，那就是“忠义”。因为在忠县历史上，涌现出许多忠义守节之士。而这一精神谱系的滥觞者则非诞生于忠州的巴蔓子莫属。忠县的忠贞祠即为纪念巴蔓子而建。受这种忠义精神感召，许多到忠州任职的官员都会到此祭拜巴蔓子，并撰文勒铭。

这些铭文古朴典雅、庄重深挚，表达了对忠义精神的礼赞，像黄钟大吕一样，回响在忠州大地，激励一代代的忠州儿女，为建设美好家园而不懈奋斗。

香山蜜饼，不只是饼

◎ 忠县中学校高 2025 届 11 班 **哈宁樱子**

古往今来，命运多舛的官员似乎都有一个共性，在被贬之地，他们总会发现一些让人赞不绝口的美味。也许是缘于他们对失意的排遣，也许是为时运不济寻找慰藉，也许是职位变低，有了闲暇来享受生活，抑或懂得民间疾苦，以此来犒劳百姓。譬如汁水饱满、口齿留香的东坡肉，便是苏轼在被贬之地黄州，为解决百姓如何烹饪廉价的猪肉而制作的不可多得的美食。

无独有偶，曾因得罪权贵而到忠州任刺史的白居易，也为忠州留下了美食绝味。相传有一天，白居易独自一人微服出访，因走乏了，便踱进一家名为“巴记”的烤饼店，买了两张烤饼充饥，刚入口却感觉非常硬涩难吃。

白居易环顾四周，发现顾客甚少，不禁向店主提出了疑问：“传说巴记烤饼相当出名，为何是如此质量？”店主叹气回答：“那是爹娘在世的名声。爹娘去世早，而那时我又年幼，所以并没有传承到核心技艺。如今这生意真是一落千丈！”

白居易知晓后，就帮店主制作出了一种香甜味美的蜜饼。也许是蜂蜜与小麦粉碰撞出的舌尖享受，使得蜜饼深受顾客喜爱，以致店里的生意蒸蒸日上。后来人们为了致谢白居易，便用他的雅号“香山居士”为该饼命名，称为“香山蜜饼”。

如今的香山蜜饼非常有名，堪称“忠州美食名片”。但是，似乎在历史长河里的传统延续都存在一个必然出现的问题，那就是时代的推进与古老技艺传承的冲突。由于建设三峡水库，使得周边的村落都一度面临搬迁，最早的香山蜜饼厂地处三峡水库区淹没地带，因此于 2004 年拆除停产，蜜饼的制作技艺也差点因此失传。

时间流逝，香甜的蜜饼便渐渐成为忠州人的记忆，但所幸的是，总有一些热衷于传统文化的有志之士找到了传承的接力棒。忠县的一个小作坊为了能让更多的人享受到这一甜点，为了不放弃先人的创造，他们派人几经周折才找到了蜜饼的手艺传人，将古老的配方、传统的工艺和现代技术结合，使得酥松可口的香山蜜饼重现人间。

香山蜜饼不只是白居易关爱百姓的体现，更是忠州文化的标志。它不仅见证了忠州的发展与变化，也见证了忠州人对于传承文化的衷心。

＊ 阅读领航

余秋雨曾言：“文人的魅力，在于把偌大世界的一个荒僻角落，变成人人心中的故乡。”对于香山蜜饼，也是如此。正是因为白居易的良苦用心，把一块普通的面饼变成别有风味的小吃。这不仅是舌尖上的传说，也是中国人内心深处对文化、文人的尊重。

忠州纯针刀

◎ 忠县中学校高 2025 届 11 班 **韩宇翔**

我的故乡忠县，世界地图上的一点，中国无数小县城中的一员，她或许不太令人瞩目，但在我心中她永远是最美的。小小的她拥有许多优秀的传统技艺，如忠州纯针刀（忠州针灸技术）。

根据官方介绍：“忠州纯针刀”是在朱汉章教授针刀医学理论基础上，由陈永亮主任中医师团队秉承传统针灸技术，融汇 18 年针刀临床经验提出的专业技术理念。

“忠州纯针刀”以探索和追求纯粹的针刀技术之疗效为目标，属于传统针灸、刀针与现代针刀医学相融合的一项中医治疗技术。总而言之，忠州纯针刀是忠县针灸技术的发扬和创新，是古今医学技术的结晶。

对于我来说，忠县针灸从来不是存在于空洞的介绍和枯燥的文字中，而是存在于我的生活中。

据传，我的曾祖是一个赤脚大夫，所谓赤脚大夫就是无证行医者，这放在现在肯定是不行的。但在过去那个贫乏的、交通不便的年代，赤脚大夫对当时的人来说，就像西方传说中的天使，是他们生命安全的唯一保障。

曾祖擅长用针灸治病，也正因此，我们家中有一套祖传的针灸针，我爷爷也会部分施针技术，但因为没有行医资格证，所以他也不常用。如今，包裹银针的皮纸被可恶的虫子蛀穿，留下岁月的伤痕，但银针却时不时被爷爷拿出来擦拭一番。虽然时间久矣，但银针依旧闪亮。

夏天，我最喜欢坐在庭院中伴着蝉鸣声，看着爷爷苍老的脸庞，听他讲述自己仗义行医的故事。受他的影响，我从小便立下誓言，要当一位受人尊敬的无私的医生，继承和发扬家传的针灸技术。于我、于爷爷、于忠州人，忠县针灸不仅代表的是一种医学技艺，还是一种无私奉献、仗义救人的侠义的医者精神。这也是刻在我们忠州人骨髓中的精神。

史铁生曾说过："传统也许不该把它理解为源，而应该理解为流。"作为新时代新青年，我们理应承接前人的火炬，将优秀传统文化发扬光大，而不应将优秀传统技术埋没，使它们宛如"深海遗珠"，淹没于时间的淤泥中，只存在于人们的记忆里。

让我们行动起来，把传统发扬光大。

* 阅读领航

在作者笔下，针灸不是冰冷的医学技术，而是充满温情的家族记忆。针灸赋予自己的是一颗悬壶济世的医者仁心。而这才是一切技术的最高境界。

泥塑岿然，屹立不朽

◎ 忠县中学校高 2025 届 11 班 李欣然

在中华大地上，每个地区都拥有自己独特的艺术瑰宝，它们汇聚成了传统文化的璀璨星河。在忠县这片丰饶且忠勇的土地上，邱氏泥塑以其独特的魅力，成为忠州传统文化的一颗耀眼明珠。

泥土，是我们赖以生存的根本，亦是滋养万物的母亲。在中国古代神话故事中，女娲抟土造人的传说，赋予了泥土神奇的色彩；匠心独运的民间匠人，更是把泥土演绎成了丰富多彩的泥塑作品。

忠州的邱氏泥塑，源远流长。历经数代人的传承与发展，它已经成为忠县的一张文化名片。这种艺术形式，以泥土为原料，经过邱氏家族艺人的巧手雕琢，塑造出形态各异、栩栩如生的艺术形象。无论是神话传说中的神仙鬼怪，还是历史上的先贤英雄，抑或现实生活中的人物，邱氏泥塑都能够刻画得惟妙惟肖，令人叹为观止。

邱氏泥塑的魅力在于其精湛的工艺和丰富的文化内涵。在制作过程中，邱氏艺人注重细节，力求完美。他们通过对泥土的反复揉捏、塑形、雕刻，将平面的形象变为立体的艺术品。同时，邱氏泥塑还融入了忠县地区的民俗风情和历史文化，使得每一件作品都充满了地方文化特色。

忠县邱氏泥塑传统技艺，是由陕西省凤翔县（今陕西省凤县）古老民间工艺演变而来。经由"广东山"（现忠县黄金镇芭蕉村）邱氏太祖邱氏源（1746—1828）及其后六代人的努力，逐步形成了忠县邱氏泥塑这一具有地方特色的民间泥塑彩绘艺术流派，传承至今已有300多年历史。

第七代传人邱正华将邱氏泥塑发扬光大。邱氏泥塑于2016年入选第五批重庆市市级非物质文化遗产代表性项目。

邱正华，今年62岁，是重庆市忠县忠州街道州屏路社区的居民。他从事泥塑工作已有42年，累计制作1000多件泥塑作品。他20岁那年，父亲邱国胜看到他对制作泥塑有浓厚的兴趣，便手把手传授他这门世代相传的技艺。

经过多年磨炼以及对泥塑技艺的潜心研究，邱正华希望创作出符合现代审美标准的泥塑作品，于是他对这门技艺进行大胆创新，渐渐形成自己独特的创作风格。他尤其擅长制作人物泥塑。凭借对泥塑细节的精雕细琢，他制作的泥塑作品在市场上很受欢迎，因此他在行业里也小有名气。

“制作泥塑可没有想象的那么简单，光是制作工具就有大大小小20多种。”邱正华介绍，制作“邱氏泥塑”要经过选泥土、拌和泥、搭骨架、塑雏形、雕“血肉”、着色彩6道工序，从选泥到简单塑造，再从细节雕刻到晒干上色，每道工序看似简单，但都需要全身心投入。

“雕‘血肉’在所有工序中是最为关键的。”邱正华介绍，雏形晒干后，要用刮刀对其进行细致入微的刻画和塑造，赋予泥塑灵魂，并通过反复的压光处理使泥胎致密坚硬，从而达到工艺要求，而这道工序往往决定其制成的泥塑作品能不能形神兼备、栩栩如生。

对于“邱氏泥塑”这门技艺的传承，邱正华很是忧虑。

“现在大多数年轻人对传承泥塑技艺缺乏兴趣和热情，泥塑制作这门传统的技艺面临失传的危险。”邱正华说，学习制作泥塑要耐得住寂寞，静下心来，而好多年轻人很浮躁，坚持不下来。

随着邱正华年纪越来越大，为了能使这一祖传的技艺传承下去，如今，他正悉心指导自己的徒弟，希望徒弟能够学习到“邱氏泥塑”制作技艺的精髓，将这门技艺好好传承下去，并发扬光大。

“邱氏泥塑不仅需要技艺上的传承，还要在不脱离传统制作的方向上求创新，让更多的人认识和喜欢这门传统技艺。只有这样，这门传统技艺才能更好地传承下去。”邱正华说。

五千年岁月的洗礼，五千年历史的变迁，五千年文化的沉淀，五千年智慧的凝聚。辉煌灿烂的中华文明，源于敬畏、尊重和传承。让我们以家乡的优秀传统文化为骄傲，并将它们永远地传承下去！

＊ 阅读领航

泥塑是一门古老的技艺，从古至今，几乎各地都有。本文简明扼要地讲述了忠县邱氏泥塑的起源、特色、发展历程和制作流程等，让人读来兴味盎然。同时，让人领略到这一技艺背后的“道”，即对这一古老技术发自内心的热爱、专注一事的定力、精益求精的打磨。

☆文化生活谏言

忠州老街文化建设优化升级建议书

◎ 忠县中学校高 2025 届 11 班 全体同学

背景

忠州老街是近年来忠县打造的一项精品文化工程，以忠县老城街巷为基础，融文旅、休闲、餐饮为一体，产生了较好的社会效益和经济效益。但存在以下几个问题，影响了该项目的品质：一是商业化过重，市民的体验感单一；二是文化气息不浓，特色不够鲜明；三是文化呈现方式简单、粗糙，多以介绍说明展板和图画的方式表现。

调查过程

第一阶段：实地调查。

分三组进行实地调查：第一组在语文老师的带领下，侧重从人文角度进行实地调查；第二组在历史老师的带领下，侧重从历史角度进行实地调查；第三组在美术老师的带领下，侧重从艺术角度进行实地调查。

第二阶段：问卷调查。

向市民发放调查表，了解市民对忠州老街文化建设的看法和建议。

第三阶段：确定建议。

提炼、梳理，形成初步建议，然后由班级学生在对这些建议充分了解的基础上，评选出 5 条最优建议。

最优建议

1. 增加体验项目。

香山蜜饼、怪味胡豆、冰粉、糖画等小吃，不仅是品尝、出售，更应该设置体验区，由市民或游客亲手制作，让他们了解制作原料的质量、制作过程的严谨或趣味，以此促进这些小吃的销量。邱氏泥塑、忠州葫芦烙画等民间工艺项目，亦可设置体验区。

2. 丰富介绍和展示形式。

如忠州豆腐乳的制作流程较为复杂，可采用视频介绍的方式，让市民或游客对其有充分、直观的了解。巴蔓子为忠县地标性人物，在他守城自刎处，除了文字说明外，可以用雕塑的方式展现相关历史画面，给予群众震撼感和冲击力。

3. 以“忠”为主题，增设“忠义人物街”。

沿忠州老街，每一段距离，因地制宜，树立忠县历史上从古至今具有忠义精神的代表性人物雕像，旁边附有介绍铭牌。

4. 增加“诗词中的忠州”展示牌。

在街道的墙面上、灯柱上、石凳上、地板上，呈现历代名人所写的与忠州有关的诗词，呈现方式尽可能古色古香。

落实以上各种建议，不能给人以凌乱之感，既要主题鲜明，又要和谐统一。

＊点评

本篇针对家乡文化建设的调查报告，针对性强，可操作性强，从实地调查到形成建议的整个过程，方法多样且可行。形成的建议在融合忠州老街的文化基础上，增加了忠州老街的文化含量，同时又丰富了表现形式，充分体现了同学们开阔的视野、丰厚的知识和推介家乡的热情。同时，也通过切身实践，感受到语文学科的价值和魅力，实现了语文价值和实用价值的双赢。

第十节 跨区综合

主持／兰焰雄老师

概览

彭水苗族土家族自治县（简称彭水县）在重庆市东南部，地处武陵山区，位居乌江下游。彭水县自然生态优美，拥有阿依河、摩围山、乌江画廊等生态旅游资源，被联合国环境基金会评为“绿色中国·杰出绿色生态城市”。彭水县民族风情浓郁，是重庆市唯一以苗族为主、全国苗族人口聚居最多的县，是重庆的苗乡、中国的苗乡、世界的苗乡。彭水县历史悠久，自汉初置县2000余年，古代的彭水盛产丹盐、交通便利，交接中原，孕育了古老的“黔中文化”。彭水县拥有“民族、生态、文化”三大特色，是中国特色旅游休闲度假胜地，获得过“中国最佳文化休闲旅游县”“中华蜜蜂之乡”“全国民间文化艺术之乡”等荣誉称号。

彭水县的苗族文化具有独特的历史底蕴、演变过程和研究价值，是中华文化重要的组成部分。在新时代，在实现中华民族伟大复兴的号召之下，彭水县借助生态人文优势，推进文体旅深度融合，依山就势、因地制宜，依托优秀的民族传统文化，奋力当先，砥砺前行，为中华文化的延绵赓续贡献着自己的力量。

<< 古文寻芳

永川博物馆赋（节选）

◎ 重庆市楹联学会副会长 冯泽尧

观夫红樱怡客，翠柳迎宾。虹桥卧波，风影撩人。东眺高铁，千里飞车拂电；南望公园，四时游者成群。西临碧水一泓，天降玉练；北倚翠锦万顷，地造金盆。或洪荒循本，石器溯源。遥远商周演绎，峥嵘岁月迁绵。唐时置县，启后承前。盛世直辖，红日碧天。穿时空之隧道，览古今之大观。

远古追踪，水复山重。侏罗纪里，混沌苍穹。浩浩然噫喑叱咤，一练腾瀑；巍巍乎顶天立地，万丈巨松。石斧石锛，初开启蒙。捕捞饲养，褴褛耕农。陶窑冶炼，初始手工作坊；角壶箭镞，罕见战国青铜。墓穴石棺，初展汉风。

大历赐庆，新启岁轮。农工商旅，霑沐熙春。继有四海敷芬，海棠香国之誉；九州称绝，摩崖石刻之闻。景德镇影青斑斓，西坝窑瓷盏纷纭。錾银龙凤之冠，堪称世宝；鎏金千佛之塔，独立乾坤。

且夫濑水松山，古镇千年。佛寺宗祠，德礼鸿延。天子殿诸葛摆阵，蜀主挥鞭。太平寨战旗染血，勇士长眠。永川豆豉，国家非遗桂冠；箕山秀芽，清香四海名传。

“天地旷旷，物之熙熙。”英雄俊杰，辈出奉时。陈鹏飞经注旷世，不折腰肢。黄开基治台抗倭，青史名垂。助推民主，云鹏人杰；艺术教育，从木良师。刘安恭献身革命，领袖挥涕；陈子庄艺惊世界，画坛传奇。复有盘桓八景，亦画亦诗。三河汇碧，云渺烟迷。铁岭采莲兮，月沐松姿。八角攒青兮，圣水莺啼。霞染龙洞兮，雨润竹溪。诚是天生万物，物谐人宜。还看今日，瓜山百里梨飞雪，石笋千仞风揽衣。

思 悟 空 间

永川博物馆，在茶山竹海南麓，靠近神女湖，位于永川城区内，交通很便利。馆内收藏有恐龙化石、明清雕刻壁画等文物，以及一些当代的书画作品。

这篇《永川博物馆赋》，大起大合，钩玄提要，将永川地域的风物人文一一摹写。赋文对于永川一地的乡土本色，着笔不多，却详略有致，让人一读即能充分领略其独有的自然与人文之美、古典与现代之韵。

天籁苗歌彭水听

◎ 江北巴川量子学校高 2025 届 3 班 淳泽满

在碧波万顷的乌江上，流传着苗家人的故事。

面对旧时妇女婚姻之不自由，苗家女就用哭嫁的歌声来控诉罪恶的婚姻制度。哭嫁的习俗，在今天彭水县有些地方仍然保留着。一般来说，新娘会在出嫁前的一个月开始哭，也有在出嫁前两三天或前一天开始哭。娘家人一边为她购置嫁妆，待嫁女子一边倾吐离别之情。哭嫁者意在把今后的泪水都流尽，只留下对明日幸福的企盼。

会哭嫁的姑娘一个月内不会重复哭诉对象，要哭祖先、哭爹妈、哭兄嫂、哭姐妹、哭媒妁、哭自己。

苗家女的哭嫁声是感人的，她们的歌声更是动人的。

在彭水县连绵起伏的群山中，摩围山是最引人注目的一座。诗豪刘禹锡就曾被摩围山之景深深折服，写下“常说摩围似灵鹫，却将山屐上丹梯”诗句。

在摩围山的舞场上，苗家姑娘们头戴闪闪发光的银角、洁白的银花，身穿缀满银饰的盛装。全身上下精美的银饰，随着舞步的变化而整齐地内外翻动，给人一种庄重整齐感。

每年正月初三，山风轻拂，天池微澜，苗家的少男少女们就共同在山里跳起芦笙舞，对唱情歌，踩花山。如今，每年举行的“苗族踩花山节”更是盛况空前。踩花山节上，上万名身着盛装的苗家儿女唱起《娇阿依》、舞动踩花山，以最美“民族风”展现出苗乡独特的魅力。

在这个节日，不仅可以欣赏到精彩的歌舞表演，还能够品尝到独具特色的苗乡长桌宴，感受到苗家儿女的热情。

欣赏精彩的苗乡歌舞后，蚩尤九黎城也是极佳的去处。蚩尤九黎城，是中国最大的苗族传统建筑群。在这里，经常举行热情洋溢的篝火大会。

在篝火大会上，苗家的传统服饰，从头到脚的满身银饰，银光闪闪；那绣花摆手舞，华美多姿。这些歌舞，将女性的柔美与坚强诠释得淋漓尽致，把男性的粗犷与豪迈展示得巨细无遗。

参加篝火大会的人们，围着篝火共舞，感受淳朴之气。那一刻，荡漾千年的绵绵情怀，流传千年的动人故事，都是如此地动人心弦。

苗乡的天空，总是很蓝，云雾轻抚过摩围山，橘黄的余晖点缀其间，空蒙香雾里回荡着苗家姑娘清脆动听的歌声，一首《娇阿依》把纯情传向山的那边，总让人听得如痴如醉。在乌江之畔，也时常有一些高亢的歌声，回荡在两岸之间，余音不绝。

在这个风姿绰约的苗乡，总有咏不尽的景，唱不完的歌。

* 阅读领航

彭水县被称为“重庆的苗乡、中国的苗乡、世界的苗乡”。它位于重庆市东南部，是重庆市以苗族为主的少数民族自治县，是中国苗族土家族人口最多的区县。

彭水县是一个宝藏地，拥有丰富的自然景观和独特的文化风情，被誉为中国特色旅游休闲度假胜地。在那里，大自然的鬼斧神工，浓郁的民俗风情，都承载着丰富的历史文化内涵。尤其是古老的苗族文化，在当今世界更是独树一帜。

潼南大佛

◎ 江北巴川量子学校高 2025 届 3 班 **杜镕希**

我的家乡潼南区历史悠久，不仅有丰富的自然风光，更孕育了底蕴深厚的佛教文化。在这片热土上，古老建筑、饮食文化、民间艺术和红色文化交织成一幅幅生动的画面，让人流连忘返。

大佛寺是潼南区古建筑中的代表作。大佛寺始建于唐咸通年间，寺内现有大佛阁、观音殿、玉皇殿、鉴亭四座木结构古建筑，多为清代建造。大佛殿上有两幅楹联，是曾国藩、左宗棠两位清代名臣留下的墨宝。

大佛殿内供奉一尊金佛，是“唐头宋身”——佛头始凿于唐代，由佛教僧人开凿，佛身续凿于南宋，由道士开凿。前后相距三百多年，佛道两家信徒共同凿成，雕刻精湛，风格统一，浑然天成。

这座潼南大佛，是大型摩崖鎏金大佛，全身妆金，是石刻造像中罕见的珍品，位列“蜀中四大佛”之首，是世界第一室内金佛。

大佛殿外，是铺满整个佛寺的青石砖。脚踏青砖，不知不觉便能听到我国四大回音建筑之一的“石磴琴声”。层层石阶向上延伸至一处岩洞中。行人踏上石阶，一步一回音，与寺中悠远的钟声相和，如乐作焉。

明朱孔阳刻诗赞之：“琴到无弦，听者自稀，上古遗音，造化玄机。”走过石阶，便可看到绵延数里的江边崖壁。崖壁上有全国最大的摩崖石刻顶天立地的“佛”字，还有从古至今诸多文人雅士、墨客骚人留下的题刻。这些石刻历史悠久，最早可追溯至隋朝。其中有两位皇帝、五位宰相、几十位尚书、进士及诗人墨客的题刻，还有岩壁上难以计数的佛龛。

古往今来，芸芸众生在众神的庇护之下，潜心问道，寻求心灵的“皈依”。有了佛家智慧的开示，跌宕的命运、起伏的人生，以及人世间种种的无奈与挣扎，便都可豁然开朗。

潼南，这座人杰地灵、底蕴丰厚的小城，养育了一代又一代的潼南人。潼南的文化，值得我们每一个人去珍惜、去传承。

* 阅读领航

大佛寺位于重庆市潼南区城西一公里处的定明山下，始建于唐咸通年间（860—873），迄今已有一千多年的历史，是名副其实的“千年古刹”。大佛寺里最重要的就是那一尊被誉为“世界第一室内金佛”的大金佛。大金佛与乐山大佛齐名，民间素有“看高大到乐山，看精美到潼南”之说。

佛教文化早已融进世世代代中国人的血脉里，无数的善男信女，在佛的启迪下，潜心问道，寻求心灵的“皈依”。大佛超脱，悲喜看尽，它为俗世之人，开示出一片精神的洁净之地，任世人去体验、思索、超越，进而寻得圆满。瞻仰潼南大金佛，或许，你真的会在某一瞬间见性明心。

丰都鬼城

◎ 江北巴川量子学校高 2025 届 3 班 **梁沥尹**

坐落于丰都名山的鬼城，以其悠久的历史、神奇的传说、独特的鬼文化展现着东方神韵。

丰都鬼城最早起源于东汉初期的平都山“二仙”神话。相传，东汉汉和帝时期，皇后的曾祖父阴长生，因厌恶官场倾轧，跟随马明生学道炼丹，于东汉延光元年，在丰都平都山白日升天。

东汉朝廷里有一个学识渊博、精通天文图谶的学士王方平，受老庄道学影响，弃官后，也到平都山修道。三国魏青龙初年，山崩地裂，出五色祥云，他捧足仙去。

除“二仙”神话外，还有八仙传说（八仙过境，皆有留题，则沿道书附会之说也），以及道教的北阴大帝、佛教的“阎罗王”和鬼帝之说。

自晋至隋、唐代，名山相继建了道教观宇。唐武宗时，朝廷禁佛尊道，名山道教得到进一步发展。明末清初，朝廷放宽对佛教的限制，名山的佛教乃得以发展。清康熙十一年，名山佛教渐盛。迄民国年间，佛教在名山占据绝对优势，形成道佛儒的融合体。

如今，名山胜迹渐次恢复，重整风物。山上绿树成荫，鸟语花香；殿堂别具一格，庙宇错落有致；“阴曹地府”神话色彩浓郁，众多鬼神塑像神态各异，栩栩如生。“鬼城”庙宇殿堂神像森罗，楼台亭阁依山而立，名人骚客留墨遗雅，碑刻诗联韵味隽永。

鬼城是道教佛教的载体，长期以来，发挥着巨大的教化作用。鬼城素以“鬼国京都”“阴曹地府”闻名于世，是传说中人类亡灵的归宿之地。

在鬼城文化中，人死后，善人由白无常迎接，恶人由黑无常捉拿。过阴阳界，走黄泉路，入鬼门关，过奈何桥，登望乡台，最后望别阳间，然后由判官根据查察司提供的材料进行判决。鬼城内根据道教、佛教、儒教的学说，仿照“阳间”的司法体系，塑造有1600余座栩栩如生的鬼神形象，营造了一个等级森严、完整而庞大的融逮捕、羁押、庭审、判决、地狱等教化功能为一体的“阴曹地府”。“阴曹地府”专门惩治生前作奸犯科者，使冤屈得到昭雪，正义得到伸张。

于是，海内外善男信女进名山朝拜，或祈求神灵庇佑，或自我反省忏悔。阎王判官虽然是虚妄之传说，但其惩恶扬善的社会教化功用又广为人们称道。正如阎王殿对联所言：泪酸血咸手辣口甜莫道世间无苦海，金黄银白眼红心黑须知头上有青天。

另外，鬼城内不仅有自唐代以来陆续修建的奈何桥、鬼门关、黄泉路、十八层地狱、哼哈祠等30余座古建筑，还有鬼城门坊、报恩亭、城隍殿、九蟒殿等奇绝景观。这些景观，共同演绎着“惩恶扬善、唯善呈和”的鬼城文化真谛，使得鬼城的善文化、和文化也名扬天下。

除了以鬼育人，鬼城文化还表达着人们对于社会平等和美好生活的向往。正如鬼城阎王殿中明末高僧破山和尚所作的楹联所言：不涉阶级须从这里过，行一步是一步；无分贵贱都向个中求，悟此生非此生。

* 阅读领航

丰都鬼城，承载着最典型、最集中、最具特色的中国鬼（神）文化。两千多年来，佛教、道教、儒家学说以及中国鬼文化有机结合，远古神话、民间传说以及想象与现实有机结合，建筑、雕塑、绘画、祭祀鬼神的民风民俗等多种艺术形式高度融合，才形成了独特的“鬼城文化”。

可以说，丰都鬼城文化就是古代中国人世界观念的实体投射，它全面、细腻地呈现出了古代中国人的世俗世界、神鬼世界以及精神世界。要认识古代中国，要走进古代中国的精神领地，丰都鬼城就是那一道神奇的大门。

☆文化生活谏言

锐意创新，讲好中国“鬼故事”

◎ 重庆市江北巴川量子学校高 2025 届 3 班 **梁沥尹**

丰都鬼城历史悠久，部分庙宇、雕塑已陈旧或破损，政府应在保持原样原貌的基础上，加强维护。同时，利用现代声、光、动、电、塑等手段，将丰都鬼城的近二百个“鬼故事”生动有趣、活灵活现地展现出来，最大限度地传播“唯善成和”文化，但应避免过度恐怖化和商业化。“鬼故事”的展现也可与另一重大活动——丰都庙会相结合，以丰富多彩的演绎方式传播善文化、和文化。总体而言，要在保持精神内核不变的情况下，尽可能多地发掘、创新传播方式和途径。

后　记

“重庆市莫能芳高中语文特级教师工作室”的成员来自重庆市璧山区、江北区、合川区、垫江县、万州区、黔江区、渝中区、江津区、忠县、大渡口区等区县的高中。

其中，璧山中学王巧灵、江北巴川量子学校兰焰雄、合川中学田波英、垫江中学刘春荣、万州高级中学方雯娟、黔江民族中学张尉、巴蜀中学刘会兰、江津二中龚梅均为中学高级教师，忠县中学王大可、茄子溪中学蔡兴红均为重庆市青年教师优质课大赛一等奖获得者。

“竞争的朋友、合作的对手”是重庆市莫能芳高中语文特级教师工作室的交际之道；

“问题即资源、危机即转机”是重庆市莫能芳高中语文特级教师工作室的研究之道；

“关注学生、成就自我”是重庆市莫能芳高中语文特级教师工作室的成才之道。

大道至简，“爱”是重庆市莫能芳高中语文特级教师工作室最响亮的宣言：爱同仁、爱工作、爱学生，全方位提升自己的能力，成就对自我最大的爱！

重庆市莫能芳高中语文特级教师工作室主要研究“有希望”“有事做”“能爱人”的幸福教育，已出版《幸福教育66+》。

乡村文化是中国传统文化的重要组成部分，乡村是传统文化的根基所在。因此，在“幸福教育”研究基础上，结合高中语文教材“家乡文化生活”单元，重庆市莫能芳高中语文特级教师工作室积极拓展“能爱人”的深化研究，从爱“家乡风光”、爱“家乡人物”、爱“家乡文化”三个方面进行“家乡文化生活”审美资源开发与共享路径研究，研究成果集录成本书。

第一章“家乡风光”由刘会兰、张尉、兰焰雄三位老师负责；

第二章“家乡人物”由王大可、田波英、龚梅三位老师负责；

第三章“家乡文化”由王巧灵、刘春荣、方雯娟、蔡兴红四位老师负责。

本书由莫能芳统筹策划，由刘会兰、王大可、王巧灵、田波英、刘春荣五人审稿、修改、定稿。

本书能付梓面世，衷心感谢市、区、校各级领导的关怀指导，以及各成员学校的帮助协调。